우
리
가 통
과
한 밤

우리가 통과한 밤

기준영

장편소설

문학동네

1

온종일 당신을 생각해요.
—토요일, B열 35번 석에 앉아 있던 노란 스웨터의 엘리사벳

카드는 총 네 번 왔다. 그중 세 번은 다른 배우들이나 스태프를 통해서, 그리고 나머지 한 번은 직접. 본명 지연, 이후 리사로도 불리게 될 그애는 그때 스물두번째 해를 넘기고 있었다. 다니던 대학을 그만두고 낮에는 종교서적 타이핑하는 일을, 저녁에는 성물판매소 봉사를 하는데, 그날은 크리스마스쯤이라 일을 접고 극장에 오는 게 어려웠다고 했다.

"거짓말하고 왔어요."

나는 처음에 그 말을 흘려들었다. 채 다 지우지 못한 분장 때문에 오른쪽 눈이 따끔거렸다. 내 표정에 불편하고 성가신 마음이 약간 묻어났을 것이다.

"브로치가 예쁘네요."

그애는 그렇게 인사치레를 하곤 아랫입술을 살짝 깨물면서 계속 서성거렸다. 내가 뭐든 대꾸해주기를 기다리는 눈치였다.

"좋으면 가져요."

나는 왼쪽 가슴에서 브로치를 떼어냈다. 장미꽃 모양의 흔한 브로치였다.

"어머, 내일 공연 땐 어쩌시게요……"

그애는 그러면서도 두 손으로 브로치를 받아 안았다. 마치 작은 새를 건네받는 것처럼. 그리고 그때 나는 그 말을 다시 들었다.

"아아, 감사합니다. 여기 오느라고 정말 거짓말을 많이 했거든요."

"그럼 같이 지옥에 떨어지겠네요."

나는 웃음 지었고, 그애도 희미하게 웃어 보였다.

그게 내가 기억하는 우리의 첫 만남이었다.

2

　눈물겨운 단역 시절의 에피소드도 하나 없이, 나는 서른아홉 살에 난생처음으로 화제의 연극 무대에 출연하게 됐다. 거창한 이유, 특별한 포부랄 게 없었다. 나는 삼류 가수로 분하고 2막에 잠깐 나와 너저분한 인생사를 속사포로 쏟아놓은 다음 사라진다. 극의 긴장감이 고조되기 전 잠시 숨통을 틔워주는 대목에. 이 연기에 매력적인 데가 있다면, 그건 유전자 때문이거나 아니면 내가 집안 내력을 의식한 때문이겠지. 내 친부는 한때 무대에 섰던 이력이 있다. 오래전의 일이다. 이후의 일들에 대해서 나는 들은 바도 추적해본 적도 없다. 엄마는 지금은 전직 안과의사와 재혼해 살고 있다.

　연극에서 내가 등장했던 부분은 생동감이 넘쳐났다고들 했다. 대담한 뉴 페이스의 출현 운운하며 설레발치는 기사도 인터넷에 돌아다녔다. 하지만 배우란 예나 지금이나 재능과 근성과 운을 요하는, 그러고도 불안정한 직업이다. 나도, 다른 사람들도 그걸 모르지는 않았다.

우리 연극은 두 해 전 스물여섯의 나이로 요절한 작가 박미조의 마지막 소설 『중독』을 각색한 것이었다. 등장인물들의 이름은 그대로 살렸는데, 그들 모두 각자의 주장과 회고, 외양과는 달리 영어 이름을 쓰는, 국적과 출생이 불분명한 사람들이다. 작가가 환각에 시달리며 병상에서 썼던 작품으로, 몇몇 논평에서 "아름답고 몽환적이며, 때로 섬뜩하고도 유머러스하다"고 언급했던 걸 다른 매체들에서 그대로 인용했다. 제시란 여자가 화재로 집과 기억을 잃고 병상에서 깨어난다. 그녀는 이웃들에게 자신의 이모가 호텔 벨라에서 묵고 있다고 전해 듣고는 그곳으로 가려 하지만 멀지 않은 방문길은 항상 누군가, 또는 무언가에 의해 지연된다. 길은 다른 골목이나 산책로, 지하도, 텅 빈 공원으로 연결되며, 헤맨 끝에 결국 당도하는 곳은 처음 장소이다. 그 순간 시간대는 비약한다. 제시는 이 여정에서 많은 사람들을 만나게 되는데, 그중 그녀를 알아보고 말을 걸어오는 남자들의 이름은 언제나 다니엘이다. 마지막에 그녀는 혼자 절벽에 다가서서 파도가 밀려들어오는 것을 목격한다. 희미하게 들려오던 파도 소리는 점점 커진다. 절벽에 부딪쳐오는 철썩, 소리가 드높아지면 무대는 환한 빛으로 밝아지다가 갑자기 암전된다.
　이 유작은 작가가 소설 내용처럼 입원중에 병원 화재 사고로 죽자 말 그대로 불붙은 듯 팔려나갔다. 타인의 고통과 불행, 귀기는 불편하긴 하지만 그만큼 선동적인 마케팅 포인트가 됐다. 우리는 강박적으로 밝은 일상을 살아내고 있으니까. 우리 안팎에 엄연히 있는 어두운 세계. 어떤 사람들에겐 이 체험이 너무나 강렬해서 제목처럼 중독성이 있다고들 했다. 그중 한 사람이 나란 사실을 숨기지는 않겠다.

배역은 모두 공개 오디션을 통해 결정됐다. 공개 오디션 자체가 홍보의 일환이었다. 대개 기존 배우들이 배역을 따냈으며, 신인은 단 세 명뿐이었다. 그중에서도 연극에 처음 출연하게 된 나이든 초짜는 나뿐이었는데, 이 작품이 마음을 끈 이유에 대해서 서로 말하는 시간이 주어졌을 때 나는 다른 배우들과는 달리 아무것도 설명하지 못했다. 나는 행인이나 동네 주민 같은, 이름이 없는 작은 역들에 만족했다. 그러나 대본 리딩 때 연출자가 돌연 계획을 틀더니 내게 마고 역을 맡겼다. 본래 마고 역을 하기로 했던 연기자는 공손하게 개인 사정을 밝힌 뒤 공연에서 빠졌다. 나는 기쁘지도 영광스럽지도 미안하지도 않았다. 그저 담담하게, 내게 일어나는 일들의 관찰자가 되어갔다. 예민한 동료들은 내 '야심 없음'을 동물적으로 감지하고는 은근히 불쾌한 티를 내기도 했다. 그들은 예를 갖춰 친절하게 대했지만 따뜻하지 않았다. 나 또한 뭔가를 더 바랐던 건 아니다.

마지막 공연을 닷새 앞둔 날이었다. 커튼콜 후에 분장실에 들어가는 나를 조연출자가 소리쳐 불러 세웠다. 배우 문주성씨가 객석에서 나를 찾고 있다는 것이었다. 그는 다른 연기자들이 문선생님이라고 부르는 칠십대 배우로, 이 년 전 텔레비전 연속극에 조연으로 잠깐 얼굴을 비쳤던 게 마지막 활동이었지 않나 싶다. 요새 건강에 문제가 생겨 모든 일을 접고 아내와 춘천에서 조용히 지내는 중이라는 얘기를 어디선가 들었던 기억이 났다.

나는 마고의 옷 위에 서둘러 내 코트를 걸쳐 입고서 그를 찾아갔다. 그는 관객들이 모두 빠져나간 객석의 맨 끝 열에 앉아 한동안 나를 응시했다. 아마도 내게서 존중할 만한 무언가를 조심스레 더듬어 살폈던 것이리라. 사려 깊은 배우로서 평생을 걸어온 사람답게.

"이상한 대목에서 웃던데······"

그는 그렇게 말하고는 의자 깊숙이 몸을 묻었다. 조명등이 꺼진 뒷좌석의 어둠 속에 그의 상체가 반쯤 잠겼다. 그러자 나는 그 눈빛을 읽어낼 길이 없었다. 고개를 기울이며 다가가 목소리에 집중했다.

"알고 있나?"

낮고 부드럽던 목소리가 불안하게 흔들렸다. 아니면 그 순간 내 맥이 빠르게 뛰었던 걸 스스로 그렇게 받아들였던 것인지도 모른다.

"웃는······ 거요?"

"계단에 한쪽 다리 올려놓고 담요 이야기 하는 데서."

그게 그렇게 은밀히 나눠야 할 대화인가 싶어서 어색한 기분이 들었다. 대체 어느 대목이 웃기에 이상한 데인지 머릿속으로 더듬어보았다.

담요 이야기는 삼류 가수 마고가 의심 많던 자기 남편에 관해 주절대는 부분에 나온다. 마고는 객석을 향해 너스레를 떤다. 남편이 종종 담요 놀이를 강요했다고 하며. 마고의 귀가가 늦어지면 남편의 의심은 점점 깊어진다. 마고의 대사에 따르면, 그는 그녀가 집으로 들어서자마자 종일 그녀를 기다리며 참을 수 없는 기분을 느꼈노라고 호소한다. 젖은 담요를 덮어쓰고 있는 것처럼 축축하고 무거운 것에 싸여버려진 듯한 기분을 아느냐며. 마고는 그 이야기를 하면서 남편의 고통을 고스란히 넘겨받겠다는 듯한 자세로 가상의 젖은 담요를 덮어쓰는 시늉을 한다. 그리고 그녀의 인생에서 아주 차갑고 음습했던 기억들을 들춰내어 객석에 재연해 보이는 것이다.

"자기는 내가 어떻게 살아왔는지 잘 알고 있잖아요……"

나는 그 대목을 읊조리며 노장 배우를 바라보았다.

"음, 그렇지. 거기."

그다음 대사는 그녀가 얼마나 춥고 가난한 시절을 눈물로 보내왔는가, 남편을 만나기 이전까지 생이 얼마나 고된 노동으로 찌들었던가, 노래가 꿈이고 방황이고 한숨이며 사랑인 이 도시에서 자신을 기다리는 사람에게로 돌아올 수 있다는 사실은 얼마나 아늑하고 달콤한 위안이 되었는가를 읊는 것이다. 마고는 그러고는 곧 계단을 하나 밟고 올라서서는 태도를 바꾸어 허공에 대고 속닥거린다. "하지만 남편은 불행하고 변태적이었어요." 그녀는 이듬해에 남편이 파상풍을 앓다가 죽었다고 고백한다. 그는 마고를 위협하기 위해 자기 다리에 대못을 박았다.

"아무도 자기 삶의 깊숙한 내막을 모른다고 생각하는 사람 같아. 그렇게 생각하는 사람처럼 설핏 웃지. 하지만 객석에서 누군가는 느낄 거야."

"무슨 말씀인지 모르겠어요."

"누가 자네를 만나고 싶어해."

그는 나를 '자네'라고 불렀다. 듣기에 괜찮은 호칭은 아니었다. 나는 누구의 '자네'로 살아온 적이 없었다. 그러나 내 표정을 읽는 데 일가견이 있는 것처럼 말하는 어르신 앞에서 나는 최대한 신중하게 행동하려고 노력했다.

"애쓰는 기색이군."

"아닙니다."

"이십대는 어땠나? 좋은 때였나, 자네한테?"

"무슨 말씀이신지……"

"나한텐 아니야. 자네는 어떨지 몰라도, 그애한텐 괜찮을 것 같네. 어떤 이들은 다른 사람에게서 자기를 볼 수 있다고 믿지. 믿음은 좋은 거야. 어리석은 희망으로도 누군가는 어디까지는 간다네. 만나보겠나?"

"부탁, 하시는 건가요?"

"그럼, 부탁이지."

그가 힘을 푼 목소리로 말하곤 비로소 웃었다. 나는 웃음이 나지 않았다. 연출자가 그에게 다가가 식사를 어떻게 하시겠는가 물었다. 그가 연출자와 사담을 더 나누는 사이, 나는 자연스럽게 뒤로 물러나 있다가 적당해 보이는 때에 그 자리에서 빠져나가려고 등을 돌렸다. 그러자 그가 힘있는 저음의 목소리로 내 이름을 불렀다. 정확히는, 내 배역 이름을.

"마고!"

나는 순간 마고의 표정으로 뒤를 돌아봤다. 그는 몸을 앞쪽으로 빼고 흡족한 미소를 지었다가 천천히 거두었다.

"잘하고 있어. 괜찮다면 내일 세시에 모차르트에서 보면 좋겠는데."

거절할 수 없는 제안처럼 들렸으므로 내 대답은 자연스러워야 했다.

"네, 그러죠."

분장실로 돌아와 분장을 지워내고 소지품들을 챙기는 동안, 등뒤에서 싸늘한 공기가 느껴졌다. 나는 거울을 통해 지나치게 조용한 뒤쪽을 훑어봤다. 조연 세 명과 주연 여자 배우. 거울로 그중 한 명과 눈이

마주쳤다. 1막에서 유령으로 처음 등장하는 그는 뮤지컬 배우이기도
했다.

"발도 넓어요, 우리 마고는."

우렁우렁 울려 나오는 발성으로 노래하듯 내뱉은 그 말이 분장실
의 공기를 미묘하게 들썩였다. 고개를 숙이고 신발끈을 조이는 사람,
뒤돌아 치마를 정돈하는 사람, 어깨와 뒷목을 주무르는 사람. 모두 그
공기 속에서 해내야 할 미션이 있는 사람들처럼 굴었다. 무언가가 일
시에 그들의 몸을 수그리고 틀고 주무르게라도 하는 듯이. 그가 다가
오려다가 주춤하며 내 시선을 피했다. 아마도 잠시나마 내가 무척 낯
설어 보였기 때문이었으리라. 상대가 내게 호의가 없다는 걸 노골적
으로 표시해오자, 나는 얼음장처럼 차갑고 투명해지는 내면을 느끼며
안온해졌다. 이것이 나라는, 내가 아는 나와 모르는 나의 일체감이라
는 생각이 들었다.

"인내심도 끝내주고요."

나는 미소를 꾸며내어 농담으로 눙치고는 가방을 챙겨들었다. 공연
중반까지만 해도 간간이 뒤풀이 자리가 마련되기도 했지만 요사이는
모두 삼가는 분위기였다. 그래도 몸이 좋지 않아 내일 아침 일찍 한의
원에 들러 침이라도 맞아봐야겠다고 변명을 둘러대며 밖으로 나왔다.

거리를 걸어가며 코트 깃에 얼굴을 반쯤 묻었다. 찬바람이 웨이브
진 내 머리칼을 부풀리고 헝클었다. 새해가 내게 다가오는 방식. 나는
마흔 살이 되었고 여전히 내 앞에 무엇이 놓여 있는지 모르는 채로 어
제와 다른 새로운 오늘들을 살아내고 있었다. 그것에 만족해야 했다.

*

수요일 오후 두시 반경에 카페 모차르트에 도착했다. 재킷을 벗어 들고 실내를 둘러봤으나, 내 쪽을 눈여겨 바라보는 손님은 없었다. 고풍스런 장식용 의자가 중앙에서 카운터 쪽으로 자리를 옮겨간 게 눈에 들어왔다. 막 벽에서 떼어낸 모차르트의 초상화가 그 의자 옆에 비스듬히 기대 세워지는 중이었다. 젊은 남자 종업원이 액자를 매만지며 서성이다 나와 눈이 마주치자 어줍은 미소를 띠었다.

"벽을 새로 칠할 거라서요."

주인 여자가 내 곁으로 다가와 친절히 설명해주었다.

레몬차를 주문하고 이층으로 올라가 창가 쪽 테이블에 앉았다. 길 건너편 '쇼팽과 제인'이라는 간판을 단 레스토랑이 눈에 들어오는 자리였다. 하루가 다르게 생겨났다 사라지는 상가들 틈에서 꽤 오래 버티고 있는 이 모차르트는 '쇼팽과 제인'의 작명에 어느 정도 영향을 끼쳤을지도 모르지만, 정작 이곳은 모차르트의 초상화 모작과 고풍스런 장식용 의자를 빼면 모차르트와는 상관없는 곳이었다. 유행 지난 팝송이 흐르고, 그저 낡고 오래된 기운이 감도는 곳. 나는 오랜만에 나나 무스쿠리를 들었다. 냇 킹 콜 다음에 등장한 가녀린 목소리. 아테네의 흰 장미라 불리던 그녀가 노래했다. 떠올려봐요. 삶이 평탄하던 그때를. 버드나무 말고는 아무도 눈물짓지 않던 그날을.

종업원이 차가 담긴 유리잔을 테이블 위에 놓고 갔다. 여느 때와는 달리 레몬차가 지나치게 달았다. 한두 모금 입에 대다 말고 거리의 행인들을 눈으로 좇았다. 두꺼운 패딩 점퍼를 입은 늙은 여자가 덩치 큰

16

개의 목줄을 자기 쪽으로 잡아당기며 걸음을 내딛고 있었다. 개는 몇 걸음 뛰어나가다가는 되돌아와 늙은 여자의 곁에 붙어 서더니 컹컹 짖었다. 담벼락에 기대서서 이야기를 나누던 젊은 남녀가 늙은 여자와 개 쪽으로 동시에 몸을 돌렸다가 다시 서로를 바라보며 대화를 이어갔다. 여자는 어깨를 덮는 길이의 생머리에 오렌지와 카키색이 섞인 체크무늬 코트를 입고 있었고, 남자는 곱슬머리에 검정색 점퍼 차림이었다. 남자가 상체를 수그리며 점퍼 주머니에서 손을 빼 여자의 얼굴을 자기 쪽으로 끌어당기고 키스를 했다. 거칠게 바람이 일었다. 검정색 비닐봉지가 바닥을 휩쓸며 공중으로 높이 떠올랐다가 도로 가라앉았다. 남자와 여자가 서로에게서 떨어졌다. 모차르트의 낡은 벽시계가 세시를 향해 갔다. 나는 자세를 가다듬었다. 나나 무스쿠리가 마지막 구절을 노래하고 사라져갔다. 감미로운 연주도 멈추었다. 다른 노래가 바로 이어져 나오지 않아 주변의 공기가 잠시 숨을 고르고 있는 듯한 느낌이 들었다.

얼마 후 창밖으로 다시 고개를 돌렸을 때, 여자는 사라지고 없었고, 남자는 뒷모습을 보이며 길 저편으로 걸어가고 있었다. 덩치 큰 개와 늙은 여자만 여전히 제자리에서 씨름중이었다.

"안녕하세요?"

그때 작고 여린 목소리가 내게 말을 걸었다. 나는 소리 나는 쪽으로 몸을 약간 틀었으나 시선을 들지는 않았다. 진한 브라운 미들 부츠의 둥그스름한 앞코가 하나씩 다가와 내 앞에 나란히 섰다. 하트 모양 초콜릿 상자의 둥그런 부분이 연상됐다.

"앉으세요."

나는 그렇게 대답하며 맞은편 의자 쪽으로 눈길을 먼저 줬다. 여자애가 조심스레 의자에 앉았다. 오렌지와 카키색이 섞인 체크무늬 코트. 머리칼과 눈동자 색은 부츠 색깔과 비슷했다. 아직 키스의 흔적이 가시지 않은 입가에는 옅은 붉은빛이 번져 있었고, 윗입술은 조금 부푼 채였다.

"저, 보셨죠?"

이상한 질문, 긴장된 목소리. 이런 소심한 여자애가 조금 전에 나를 위해 일부러 거리 퍼포먼스를 선보인 거라고는 생각되지 않았다. 나는 못 들은 체했다. 내가 종업원에게 손짓해 따뜻한 물을 한 잔 가져다달라고 하고 기다리는 동안, 그애는 자기 엄지손톱 주변 살갗을 문지르고 잡아 뜯었다.

"많이 다를 텐데 그러네요."

"네?"

"뭘 생각했든, 나는 자기가 상상하는 그런 사람은 아닐 거예요."

"저, 엘리사벳이에요. 전에 인사드린 적 있는데…… 지난주에도 거기서 연극 봤어요. 제가 뭘 잘못한 건가요?"

여자애, 그러니까 엘리사벳은 뭔가 더 말하고 싶어했다. 아니면 사실 뭔가를 계속 말했는데 내가 순간 정신이 아득해지며 아무 소리도 듣지 못하게 된 걸 수도 있다. 핏물이 그애의 손바닥을 타고 내려와 바닥으로 떨어졌다.

"피……"

나는 내 앞의 냅킨을 집어 건네줬다. 그애는 손바닥을 닦아내고는 엄지손가락을 꽉 감싸쥐었다.

"아아, 죄송해요. 제가 너무 긴장했나봐요."

엘리사벳. 꽃 무더기가 그려진 카드 몇 장에서 피어오르던 향수 냄새.

"아, 이제 기억나요. 본명이에요, 엘리사벳이?"

"본명은 지연이에요. 이지연. 세례명을 줄여서 리사라고 부르는 사람들도 있고요."

"그렇담 난 삼류 가수 마고."

그애는 웃지 않았다. 고개를 살짝 수그리며 이렇게 되뇌었을 뿐이었다.

"네, 알아요, 너무 잘 알죠."

공연 팸플릿의 마고 배역 소개글에 적힌 내 이름은 '오채선'이 '오채성'으로 잘못 실렸지만 뒤늦게 수정을 요구할 수 없었고 그러고 싶지도 않았다. 뭘 잘 안다는 건지 모를 수긍이었다.

"문선생님은 어떻게?"

"제 후견인이세요. 선생님, 할아버지, 은인이고, 산타요."

그애가 다소곳이 대답하고는 나를 바라보더니, 문선생님에게 이런 부탁을 해본 건 이번이 처음이었다며 수줍어했다. 누군가를 만나보려고 마음 졸이는 일은 자기에겐 너무나 힘든 것이며, 기다리는 시간을 인내하기가 버거웠다고도.

"대화를 좀 하고 싶었을 뿐이에요. 전 누구 팬이 되어본 적 없어요. 정말 처음이에요."

나는 따디단 레몬차를 두 모금 더 마시고는, 관자놀이에 손을 짚었다 떼며 고맙다는 말 대신에 희미하게 웃어 보일 수 있었을 따름이었다. 내게 잘 맞는 옷을 차려입고 나와서 그렇게나 불편할 수 있다는 게 나로서도 처음 있는 일이었다. 안타까운 안간힘이 우리 주위 공기의 밀도를 높이는 것만 같았다. 나는 입술을 조금 벌려 옅은 숨을 천천히 밖으로 내뱉으면서, 시선을 떨어뜨려 테이블 가장자리를 내려다봤다.

그애는 나자마자 자기는 버려진 거나 다름없다고, 그래서 여러 사람들 사이를 떠돌았다고 했다. 나쁜 사람도 있었고 좋은 사람도 있었지만, 대개는 기대만큼 미덥지도, 오래가지도 않았다고, 운좋게 후견인과 연이 닿았지만 그와 많은 것을 나눌 수 있었던 건 아니라며 슬프게 웃었다. 나는 거기까지 주의깊게 들었고 그 나머지를 흘려보냈다. 그애는 띄엄띄엄 말하다가는 혼자 고개를 가로젓고 내게 종교가 있는지 물었다. 자기에게 불변하는 존재는 신뿐인 것만 같았지만 신은 무섭고 가혹하고 은혜로웠고, 멀리 있어 제대로 잘 만나지지 않았다고도 했다.

"미안하지만, 나 곧 들어가봐야 돼요."

나는 미소를 띠려고 노력하면서 말했다.

"그럼 담에 또 뵐 수 있을까요? 오늘은 제가 너무 바보 같았어요. 저 자신이 싫어질 거 같아요. 거절하시면 저는 어떻게 해야 할지 모르겠어요."

"공연 끝나면 언제 시간 봐 저녁을 살게요."

"선생님, 그럼 제가 먼저 전화드려도 될까요?"

마고라면 그 순간 태도를 명확히 했을 텐데, 나는 그러지 못했다.

"선생님 소린 싫은데. 내가 뭘 가르쳤다고."

"그럼 뭐라고 하면 돼요?"

"카드에 썼던 대로 당신 정도면 괜찮지 않을까?"

나는 농담조로 그렇게 되묻고는 피식 웃었다.

"어머, 하지만 그건 카드니까요. 글이니까요. 말로 하면 김이 샐 거예요."

무슨 말인가 싶기도 했지만 괜한 질문을 해 시간을 끌게 될까봐 그만두었다.

"그냥 할말, 간단히 나누면 좋지 않을까요?"

"네, 하지만 다른 사람은 안 돼요. 선생님, 아니 마고여야 돼요."

나는 그다지 반응하고 싶지 않았다.

"오늘은 여기서 인사해야 될 거 같은데요. 그럼 잘 가요."

나는 짧은 인사말을 남기고 일어서서 공연장으로 향했다. 내 걸음걸이가 규칙적으로 또각또각 소리를 내는 것을 듣고 또 느끼며.

그리고 그날 저녁 공연에서 나는 전과는 다른 경험을 했다. B열 35번 석에 엘리사벳이 있었다. 내게 어떤 사인을 보내며. 그 신호가 너무 이상해서 나는 자연스레 몸을 다른 데로 돌리는 게 어려웠다. 마음을 다잡고서 내 페이스를 되찾아 35번 자리로 다시 눈길을 주었을 때, 그 애는 사라지고 없었다. 한 중년 여자가 나와 눈이 마주치자 손으로 입가를 만지작거리며 수줍게 웃었을 뿐. 그건 알아듣기 쉬운 표현이었다. 당신 연기 좋았어요. 맘에 들어요. 웃기네요. 동감입니다. 나는 퇴장하며 관객들의 환호를 들었다. 음악이 흘러나오고 무대가 잠깐 어둠 속에 잠겼다. 조명이 다시 밝아지면, 다른 세상으로 들어갈 수 있다. 사람들은 숨을 고르며 다른 파국을 기다릴 것이다. 나는 무대를 빠져나와 가발과 힐을 벗어 들었다. 분장실 의자 위에 널브러져서 한 동안 숨쉬는 것 외엔 아무것도 하지 않았다. 피로가 몰려왔다. 신경쓰지 않아도 좋을 것들에 너무 과민해 있다고 내 몸이 보내오는 신호였을 것이다. 아니면 어떤 불안한 예감이 센서처럼 내 영혼의 버저를 울려 몸이 계속 거기 반응하고 있던 것인지도 모른다.

"괜찮아요?"

의상 담당자가 다가와 말을 걸었다.

"화려한 꽃모자라도 썼으면 좋았을걸."

나는 혼잣말을 중얼거렸다.

"왜요? 가발이 조여요?"

그녀가 가발을 살펴보았다. 나는 이 순간 피가 흐르거나, 눈물이 묻거나, 축축하게 땀이 배어 있지 않은 내 손을 내려다봤다. 아무것도 원하지 않는 그것을. 그러면서, 비로소 천천히 자신으로 되돌아올 수 있었다.

3

평온한 날들이 지나갔다. 불이 켜지고, 또 꺼지고, 마고가 내게로
와 내가 되었다가 다시금 멀찍이 물러나 나를 바라보고 서 있는 듯했
다. 나는 되도록 모든 걸 즐기려 했다. 내게 다시 오지 않을 시간들이
될 테니까.

마지막 공연을 끝낸 밤이었다. 조연출자는 그날 처음으로 늘 하나
로 질끈 묶고 다니던 머리칼을 풀고 화장도 했는데, 그건 마지막 무대
에 바치는 그녀만의 작은 의식 같은 거라고 했다. 아마 그 길을 곧게
걸어온 자기 자신에 대한 예의이기도 했을 것이다. 나는 공연 끝부분
에 울려퍼지는 드높은 파도 소리를 따로 따서 내 휴대폰으로 전송해
달라고 그녀에게 부탁한 적이 있었다. 그녀는 잊지 않고 그걸 시디에
담아 마지막 선물로 챙겨주었다. 나는 한 손에 시디를 받아든 채로 그
녀와 포옹을 하며 잠시나마 막막하게 서로의 체온을 나누었다. 각별
한 정이 쌓여서라기보다는 어쩌면 이것이 내게도 그녀에게도 고유해

질 경험이었기에. 그녀로서는 난데없이 등장한 이 나이든 신인 손을 붙들고 결말을 알 수 없는 기묘한 항해에 올랐다가 비로소 해방됐다는 걸 확인하는 순간이지 않았을까. 그리고 나로서는 내가 그녀의 우환거리가 아니었음을 최종적으로 확인하며, 조금은 자랑스러워해도 좋은 순간이었다. 나보다 여덟 살 어린 조연출자가 나를 한껏 귀여워할 수 있도록. 그러나 실제 나는 할말을 완전히 잃었고, 그녀도 그런 것 같았다.

"고생하셨어요."

그녀가 내 귓가에 대고 속삭였다.

"우리 건강하기로 해요."

나는 포옹을 풀면서 그녀에게 인사했다. 조연출자는 서로를 보듬는 다른 연기자들을 향해 박수를 쳤다. 손을 눈높이까지 들어 왼쪽에서부터 오른쪽으로, 마치 작은 무지개를 그리듯이. 나를 둘러싼 대기와 내가 일시에 팽창하는 듯한 느낌이 들었다. 폐가 부풀어오르고 혈관에 빠르게 피가 돌면서 발끝이 살짝 들리는 기분. 나는 가늘게 휴, 더운 숨을 내뱉었다. 그리고 자리에 주저앉아 극중 화동 역을 했던 꼬마 연기자에게 눈을 맞추고 웃었다. 그 어린 친구는 내 입가에 자기 손을 가져다 댔다.

"마고는 입이 못됐어요."

아이가 연출자가 되풀이하던 말을 흉내냈다. 나는 눈을 감고 장난스럽게 고개를 흔들었다. 아이의 손이 내 양쪽 볼을 가볍게 스치다가 떨어졌다. 연출자의 주문이 들려오는 듯했다. 마고는 입이 못됐어. 말은 걸고 가차없고 배려도 없지. 그렇지만 사람들 숨통을 틔워주고 웃게 해요. 그러니까 무대에서 헤매거나 흔들리면 마고가 아니야. 알겠죠?

갑자기 멀리서 비명소리가 들려왔다. 내달리는 발소리가 가까이 다가왔다가 도로 멀어져갔다. 스태프들이 허둥대며 비명소리를 좇아 달려나갔고, 나도 주춤거리다 다른 배우들과 함께 소리가 나는 쪽으로 걸어갔다.

다니엘 역을 맡았던 남자 배우가 무대 뒤에서 다리를 헛디뎌 팔과 다리, 어깨에 찰과상을 입은 것이었다. 부상 자체는 심각한 게 아니었다. 그래서 상황이 더욱 간단치 않아 보였다. 제시 역의 여배우가 한바탕 큰 소리로 울음을 터뜨리며 황망히 이리저리 오가는 모습을 보면서, 사람들은 어림짐작만 해왔던 주연 남녀의 관계가 생각보다 심각하다는 것을 알아챘다. 그들은 극중의 인물들처럼 매번 같고도 다른 일과를 맴돌며 스치듯 만났다 헤어지는 연기를 했다. 그렇게 한동안 무대 안팎에서 애틋한 제시와 다니엘로 살아냈지만, 공연이 끝나면 어쨌든 헤어질 운명이었다. 남자 배우의 소속사에서는 스캔들을 원치 않았고, 여배우는 약혼자가 있었기 때문에 모두들 당연히 그런 수순을 밟을 일이라고 여겼다. 그런데 그 스트레스가 공연 기간 내내 젊은 연인을 옥죄었던 모양이었다. 탄식과 속삭임 속에서 들썩이고 서성대다가, 모두들 자기 자리로 돌아와 분장을 마저 지웠다.

주연들이 빠진 채로 술자리가 늦게까지 이어졌다. 술을 마시고 노래를 해도 뭔가 시원하게 해소되지 않는 찜찜한 감정을 모두들 조금씩은 안고 있는 듯했다. 나는 노래를 부르는 다른 배우들 틈에서 슬그머니 빠져나와 다른 테이블에 혼자 앉았다. 따뜻한 물을 마시려고 잔을 들고 고개를 쳐들었을 때 유령 역의 배우와 눈이 마주쳤다. 그가 일어서서 내 자리로 오더니 옆에 바짝 붙어앉았다. 나는 물잔을 테이블 위에 내려놓고는 고개를 돌려 술집의 벽지를 바라봤다. 작은 얼룩인 줄 알았는데 자세히 보니 누가 볼펜으로 그려놓은 소녀의 얼굴이었다. 갈래머리를 한 소녀의 눈과 입은 까만 점으로만 표현돼 감정을 읽어낼 수 없었다. 아마 그때 내 표정도 그러했으리라. 유령 역이 고개를 들이밀더니 내 왼쪽 귀와 목덜미에다 입김을 불어대며 말했다.

"서운했던 거 있음 다 털어버리라고요."

나는 기분파도 아니며, 그런 말에 휩쓸릴 만큼 바보도 아니었지만, 그가 권한 술을 군소리 없이 세 차례 연달아 받아 마셨다. 그는 뒷말이 많은 남자였고, 나는 술을 마신다고 해서 허심탄회해지는 사람이 아니었다. 그가 내 손을 슬쩍 잡아끌어 자기 입술을 내 손바닥에 가져다 댔다. 혼자 사는 여자에게 일어날 만한 상투적인 일들이 일어나는 중이었다. 저편에서는 내가 갈등하거나 자기를 두려워한다고, 아니면 모든 남자들을 두려워한다고 착각하고 있는지도 몰랐지만, 내 편에서는 이런저런 나를 해명하거나 반대로 어필하거나 하고 싶은 의욕이 전혀 일지 않았다.

"그거 알아요?"

나는 물었다.

"뭘요?"

그가 눈을 치켜뜨며 반응했다. 나는 그대로 가방을 챙겨들고 일어서서 밖으로 나왔다. 어느 테이블에서인가는 한동안 내 행동거지가 안줏거리가 되겠구나 싶었다.

택시를 잡아타고 집으로 향했다. 운전기사가 속력을 올려 밤길을 달려나갔다. 나는 양손을 비벼댄 후 차가운 볼과 귀에 갖다 대고서 빠르게 뒤로 물러나는 풍경들을 건너보았다. 사람들과 건물들과 불빛들이 나와는 무관한 다른 시간대로 빨려들어가고 있는 것처럼 느껴졌다.

커브를 돌자 횡단보도가 나타났고, 신호에 따라 차가 멈춰 섰다. 옆으로 다른 택시 한 대가 미끄러져 들어와 정차했다. 운전기사가 창을 열고 소리를 치자 저편의 운전기사도 차창을 열었다. 이어 두 사람은 지난 낮의 안부와 깊어갈 밤의 계획을 소리쳐 묻고 답했다. 밤길을 달리다가도 용케 서로 아는 얼굴들을 찾아내다니. 나는 열린 창 사이로 새어들어오는 바람을 피하려 코트 깃을 올리며 목을 한껏 움츠렸다. 신호가 바뀌기를 기다리다가 요란하게 두 번 재채기를 했다. 운전기사가 미안하다고 말하고는 창을 닫고서 라디오를 틀었다. 감옥에서 세 번 탈출한 전력이 있는 오십대 남자가 깡마른 몸으로 요가 자세를 응용해 또다시 감옥을 탈출했다는 보도가 흘러나오는 중이었다. 이 거리 어딘가에 마른 몸, 불안한 눈빛, 유연한 허리와 팔다리를 지닌 남자가 방한복 없이 돌아다니고 있을지도 모른다고 생각하니 어쩐지 가벼운 흥분이 일었다. 나는 등받이에 천천히 몸을 묻었다. 관자놀이가 찡하고 울리는 듯했다.

"저 사람, 곧 잡히겠죠?"

운전기사가 룸미러로 나를 흘깃거리는 걸 느끼고는 내가 먼저 말을 걸었다.

"네에?"

"어디서든 서로를 알아보는 사람들도 있으니까요."

"아, 아까 그 새끼요. 걔하고 내가 어떤 사이인가 하면……"

운전기사는 같은 택시회사에 소속돼 있는 경력 팔 년 차의 자기 동료 이야기를 늘어놓았다. 그 친구는 피로하면 한쪽 발을 끌면서 걷는 습관이 있는데, 간혹 그가 모는 차가 그의 뒷모습처럼 기우뚱해 보이는 게 저절로 눈에 들어온다는 것이었다. 차가 아파트 입구 쪽으로 미끄러져 들어가 섰다. 나는 왠지 그래야 할 것만 같아 감탄한 표정을 지어 보이고는 차문을 열었고, 거스름돈을 돌려받지 않으려고 고개를 가로저었다. 운전기사는 천원짜리 한 장을 내밀었다 도로 거두어들이며 처음으로 내 얼굴을 정면으로 바라보았다.

"아아, 이제 보니 혹시 경설병원에 다니지 않았어요? 우리 큰삼촌이 아직도 거기 입원해 있는데. 남편분도 콩팥에 문제가 있다면서 우리 사촌누나를 위로해준 분 아녜요? 내가 밤에 젖은 우산 들고 복도를 뛰어다니다 부딪치는 바람에 그쪽 커피를 쏟았고요. 내 미안해서 세탁비를 이렇게 내드리려던 게 이제 막 다 생각이 나는데."

나는 고개를 가로젓고는 서둘러 내려서서 차문을 닫았다. 순간 손에 힘이 실렸는지 쿵 소리가 났고, 바로 차가 떠났다. 어느 밤거리와 쇼윈도, 건물들, 운전자들과 보행자들은 종종 그가 그려낼 수 있을 정도로 훤하고, 또 어떤 병실과 유니폼, 가운, 병상 머리맡에 늘어앉은 방문객들은 엇비슷하면서도 때로 낯설 것이다. 아마 그럴 것이다.

나는 엘리베이터를 타고 아파트 칠층, 내 집으로 향했다. 밤의 엘리베이터는 언제나 약간의 불안과 안도감을 동시에 안겨준다. 엘리베이터에 부착된 거울로 지친 내 모습을 바라봤다. 머리칼이 약간 헝클어져 있고 눈 밑에 그늘이 졌다. 오층에서 엘리베이터가 멈추고 문이 열렸다. 아무도 없었다.

"안녕하세요?"

나는 나직하게 소리 내어보았다. 문이 다시 닫혔다. 오층에 지친 나를 세워두고 전혀 다른 사람이 되어 다시 칠층으로 오르는 기분이 들었다.

"반갑습니다."

디지털 도어록의 비밀번호를 누르고 문을 열었다. 부츠, 가방, 코트, 바지, 스웨터를 하나씩 거실 바닥에 벗어던지고는 물을 한 잔 마시고 화장실로 들어가서 샤워를 했다. 화장실에서 나왔을 때는 몸이 노곤해져서 머리칼을 말릴 기운조차 바닥나버렸다. 그대로 소파에 엎어진 채 팔만 휘저어 오디오 리모컨을 찾았다. 클래식 음악을 틀어놓고서 한동안 뒤척거리다가는 전원을 끄고 방으로 들어와 침대에 누웠다. 비로소 집과 나와 어둠과 고요만이 남았다.

작년 여름까지만 해도 이 집은 내 의붓아버지의 공간이었다. 그래서인지 이곳에는 나이든 남자와 젊은 여자가 임시로 머무는 거처 같은 느낌이 있었다. 예민한 사람이라면 그것을 감지하고 이 집의 사연을 추리해보게끔 되었으리라. 투박한 책상과 식탁, 밋밋한 벽지, 별 특징 없는 가전제품들로 꾸려진 단출한 공간들에는 의붓아버지의 취향이 반영됐다. 자줏빛 의자에 내려앉은 카나리아 그림 한 점과 앤티크 화장대, 향수를 넣어둔 수납장, 크림색 쿠션과 방석 세트 같은 것들이 여기 덧입힌 나의 색이었다.

어둠 속에서 내 물건들이 배치된 자리들을 눈으로 가늠해보며, 나머지 공간에 의붓아버지가 돌아다니고 있다고 상상해보았다. 걷고 있는 남자를 자연스럽게 떠올려보려 했지만, 그럴수록 그 연상으로부터 부자연스럽게 떨어져나와 점점 멀어지고 있는 자신을 느꼈다.

"결혼을 하지 않을 거라면, 이런 식으로 셋이서 다르게 시작해보는 것도 괜찮지 않니. 그러다 싫어지면 그때 다른 걸 생각해봐도 좋잖니."

의붓아버지와 엄마는 한두 해 정도는 나와 함께 살아보고 싶다고 했다. 그 말은 진지하게 들렸고, 또 진심인 것 같았다. 그랬기에 나는 더욱이 고개를 가로저으며 농담으로 웃어넘기려 했다. 의붓아버지가 침착하게 다시 운을 뗐다.

"정 그렇다면……"

그는 내가 이 집에 들어왔으면 하고 바랐다. 내가 엄마와 오래 함께 살아왔다는 걸 나름대로 어떤 의미를 두고 더듬어보고 있었던 것인지, '그렇다면'이라는 그의 말에는 조심스러운 기운이 실려 있었다. 나는 기뻐하는 내색을 해 보였지만, 실제로는 어떻게 대처해야 할지 몰라 피로를 좀 느꼈다. 새살림을 꾸릴 장소로는 적합지 않지만, 남에게 내주기는 망설여진다는 뜻으로 받아들이기로 했다.

의붓아버지는 주변 사람들에게 대체로 좋은 사람으로 통하는 듯 보였다. 나는 그가 은퇴한 사람들이 모여 만든 합창단에 단원으로 들어갔다는 소식을 전해 들었다. 또 그가 부르는 〈보리수〉를 들은 적도 있다. '성문 앞 샘물 곁에 서 있는 보리수…… 친구여, 내게로 오라. 여기서 안식을 찾으라…… 안식을 찾으라.' 한때 안과의사였던 그의 이력이 우리 모녀 사이에서 그 노래보다 열띤 화젯거리가 되었던 적은 없다.

휴대폰의 단축키를 눌러 엄마에게 전화를 걸었다. 통화 연결음으로 지난 크리스마스쯤부터 울려 나오던 캐럴이 여전히 흘러나오고 있었다. 멜로디를 따라 흥얼거리다가 스피커 버튼을 눌렀다. 엄마에게 전화를 걸 때는 사소한 걱정을 끼치고 싶다는 욕망을 느끼면서 때로 퉁명하게 굴었다. 오랜 시간 동안 내 형제였고, 자매였고, 아버지였고, 동시에 멀찍이서 나를 넘겨다보는 이웃 같기도 했던 엄마. 엄마의 인생에 있어 나는 상처와 영광과 불안, 그리고 무엇이었을까?

전화를 받은 건 의붓아버지였다. 나는 티 나게 놀라지는 않았다.

"저예요. 잠깐 통화 괜찮으세요?"

내 말에 의붓아버지가 대답 대신 낮은 목소리로 웃었다. 그는 용건부터 꺼내놓고 보는 내 말버릇을 번번이 재미있어했다. 그는 지금 내 기분이 어떤지 궁금하다고 말했다.

"좀 있으면 알게 되려나…… 그냥 친구들하고 한잔하고 있는 참이에요."

"네 엄마 컨디션이 내내 안 좋았어. 공연에 못 가봐서 미안하다."

"보셨음 민망하셨을 거예요. 지난주엔 제 또래 여자들이 로비에 둘러서서 제가 맡은 역을 '그 왜 거기 막사는 년 하나 나오잖아', 그렇게 얘기하더라고요."

"음, 그거 멋지게 들린다."

그가 약간 쉰 목소리로 말하고는 마른기침을 뱉었다.

"네 엄마는 오늘 일찌감치 잠자리에 들었어. 낮에 같이 많이 걸었다."

그때 내 엉뚱한 기질이 기지개를 켜며 내 의식을 앞질러나갔다. 나는 공연중에 내가 했던 대사를 한 토막 들어보겠냐고 묻고는, 그의 대답을 듣기도 전에 줄줄 읊었다. 그는 점잖게 칭찬했지만, 그래도 내심 당황했는지 말을 좀 더듬었다. 아! 사이. 좋구나! 사이. 그러고 나서 나직한 한숨. 하! 그리고 조금은 당혹해하는 웃음. 어허허.

"그럼 주무세요. 엄마 잘 좀 부탁드려요."

얼른 전화를 끊었다. 온당치 않은 말을 뱉었다. 누가 누굴 누구에게 부탁할 수 있단 말인가. 어차피 친구들과 한잔하는 중으로 되어 있었으니까, 하며 스스로를 변명했다. 어쩔 수 없는 남들의 삶. 누군가는 도주를 하고, 누군가는 술을 마시고, 누군가는 잠이 들어버리는 이 시간들. 시계가 반짝 빛을 뿜었다. 새벽 두시 반. 나는 이불을 머리까지 끌어올리며 몸을 웅크렸다.

*

눈을 뜬 채로 한참 동안 침대에 누워 뒤척이다 늦은 아침을 맞았다. 식탁 의자에 우두커니 앉아 물을 두 잔 마셨을 뿐 음식은 당기지 않았고, 요리할 기분도 내키지 않았다. 휴대폰 배터리가 방전된 것을 알아챈 건 정오가 다 되어서였다. 잭을 연결해 충전하고 보니 아침 아홉시부터 열한시 사이에 온 전화가 여덟 통, 음성 메시지가 세 건이었다. 첫번째 음성 메시지는 다니엘과 제시의 행방을 묻는 내용이었다. 내가 어떻게 알겠는가. 나에게까지 연락이 미쳤다면 누군가가 백방으로 수소문하고 있다는 의미였고, 그들이 납치된 게 아닌 이상 작정하고 잠적한 게 분명했다.

두번째 메시지의 발신인은 엘리사벳. 그때는 이지연이라는 본명까지도 기억해낼 수 있었다. 흔해서 쉽게 잊힐 만한 이름이건만, 이번에는 너무나 또렷이 떠올랐다. 바닥으로 떨어지던 그애의 피 때문이었을 것이다. 전에 인사드린 적 있는데…… 제가 뭘 잘못한 건가요? 내 대답을 기다리던 그 표정도. 그러나 전화 목소리는 실제 마주보며 들은 것보다 훨씬 앳돼서 내 기억과 감각이 조금씩 뒤틀리며 이어지고 있다는 느낌이 들었다.

"마지막 공연에 못 갔어요. 팬이라며 웃기죠? 제가 점심 사드리려고요. 이 번호로 연락 좀 주세요. 저는……"

말이 더 이어지고 있었지만 다음 메시지로 넘겼다.

마지막 메시지는 유령 역이었다. 그의 목소리는 차분히 가라앉아 있었다. 그는 사흘 뒤 주연 남녀의 잡지 인터뷰가 잡혀 있는데 그때까지 그들이 나타날 것 같지 않다면서, 조연 몇 명을 인터뷰하는 것으로 기획안이 수정되고 있는 모양이라고 알려주었다. 잡지사 쪽에 부득이하게 내 연락처를 넘겨줬으니 내게도 곧 전화가 올 것이라며. 그가 굳이 나서서 연락책을 맡은 것은 나와 얼굴 찌푸리며 보고 싶지는 않다는 심중을 전달하려는 제스처이거나, 어쩌면 매체 관계자나 인터뷰 동행인 중에 나를 배려하는 다른 사람이 있다는 의미일 수 있을 듯했다. 음성 메시지를 확인했다는 것, 흐름에 따르겠다는 내용을 문자 메시지로 발송했다. 나는 조용히 수면 위를 흐물거리는 식물, 이를테면 부레옥잠 정도를 내 역할로 잡았다. 그 이상으로 강렬한 생물체 역할은 내 몫이 아니란 생각이었다.

소민에게서는 아직 연락이 없었다. 소민은 내 고교 동창으로, 지난

해 봄부터 남편과 별거중이었다. 이혼이 해결책이 아닐지 모르니 시간을 좀 가져보자는 생각에서 부부는 별거에 합의했지만, 계절이 세 번 바뀌는 동안 관계는 전보다 더 소원해졌다. 소민은 최근에 그간 운영해왔던 옷가게를 전에 살던 집 근처에서 대학가 쪽으로 이전하면서 인테리어 문제에 매달렸다. 내 공연이 끝나는 대로 한번 보자고 서로 약속은 해두었는데, 아무래도 전화가 먼저 올 때까지 그냥 두는 편이 낫지 않을까 싶어 조금 더 기다려보기로 했다.

거울과 유리창을 닦고, 엉켜 있는 전선들과 흐트러진 그릇들을 정리하고, 침대보를 세탁기에 넣고 돌렸다. 드라이클리닝 맡길 옷들을 골라내 세탁소에 전화를 걸고, 빠져나간 공과금들을 체크하고, 카드 영수증들을 모아 분쇄하고, 자주 메지 않는 가방 속도 말끔히 비워낸 뒤 가죽을 손질해 더스트 백에 넣었다. 그러다보니 어느새 창밖으로 눈발이 흩날리는 게 눈에 들어왔다.

적막 속에서 흩날리는 눈송이들을 바라보다, 블라인드를 젖혀놓은 채로 넷플릭스에서 외화를 하나 골라 틀어놓았다. 프랑스의 어느 지방에 가족과 친구, 친척 들이 모여 만찬을 벌이며 시작되는 영화였다. 그중 여자 둘과 남자 하나는 며칠 전 먼 친척의 연애 사건에 휘말려 애를 먹었지만, 그 일을 비밀에 부치고 야채와 고기를 접시에 나누어 담으며 서로의 여름휴가 계획을 이야기했다. 그러다 어느 순간, 초록색 원피스 차림의 늙은 부인이 자리에서 일어나 일생 동안 아무도 자기를 진심으로 대한 적이 없다고 소리쳤다. 그녀의 남편이 주먹으로 식탁을 가볍게 두드리고는 이렇게까지 할 일이 아니라며, 괜한 소동을 부리지 말라고 소리치자 부인은 다시 자리에 앉았다. 그들의 딸은 여름휴가 계획을 번복했다. 안시에 있는 친구 집으로 떠나겠다는 것이었다. 그때 내게 다시 한 통의 전화가 걸려왔다. 문선생이었다.

"지금 통화 어떤가요, 괜찮은가요?"

"아…… 제가 뭘 좀 하는 중이라 길게는 어려운데요."

전화는 거기서 뚝 끊겼다. 영화 속 공간이 야외로 바뀌었고, 계절도 바뀌었다. 잔잔한 음악이 흘러나오기 시작했지만, 나는 그다음의 내용과 자막, 사람들의 대화와 동선을 따라가지 못했다. 인물들이 다른 시간, 다른 장소로 옮겨다니는 동안 내 마음은 방향을 잃고 조각나 흩어졌다. 나는 문선생이 내게 존댓말을 썼다는 게 못내 불편했다. 그쪽에서 질문만 하고 곧바로 전화를 끊어버린 걸 보면 내게 예를 갖추고 싶었던 게 아니란 정도는 파악됐다. 그러니 아무래도 상관없지 않을까. 어쩌다 이런 데까지 일일이 마음을 쏟게 된 건지 스스로가 못마땅했지만, 결국 별수없이 문선생에게 전화를 걸었다.

"아까는 요리를 하던 중이었거든요."

나는 자연스럽게 잘 둘러댔다고 생각했지만, 그는 듣지 않은 것 같았다.

"리사가 오토바이에 치였네."

한동안 그 말이 에코가 되어 머릿속에 떠돌았다. 이건 뭐지? 내게 새로운 대본이 주어진 건가? 다른 식으로 연극의 막이 올랐나? 내가 없는 곳에서 나를 초대한 유령이 있던가?

나는 문선생이 내게 그애를 '리사'라고 칭하던 그 순간 어떤 감정을 품고 어루만지고 있었는지 궁금해졌지만, 질문은 짐짓 다르게 했다.

"오토바이라고요?"

"오른팔에 깁스를 했다더군. 그애가 아프거나 다치거나 하면 달리 연락을 할 데가 없어 내게로 오네. 그리고 나는 입이 무겁지."

"저도 말이 그리 많은 편은 아닙니다."

"그애가 자네 얘기를 꺼내던데. 탓하려는 건 아니네만……"

"너무 걱정 마세요. 저도 깁스해본 적 있지만, 여직 잘만 살아 있는데요."

나는 나를 탓하는 게 아니라는 그 말에 비딱해져서 그만 마고처럼 굴었다. 여태껏 살아 있는 게 우리가 서로에게 이토록 뻔뻔해지는 진짜 이유이기라도 한 것처럼. 날카로운 문선생, 평생 사람의 마음과 행동을 들여다보고 표현하는 데 직업적으로 게을렀던 적 없던 문선생은 그때 나를, 내 성향을 꿰뚫었다. 나는 그렇다고 생각한다. 저편에서 어떤 심연이 펼쳐지고 있는 것을 느꼈다. 잠깐의 침묵을 견뎠을 뿐이지만, 형식적으로라도 반성해야 할 것 같았고, 그래서 분위기를 수습하는 척했다.

"어쨌든 제가 도움될 게 있다면 할게요. 하겠습니다."

"자기를 무슨 스타라고 생각하고 우쭐하고 있는 건 아니겠지? 그 정도로 얼치긴 아니지?"

"네에, 그럼요."

"그럼 받아 적게."

문선생은 지연의 집주소와 연락처를 불러주었다. 그리고 새삼 예를 갖춘 목소리로 상황을 정리하려 들었다.

"나는 내가 살피던 애가 몰두할 뭔가를 찾는 게 내 기쁨이라고 말하고 싶은 허영심이 있네. 그걸 억누르면서 자네 같은 조무래기한테도 부탁이란 걸 하지. 좀 다른 이야기도 하고 싶어지는데, 그렇게 만드는 게 자네의 장점인지는 모르겠지만……"

"제 장점은 제가 잘 압니다. 별게 없거든요."

"아무튼 내 도움이 필요할 때 말해준다면 기쁘겠네."

"미리 고마워하실 일이 전혀 아닌데요. 조금도요. 그리고 전 괜찮아요."

나는 그만 전화를 끊으려고 "그럼……" 하고 운을 뗐다. 그때 문선생이 내 말머리를 가로챘다.

"아첨하지 않는 건 마음에 드네."

"그럴 이유가 없으니까요."

나는 예의상 조금 망설이다가 한마디 덧붙였다.

"그럼 쉬세요."

문선생과 나는 거의 동시에 전화를 끊었다.

4

아주 작은 새가 살았습니다.

그렇게 시작되던 동화가 있었다. 아주 작은 새는 아주 작은 집을 짓고 조그만 창을 냈습니다. 그 창으로 가늘고 따뜻한 바람이 먼 곳의 노래처럼 찾아들면 새들은 고요하고 아름다운 꿈을 꾸었습니다.

어릴 적 어느 겨울날이었다. 내 방 천장은 높고, 꿈은 아득하고, 이불은 무거워서, 내게 없는 것들을 음미하기에 적당했다. 때로 어떤 밤은 영원히 길게 이어질 것 같았지만, 시간은 빠르게 흘러갔다.

내게는 잊지 못할 애인이 네 명 있었는데, 그중 두번째 연애가 가장 뜨거웠다. 네 명의 애인은 한 여자의 생에서 충분한 숫자가 아니라고 말하던 친구들이 있었다. 그들과도 대개는 잘 지냈다. 두번째 애인이 어느 한낮 신축 건물 구층 창문을 열고 뛰어내렸을 때, 나는 소리 내어 울기도 전에 확인해야 했다. 내가 사랑했던 것들이 어떤 식으로 내

게 종말을 고하는가를. 연인의 사체 조각은 남의 집 화단으로 튀어나
갔고 보도블록은 그의 피로 물들었다. 나는 신축 건물 세입자들의 난
처한 갈팡질팡 속에서 참담해진 자신을 어떻게든 추슬렀다. 또 어떤
아름다움이나 불쾌함은 가볍게 흘려보내거나 잊으려 노력했고, 어떤
노력들은 왜 집착이 되는지 생각했고, 또 그 나머지들과 함께 인생을
계속 이어나가야 하는지를 질문하지 않고서 그대로 받아들이려고 했
다. 나는 내가 특별히 불행한 게 아니라는 생각을 했지만 그럼에도 불
구하고 때때로 남의 불행 근처에서 발견되었다. 나는 이런 자신을 사
랑하지 않았는데, 그래서인지 인생에 구멍이 뚫렸다. 직장을 여러 번
옮겼고, 내 예상보다 훨씬 일을 잘해냈음에도 그럴 만한 때가 되면 어
김없이 일과 일을 둘러싼 사정들에 지치고 싫증이 났다. 사람들은 언
제나 실제 자기보다 더 좋은 사람인 척하면서 자신이 소화해내지도
못하는 충고를 하느라 내 비위를 거슬렀다. 그런 게 이유일 때도 있었
고, 아니면 다른 이유들 때문에 일을 중단했다. 내가 어떤 여성 잡지
나 인터넷 포털사이트 귀퉁이에 난 연극배우 오디션 공고를 보고 거
기 지원했다고 해서, 배역을 따냈다고 해서, 유별난 의미를 더한 지인
들은 없었다. 나는 나로서 자유롭고 편안해진 줄 알았다. 그러니 누군
가 내게로 와서 잘못된 자기의 안부가 내 안녕에 달리기라도 한 듯 굴
고 있는 것은 황당한 일이었다. 신이 있다면, 그렇다면, 리사나 지연
이나 엘리사벳이나 그 밖에 알아내지 못한 다른 어리석은 이름들을
살피소서.
    나는 문선생이 알려준 주소를 따라 지연의 집을 찾아갔다. 사는 데
를 확인하고 싶다는 생각은 없었는데, 택시에서 내리자 동네의 을씨

년스러운 분위기에 이끌렸다. 그래, 한번 보기나 하자. 어디서 온 아이인가.

고만고만한 오피스텔과 주상복합건물들이 들어서 있는 도로변에서 안쪽으로 십 분 정도 걸어들어가니 약간 언덕진 길이 나왔다. 그 길을 타고 죽 낡은 연립, 새로 지어 올린 다세대주택, 오래된 단독주택 들이 이어졌고, 좁고 긴 골목들, 소규모 과일가게와 문구점과 슈퍼마켓이 나타났다. 지연이 사는 집은 지은 지 오래되어 보이는 단독주택이었다. 반듯한 담장에 칠이 벗겨진 파란 대문을 단 집. 커튼이 드리워진 창문이 보였다. 창의 삼분의 이 이상이 커튼에 가려져 있었는데, 가려지지 않은 나머지 부분에서 형광등 불빛이 새어나왔다. 주위는 조용한 편이었고, 간간이 책가방을 멘 초등학생들이 두세 명씩 짝을 지어 나타났다가 다른 골목길로 사라졌다. 더이상 안으로 들어설 수는 없었고, 발끝도 시려왔다. 나는 뒤돌아서서 다시 큰길까지 내려왔다. 차도 맞은편에 위치한 조그만 카페에 자리잡고서 지연에게 문자 메시지를 넣었다.

—카페 윙스 도착. 창가에 앉아 있음.

십오 분쯤 지나자 카페 유리창을 통해 그애가 맞은편에서 내 쪽으로 걸어오는 모습이 보였다. 지연은 외투를 걸치지 않은 채, 노란색 스웨터와 진한 블루진 차림으로 다가오고 있었다. 그애의 걸음걸이, 깁스한 팔을 다른 손으로 만지작거리는 모양새, 달랑거리는 베이지색 손가방, 길을 건너기 전에 내 쪽을 향해 눈을 찡긋거리는 모습을 다 알아볼 수 있었다. 날씨는 변덕스럽게 얼었다 풀렸다 하는 중이었고, 며칠 사이 그애와 나 사이에 따뜻한 기류가 오간 것은 아니었지만, 외투를 걸치지 않은 그 노랑은 내게 말하고 싶어했다. 지금 마음이 따뜻해요. 감사해요. 제가 얼른 그리로 갈게요.

"문선생님이 뭐라고 하세요?"

자리에 앉자마자 지연이 눈을 깜박거리며 물었다. 조명 아래서 그 애의 스웨터는 솜털이 보송하게 일어난 채로 한층 더 환하게 빛났다.

"네가 나를 무슨 스타 취급하는 게 당신한테는 모욕적이라고 하시던데."

나는 반말을 했다. 이제부터 내가 가장 잘하는 짓을 하려는 참이었다. 일부러 모나게 굴어 정떨어지게 하는 재주.

"아이, 그렇게 유치한 분 아니신 거 아시잖아요."

그 '아시잖아요'에는 아무런 근거가 없었다. 그러면서도 나를 타이르고 어르는 말투라 기분이 묘해졌다.

"내가 아는 젊은 친구들 중에는 변기 디자인에 꽂힌 애도 있고 돌고래의 전생을 밝히는 데 심취한 애도 있어. 뭔가 강한 인상을 심어주려면 팔을 부러뜨리는 정도로는 안 되지. 너무 성의가 없네."

지연이 웃었다. 왼쪽 뺨에 귀여운 볼우물이 패었다.

"봤지? 난 유치한 사람이야. 체면상 코만 안 흘릴 뿐이지."

"왜 다쳤는지는 안 물어보세요?"

"아무튼 되게 잘 다치는 거 같은데 조심을 좀 하지그래?"

"꼭 저를 잘 아는 사람처럼 말씀하시네요."

"네가 날 오해하는 만큼은 나도 자유로워야지."

"그렇다면, 영광이에요."

"영광 같은 거 잘 느끼는 타입인 거야? 내가 싫어하는 유형인데."

"다행이네요. 무관심에서 빨리도 발전한걸요."

우리는 서로의 맥박을 재면서 뛰는 마라톤선수 같았다. 일정한 보폭을 유지하며 긴장감을 놓지 않는. 이전에 내 앞에서 절절매던 그애를 떠올리면 이상한 일이었다. 그때 알아차렸어야 했는지도 모른다. 열기 어린 첫번째, 조심스런 두번째, 짐작과는 다른 세번째가 네번째 만남을 부르는 밀고 당기기의 흔한 기술이라는 것을. 지연은 깁스를 했다는 소식에 내가 집 앞까지 찾아와야만 했다는 데서 일단은 이 만남의 열쇠를 자기가 쥐었다는 것을 알았다. 그리고 짧게, 의무적으로, 상대방에게 다소 실망감을 안겨주면서 그 자리에서 벗어나려던 내게는 그 일이 코를 잘못 뜬 뜨개질감 같았다. 도로 다 풀어내든, 다른 방식으로 매듭짓든 어쨌든 손을 써야 할 일거리로 남은 것이다. 지연이 고집을 부리는 통에 나는 늦은 점심식사를 얻어먹는 데까지가 내 의무이기라도 한 것처럼 나머지 시간을 그애와 함께 보내야만 했다. 두 시간 후에 잡지 인터뷰가 잡혀 있으니까, 어차피 한 시간 정도면 끝을 보게 될 일 아닌가 싶기도 했다. 지연은 왼손으로 서툴게 밥과 국을 떠먹으며 대화를 이어갔다.

친숙하지 않은 상대와의 식사 자리는 대개는 입을 벌려 밥을 떠넣고 음식물을 씹어 삼키는 일련의 자기 동작들을 물끄러미, 어색하게 바라보게끔 하기 마련이다. 그러나 나는 곧 이어질 인터뷰 스케줄을 염두에 두며 가끔씩 그리로 생각이 미끄러지는 바람에 정작 내가 놓인 시공간에서는 간혹 존재하지 않는 듯 있었던 것 같다. 그래서 처음 함께하는 식사 자리임에도 불편해 보이지 않았을 테고, 아마도 그런 모습이 그애에게는 무심하게만 비쳐 그애의 마음을 상하게 했을지도 모른다.

"저는 깁스하고 있는 동안은 별다른 일을 못해요."

지연이 말했다.

"육 주가 걸린대요."

"안됐구나."

나는 그리 성의 있는 표정을 만들어 보이지 못했다.

"그럼 봄이 오겠죠."

"좋아하니, 봄을?"

나는 질문을 위한 질문을 했다.

"봄에 태어났거든요."

지연은 다음을 위한 기약을 했다. 확실히.

"생일이 언제예요?"

"여름."

"별자리는?"

"오소리좌."

"어머, 그런 건 없잖아요?"

"별자리 안 믿어."

"잘 안 믿는 사람이 나랑 잘 맞아요."

"누가 너보고 그런 게 네 운명이라고 했나보구나?"

"아뇨, 극과 극은 통한다잖아요."

지연은 생글거리며 그렇게 말하고 나서는 곧장 얼굴에서 웃음기를
지워냈다. 농담 같은 말을 던져놓고는, 갑자기 고요해졌다. 한동안 나
는 창밖으로 주의를 돌렸다. 인부 둘이 분주히 움직이는 중이었다. 한

사람은 사다리를 타고 올라 유리창에 붙은 눈 결정체 모양의 스티커를 떼어내고 있었고, 나머지 한 사람은 아래쪽의 물결무늬 스티커를 떼어냈다. 잔잔한 실내 음악에 간간이 유리창을 긁어대는 소음이 겹쳤다. 점원이 우리 테이블에 놓인 빈 그릇들을 치웠다.

"오토바이에 치인 거 아니에요. 실은 좀 슬프고 무안한 일이 있었어요. 언니는…… 언니는 괜찮지요? 언니라고는 부를 수 있는 거잖아요. 별난 호칭도 아니니까. 계단에서 굴렀어요. 오빠랑 옥신각신 좀 하다가요. 문선생님한테 사실대로 말하기는 싫었어요."

지연은 질문을 기다리고 있었을 것이다. 달리 거기 대고 내가 할 말이 없으니, 질문을 할 수밖에는 없지 않은가. 하지만 나는 침묵을 택했다. 그러니까 나는 누구의 나이든 친절한 언니로서 그 고백에 질문을 보낼 의사가 전혀 없었다.

"미안하지만, 나 선약이 있어."

나는 그 순간 아주 서늘해지는 지연의 표정을 보았다.

"인터뷰가 잡혔다고 해."

지연이 고개를 좌우로 살짝 틀더니 다시 큰 동작으로 고개를 가누었다. 한 번, 두 번, 그리고 세 번. 고개가 제자리로 돌아왔을 때 그애는 내게 눈을 맞추고 웃었다. 치아를 드러내지 않은 채 입술과 눈빛으로만. 그리고 입술을 거의 벌리지 않고 읊조리듯 말했다.

"부탁 하나만 드려도 될까요?"

지연이 가방을 뒤적이더니 손 크기의 카드 봉투를 꺼내 내밀었다.

"이거 좀 보관해주실래요? 제가 다음에 찾으러 가려고요."

내가 그 말에 고개를 가로젓자, 지연이 카드 봉투를 테이블 위에 내려놓고 내 쪽으로 밀었다. 나는 거절했다.

"곤란해."

"사정이 있어서 그래요. 저도 언니 사정 이렇게 이해하잖아요."

나는 시계를 보며 시간을 확인했다. 스무고개에 말려들 여유가 없었다. 봉투를 받아 핸드백에 넣으며, 집요한 상대에게 부드럽게 저항할 만한 말을 찾아냈다.

"그럼 안 펴볼게. 약속하지."

"어머, 물론 그러시겠죠. 백 프로 믿어요. 정말로요."

지연이 눈을 반짝이며 자리에서 먼저 일어서더니 계산대 쪽으로 걸어갔다.

*

인터뷰 장소는 라디오 방송국과 보험사, IT회사 등이 입주해 있는 고층 빌딩의 일층 카페였다. 팝아트풍의 그림 네 점, 십오 인용 테이블 하나와 사 인용 테이블 셋, 프로젝터가 마련되어 있는 별도 공간에 사람들이 미리 와 자리잡고 있었다. 극중에서 춤을 추었던 쌍둥이 남자 배우 둘, 제시의 이모 역을 맡았던 오십대 배우 전노아, 유령 역이 이미 와 있는 모습을 보고 나서야 이 인터뷰의 전체 그림이 어떤 모양새일지 어렴풋이나마 짐작되었다. 개성과 조화, 백스테이지의 풍경들, 약간의 개인사, 열정과 눈물. 나는 도식적인 답변 몇 개를 머릿속에서 추려냈다. 나머지는 조용히 미소를 지으며 예, 아니요, 글쎄요, 정도를 되풀이하다보면 끝날 것이었다.

유령 역이 나를 보자마자 호쾌하게 웃으며 자리에서 일어나 알은체를 했다. 나는 두루 인사를 하면서 가장자리에 앉았다. 연출자는 다음 공연을 준비중이었는데, 그 때문인지 아니면 다른 개인적인 일 때문인지 일본에 가 있다는 소식을 그 자리에서 전해 들었다.

유령 역의 실제 이름은 김성군이다. 그는 인터뷰 중간에 〈그대 목소리〉라는, 자신이 예전에 출연했던 뮤지컬의 주제곡 한 대목을 나직하게 선보이기도 했다. 전노아는 공연 종반까지도 다른 배우들과 사담을 거의 나누지 않았는데, 배역에 몰입하기 위한 그녀만의 방식이 아닐까 추측했다. 그녀는 제시의 회상과 상상 부분에서만 잠시 등장했는데도 불구하고, 관객들은 매번 그 대목에서 가장 많이 동요했다. 존재감 있는 배우의 호소력 짙은 눈물 연기는 매력적이었다. 그런데 그녀는 인터뷰 자리에서는 다른 모습이었다. 말주변이 없고 낯을 가리는, 자기 주름살을 낯설어하는 소년 같았다고나 할까. 그녀는 단순한 질문에도 망설이며 불필요한 말들을 늘어놓거나 질문의 의도와는 전혀 다른 일화들을 끄집어냈다. 이를테면 '이 연극은 다소 난해한 부분이 있는데도 이례적으로 흥행에 성공을 거뒀다. 이유가 뭐라고 생각하나?' 같은 질문에 그 자리에 있지도 않은 연출자의 역량을 두루뭉술하게 열심히 칭찬하며 그의 전작들을 길게 읊었다. 그러면 김성군이 나서서 화제를 자기 쪽으로 돌렸다.

"모든 극에는 나름의 운명이란 게 있다고 생각하는 거죠."

그는 이 배역에 이르기까지 자기가 거쳐왔던 다른 역할들이 어떻게 이 연극에 녹아들게 되었는가, 그게 자기에게 어떤 의미로 다가왔는가를 이야기했다.

쌍둥이 배우들은 형식적인 질문에는 위트 있게 대처했고, 심도 있는 질문에는 다른 질문으로 대답을 대신했다. 기자가 감상이나 사건을 덧붙이고 나면, 공연중에 오갔던 자기들끼리의 언쟁, 엇나간 호흡, 짐작과는 달리 호응이 좋았던 대목 등을 짚어내면서 요령 좋게 대화를 풀어갔다.

인터뷰가 한 시간 이십 분 정도 이어졌을 즈음, 기자와 포토그래퍼가 자기들끼리 눈을 맞추더니 잠시 자리를 떴다가 곧이어 제자리로 돌아왔다. 기자가 테이블 위에 놓아뒀던 보이스리코더를 끄고는 양팔을 벌려 지휘하듯 허공에 대고 흔들었다. 무언가를 털어내고 새로운 바람을 우리 테이블로 불어넣으려는 것처럼.

"그 왜 있잖아요, 공연 끝부분에 나오는 파도 소리."

그러고는 말을 잠시 멈추고서 양손을 제 가슴 앞쪽으로 가지런히 모았다가, 다시금 목소리를 낮추어 말을 이어갔다.

"저한테는 그게 굉장히 인상적이었어요. 혹시 난파선에 올라탔다고 느꼈던 경험들이 있으신지 궁금해요. 그러니까, 무대 밖에서는 어떠신지 해서요."

전노아가 테이블 위에 놓인 냅킨을 만지작거리더니 고개를 한 번 갸웃하고는, 왼손으로 가슴을 살짝 짚었다 떼면서 말했다.

"글쎄……"

배우들과 취재진의 시선이 일시에 전노아를 향했다. 전노아는 허공을 응시하며 말을 고르는 듯했다. 그러는 동안 그녀의 시선은 깊어지고 표정은 미묘하게 신비스러워졌다. 나 역시 홀린 듯이 그녀의 시선과 목소리에 빨려들었다.

"삼 년 전에 아무런 일거리가 없었거든요. 무작정 파리로 가서 한 달 반을 지냈죠. 막연히 그럼 나아질 것 같았나봐요. 남들은 여행도 자주 다니던데, 나는 어쩌다보니 보름을 넘긴 여행이 그때가 처음이었어요. 어느 저녁 무렵에 비슷비슷한 모퉁이들을 돌다가 눈에 들어온 식당이 있어 들어가 앉았는데, 자리잡고 둘러보니까 그제야 정신이 들었는지 인도 식당인 걸 알겠더라고요. 파리에 있는 인도 식당. 홀에 손님이라고는 나 혼자뿐이고…… 주문과는 다른 음식이 나왔는데, 물릴 수가 없었어요. 영어도 서툴고, 낯선 데서 뭘 혼자 먹는 것도 기분이 영 그렇고. 뭔가 잘못됐다는 생각이 들었지만 밖으로 바로 나가기도 민망해서…… 실내조명이 어두웠지만 식당 주인이 내 표정을 봤을 거예요. 겁을 집어먹었거든. 겨우겨우 나를 지탱하고 서 있는 느낌이었어요. 차가운 물길을 헤쳐온 듯한 느낌. 오래전부터 멀쩡한 것처럼 그렇게 휘적거리면서 남의 집에 기어들어가고 있었다는 생각이 그때 들데요. 한기가 드는 것처럼 이렇게 으슬으슬 몸이 떨리고. 이제 막 온전한 내 몫의 시간을 마주하고 앉았지만 음식마저 내가 바라던 게 아니고요. 이게, 이런 순간들이 바로 내 인생일지 모른다는 생각이 들었어요. 그 감정이 이번 무대에서 살아나더라고요. 객석에서 함께 울어준 관객들은 모두 내 친구들이겠지요. 그렇게 생각해요. 진심으로 고맙다는 말을 전하고 싶어요."

그녀는 회고조로 쓸쓸해하며 물의 비유를 가져다 썼지만 정작 본인은 수영선수처럼 유연한 턴을 해 보였다. 마지막에 매끈하고도 우아하게 경기장을 빠져나가는 중견 선수의 의외의 자태 같은 것.

나는 딱 내 예상만큼만 해냈던 것 같다. 난파선과 파도에 대해서는 어느 저녁 공연에서 대사를 틀리게 내뱉은 경험을 더듬거리며 말했다.

"정신이 아찔해져서 그만 퇴장하고 나서야 구조된 거 같더라고요."

안도의 숨을 내쉬면서, 그렇게 조용히 그 질문으로부터 발을 뺐다.

"근데 그게 자기야."

그때 유령 역의 김성군이 선배 연기자로서 적극 나서서 나를 뭐라고 정의하고 싶어했던 것은 적잖이 곤혹스러웠다.

"그런 게 겉으론 하나도 안 느껴졌거든. 말 안 했으면 아무도 몰랐을걸? 그러니까 자기는 무대 체질이든지 아니면 딱 자기 배역 같은 사람이라고."

그가 나와 전노아를 번갈아 힐긋거리며 말하자 쌍둥이 배우들이 맞장구를 쳤다.

"다음에 제가 연출할 때 두 분이 연적으로 출연해주시면 웃길 거 같아요."

다행히 그들은 연출에도 관심이 있다는 뜻을 넌지시 비치면서 내게 돌아온 조명을 부드럽게 채갔다. 이제 나는 내가 누구의 배려로 여기 불려 나오게 되었는지 확실히 답을 들은 것 같았다. 제시의 이모. 전노아. 그녀가 나를 보며 손동작으로 내 머리칼에 정전기가 일었다고 일러주고 있었다. 기자가 내게 앞으로 배우의 길을 걸을 거냐는 형식적인 질문을 던지고서, 손가락 사이에 끼워넣은 펜을 까딱거렸다. 나는 머리칼을 매만지며, 기자와 나를 여기 불러낸 배우 모두를 그다지 실망시키지 않을 대답을 찾아내야 했다.

"아휴, 그런 행운이 제 몫일 리가요."

낮은 웃음소리. 손바닥을 비비는 동작. 아니야. 아니야. 이런저런 덕담들. 그렇게 마지막 인사를 나누고서, 나는 일행과 흩어져 화장실로 들어갔다. 변기 물을 내리고 나오자 콤팩트를 들고 선 전노아가 거울을 통해 내게 미소를 지어 보였다. 화장실 칸칸에서 흘러나오는 소리들 속에서 내가 내는 소음을 그녀가 가려내고 있었을 리는 없지만, 나는 그 미소가 부적절하다고 느꼈다. 그래서 다른 생각에 잠긴 듯이 두 눈을 깜박이며 그녀 옆에 다가서서 손을 닦았다.

"자기, 이제 어디로 갈 거야?"

그녀가 내게 말했다. 나는 손으로 비누 거품을 내면서 거울에 비친 우리 둘의 모습을 번갈아 보았다. 물줄기가 약해졌다가 다시 강해졌다. 물이 점차 차가워졌고, 손이 빨개졌다.

"별일 없으면 우리집에서 한잔 어때?"

"저는……"

나는 수도꼭지를 잠그고 휴지로 손의 물기를 닦아냈다. 그래서 잠깐 그녀에게 등을 보였다.

"그래, 뭐 꼭 오늘이 아니어도 돼."

나는 그제야 그녀를 향해 돌아서서는 작게 고개를 끄덕였다.

"네, 다음에요."

"차는 가지고 왔어?"

그때 여자 둘이 화장실 문을 열고 들어와 내 옆에 다가섰다. 나는 자리를 내주며 비켜섰고, 전노아는 화장을 마저 고쳤다. 그녀의 얼굴은 하얗게, 하얗게 덧칠해지다가는 굳어졌다. 무표정해졌다.

"아뇨."

"그럼 내가 차 빼놓고 기다릴게."

그녀가 가방을 챙기더니 문을 열고 나갔다. 나는 그녀가 보고 섰던 거울 앞에서 어정쩡하게 시간을 끌다가 밖으로 나왔다. 건물 밖으로 걸어나오자 흰색 크라이슬러가 클랙슨을 울렸다. 나는 종종걸음으로 그리로 다가갔다.

"가다 편한 역에 내려줄게. 일단 타라고."

뒤이어 차가 들어오고 있었으므로 머뭇거릴 새가 없었다. 조수석에 올라 안전벨트를 맸다. 차 안에는 간단한 장식조차 없었다.

"자기, 혹시 말 안 한 거 있지 않아?"

그녀가 물었다. 그러니까 내 인터뷰는 아직 끝나지 않은 셈이었다. 내가 잠자코 있자 그녀가 고쳐 물었다.

"내 말은, 그러니까, 연극 말이야. 아주 처음은 아니었지?"

"아…… 그게, 저, '섬마을 이야기'라고요, 정확하진 않은데, 아마도 제목이 그 비슷했던 거 같아요. 거기서 뱃고동 역할 했던 적 있어요. 근데 뭐 그런 건 안 쳐주실 테니까요."

"무슨 뱃고동이란 역이 다 있었나봐?"

"그게 아니라, 학교 다닐 때 학예회에서였어요. 무대 옆에서 적당한 때 고동 소리 나는 장난감 나팔을 불었어요. 노란색 플라스틱으로 된 거. 전 그게 제일 좋더라고요. 사춘기였거든요."

"아하하하."

그녀가 어깨를 들썩이며 웃었다. 사석에서 그렇게 소리 내 웃는 모습을 처음 보았다. 아하하하하.

"난 이제야 공연을 막 다 끝낸 느낌이야. 긴장이 확 풀리는 중인데, 많이 아쉽네. 같이 좀더 이야기를 나누면 좋을 텐데! 근데 문선생님

말이야."

그녀는 문선생 이야기를 꺼냈다. 전철역이 가까이 다가왔다 곧 뒤로 물러났다.

"오래 못 살아."

그녀는 뭔가 얘기를 더 하려다 입을 다물었다. 그리고 나를 흘긋 곁눈질로 보았다.

"몰랐어?"

"네."

"누가 그러던데, 서로 잘 아는 사이 같더라고. 어떻게 그런 걸 모를 수가 있나?"

두려움. 죽음에 대한 두려움에 표하는 예의일 거라고, 그래서 꼬리를 물고 이어지고 있지만, 결국은 형식적인 질문일 수밖에 없으리라고 생각했다.

"잘 아는 사이라는 말이 왜 나온 건지 모르겠는데요. 그때 처음 뵌 거거든요. 저도 의외이긴 했어요. 하지만 뵙고 보니 이해가 될 것도 같았어요. 아시잖아요, 문선생님이라면……"

그때 지연이 구사하던 화법을 나도 모르게 써먹고 있다는 걸 깨달았다. 아시잖아요.

"그래, 그렇지. 엄격해 보여도 굉장히 따뜻한 분이지. 그러니까, 두루 신경을 쓰셨던 거구나."

나는 문선생의 어떤 면이 얼마나 따뜻한지, 무슨 병으로 오래 못 살게 되는 건지 묻지 않았다. 내 느낌에는 전노아가 나를 자기 차에 태워서 하고 싶었던 이야기 역시 그게 아닐 것 같았다. 잠깐의 침묵이 이어지는 동안 그녀는 사전에 나에 대해 갖고 있던 정보나 느낌을 조금 수정하고 있는 모양이었다. 그녀는 다음 전철역이 보이자 그쪽으로 서행해 가면서 가볍게 화제를 돌렸다.

"그저 그렇게 써낼 거 같지?"

"네?"

"아까 그 기자 말이야. 기사 나오면 같이 확인해보는 건 어때? 다다음 주 주말에 자기 시간 괜찮아?"

*

잠깐 서행하겠다는 안내 방송과 함께 전철 안의 등이 꺼졌다가 다시 들어왔다. 내 옆 사람은 꾸벅꾸벅 조는 중이었고, 맞은편 사람은 고개를 주억거리며 이어폰에서 흘러나오는 음악에 장단을 맞추고 있었다. 한 남자가 막 내 앞으로 다가서서 입을 반쯤 벌린 채로 양파 냄새를 풍기며 휴대폰을 들여다보았다. 그제야 환승역을 지나쳐버렸다는 걸 알아챘다. 서둘러 집에 가야 할 이유 같은 건 아무래도 없었으니 소민에게 전화를 걸어보기로 했다. 소민도 내 마음과 같기를 바라며. 다행히 연결음이 두 번도 채 울리기 전에 저편에서 목소리가 튀어올랐다.

"야! 넌 정말 너무하다, 야."

대뜸 타박부터 하는 소민의 목소리가 고맙고 반가웠다. 쓸데없는 인사치레를 생략할 수 있다는 사실만으로도 기분이 한결 나아졌다.

"나 지금 그리로 가는 중인데, 필요한 거 뭐 있나 얼른 살펴보고 좀 알려줄래?"

"지금 당장? 웬일이니! 그럼 다른 건 됐고 이 리터짜리 생수 여섯 통 정도? 야아, 빛의 속도로 달려와."

나는 이 리터짜리 생수 여섯 통을 한 번에 들 수는 없었고, 해서 근처 슈퍼마켓에서 세 통만 사들고서 소민의 가게로 갔다. 대학가와 인접해 있는 주택단지의 삼층짜리 주상복합건물 중 일층, 십오 평형 공간이 소민이 새로 옷가게로 꾸미고 있는 곳이었다. 전에는 제과점이 있던 자리였는데, 소민의 시아주버니 소개로 시세보다 싸게 얻을 수 있었다고 했다. 그렇더라도 빚을 내 시작한 일인데다, 요사이 소민이 난감한 가정사로부터 도망치듯이 벌여놓은 확장 이전 사업이라는 걸 알고 있던 터라, 나는 대놓고 걱정하는 내색은 삼가자 싶었다. 조용히 곁을 지키며 마음을 내주는 것, 우리 친교는 그런 방식으로 이어져왔다. 필요한 것 이상을 친구에게 해줄 수 있다고 스스로를 믿는 것은 과욕이고 자만이라는 걸 소민도 나도 경험상 충분히 이해하고 있었다.

가게는 이전과는 달리 안팎으로 시원하고 깔끔하니 탁 트여 보였다. 외벽과 내벽 모두 흰색으로 새로 칠했고, 전면에 통유리를 사용했다. 출입문 역시 상단의 삼분의 이 정도가 유리였는데, 중앙에 흰색의 알파벳 M자가 마치 물결처럼 떠올라 있었다. 나는 안쪽의 분위기를 살펴보려고 바깥에서 기웃거리다가 쇼윈도를 통해 소민과 눈이 마주쳤다. 소민은 비죽이 미소를 짓더니 출입문을 열어주고는 푸념했다.

"이야, 생수라고 했다고 정말 생수만 달랑 사왔냐? 대단하다, 야!"

소민은 머리칼을 아무렇게나 틀어올려 핀으로 고정했고 화장이 거의 지워져 피부색이 얼룩덜룩했다. 생수를 받아들려고 내민 손끝은

연보랏빛 매니큐어가 군데군데 벗겨져 있었다. 나는 소민의 잔소리를 귓등으로 흘려보내고는 실내를 돌아보며 인테리어 계획에 관해 물었다. 작은 방과 화장실, 피팅룸이 딸려 있는 곳인데도 조명과 거울, 유리를 적절히 활용해서인지 실내가 전혀 좁아 보이지 않았다. 천장 곳곳에 펜던트 조명이 매달려 있어서 전체적으로 편안하고 따뜻한 느낌을 자아냈다. 바닥의 일부에는 회색과 흰색의 타일들을 교차해 깔아놓았고 그 위에 전신 거울을 배치했다. 아직 제자리를 찾지 못한 검은색 이동식 행어 네 개와 거기에 가로획을 다섯 개 더해넣은 듯한 파티션, 아담한 수납함 세 개가 한데 모여 있었다.

쇼윈도 근처에는 하얀 사다리 형태의 조형물이 있었다. 마네킹의 옷을 갈아입히거나 쇼윈도를 닦거나 꾸밀 경우에는 사다리로 쓸 것이지만, 대개는 그 자리에 장식용으로 놓아둘 물건이라 했다. 나는 카운터 쪽으로 걸어가 그 뒤편에 놓인 긴 벤치 모양의 의자에 앉았다. 그리고 의자 양끝의 팔걸이에 접이식 독서대가 달려 있는 걸 뒤늦게 발견했다. 소민은 마치 내가 막 난이도 높은 퀴즈를 푼 학생이고 자기가 학부형이라도 되는 것처럼 손뼉을 치며 웃었다.

"맞아, 그거 내 아이디어야. 간이 식탁 겸 책상으로 쓰려고. 난 지금 태평양처럼 탁 트인 데 있어야 간신히 숨통이 트일 거 같은 심정인데 현실은 여기 있잖아. 엉뚱해 보이는 물건이 하나 있으면 좋겠다, 덜 지루하겠다 싶더라. 생각보다 효율적이기도 해."

"네 박수 소리에 더 놀랐다. 여기가 이 매장의 유머 구역이구나."

"뭐라니? 하여간 네가 이거 찾아낼 줄 알았어."

소민은 그렇게 대꾸하고는 곧바로 전기 주전자에 내가 사온 생수를 넣고 끓였다.

"너도 라면 먹을래? 내줄 게 아무것도 없어, 지금."

"난 됐어. 너 나가서 제대로 챙겨 먹어. 같이 있어줄게."

"지금 뭘 한 상 차려 먹고 싶은 기분도 정신도 다 아냐, 야."

소민은 내게는 물 한 잔을 내주고는 자기는 그 간이 책상 겸 식탁을 펼쳐 컵라면으로 간단히 요기를 했다. 나는 자리에서 일어나 어질러진 물건들과 잡지들을 정리했다. 소민이 자기가 전화를 먼저 걸지 않은 건 내게 화가 나 있었기 때문이라고 쏘아대기 시작했는데, 나는 처음에는 귀담아들었지만 점차 괘념치 않게 됐다. 그래서 소민이 말을 멈추고 문득 내 등허리를 소리 나게 쳤을 때는 '엇!' 소리도 내지 못한 채 어리벙벙한 표정이었다.

"너는, 하여간 너는!"

소민이 그렇게 말하며 나를 흘겨봤다.

"빈집으로 기어들어가기 싫다, 야. 오늘 너, 나랑 밤새 여기 있자. 응?"

소민이 미간에 주름을 만들면서 대답을 재촉했다. 소민이 새로 얻은 오피스텔은 깔끔하고 해가 잘 드는 남향이었지만, 소민은 그 공간에 정들이지 못한 채 게스트하우스에 짐을 푼 여행객처럼 지냈다. 한밤 웅크리고 자다가 아침이 되면 블라인드를 걷어 햇빛을 들이고 침대 머리판에 등을 기대고서 뜨거운 커피를 마셨다. 그 아침나절 잠깐을 빼고 나면, 마음이 고요한 시간은 거의 없다고 했다. 한동안은 더 그럴 것이다. 나는 오랜만에 여기 찾아온 주제라 친구가 빈집으로 '기어들어가게' 내버려둘 수는 없었다.

환풍기를 돌려 음식 냄새를 빼낸 뒤 각자 간단히 씻고 방으로 들어 갔다. 옷가지들과 화장대, 이불, 펼치면 침대가 되는 접이식 소파가 전부인 곳이었다. 소민은 두 사람이 누울 수 있도록 소파를 펼쳤다. 둘이서 딱 달라붙어 자게 생겼다고, 자리가 좁다고, 나는 투덜거렸다. 그러다 요가 자세를 응용해 감옥을 탈출했다던 남자가 생각나 소민에 게 그 얘기를 했다.

"오!"

소민이 두 손을 모으고 탄성을 내질렀다. 그리고 조용히 말했다.

"나도 할 수 있을지 몰라."

소민은 요가를 배운 지 삼 개월 만에 그만두었다. 몸과 마음의 수련 과 정화를 위해서, 라는 이유를 달고 시작한 일이었지만 어느 저녁시 간, 수강생이 스물다섯 명이나 들어찬 피트니스센터에서 마지막 동작 으로 송장 자세를 취하다 말고는 도망치듯 밖으로 나와버렸다고 털어 놓았다. 바닥에 누웠는데, 그때부터 주체할 수 없이 눈물이 주룩주룩 났다는 것이었다. 사방이 고요해지니까 슬픈 생각들이 속에서 들썩이 더라고. 그 와중에 저편에서 다른 수강생이 드르렁드르렁 코를 고는 소리를 듣는 건 정말 외로운 일 아니냐고.

"그렇잖니?"

나는 그렇다고 대꾸했다.

"자, 이렇게, 이렇게. 봐봐! 이런 자세였을 거야, 그 탈옥수."

소민이 비둘기 자세를 해보겠다며 팔다리와 허리를 틀어 보이다가 그대로 내게 고꾸라졌다.

"미쳤어!"

넘어지는 소민에게 팔뚝을 세게 얻어맞은 내가 소리질렀다. 그러다 둘이서 서로의 엉덩이와 옆구리를 찌르고 치면서 투덕거렸다. 학창 시절에 그랬던 것처럼. 같은 방을 오래 써온 자매가 그러는 것처럼. 아니면 그런 느낌을 재연하려는 것처럼. 그러다가 나는 힘이 빠져 모로 누웠고, 소민은 한쪽 무릎을 가슴께로 끌어당겨 쭈그려앉은 채로 숨을 고르며 생각에 잠겼다.

"이제 어떻게 할 거야?"

소민이 물었다. 나는 누운 자리에서 몸을 굴려 엎드리며 되물었다.

"뭘?"

"나 좀 도와주면서 같이 일해보면 어떠니?"

소민이 내 등허리에 가볍게 손을 얹으며 말했다. 살짝 웅크리고 있다가 펼쳐지는 그 손. 대답을 기다리는 내 오랜 친구의 손. 나는 몸을 도로 틀어 바로 누웠다. 소민의 손이 바닥으로 떨어졌다.

"글쎄. 좋은 생각인지 잘 모르겠다."

"그럼 찬찬히 잘 생각해보고, 당장은 중경이 졸업식에 좀 같이 가주라. 중경이가 대표로 노래를 한다는데."

아, 본론이 따로 있었구나. 나는 이제 귀를 기울여야 했고, 성실해야 했다. 중경은 소민의 열네 살 난 큰아들이다. 그 밑으로 열 살 난 작은아들 승경이 있다. 가지런히 자른 앞머리 너머 볼록하고 넓은 이마를 감춘 아이들. 사춘기로 접어들었거나, 곧 접어들게 될.

"그 사람은 그년이랑 같이 오겠대. 미친놈, 이젠 대놓고 뻔뻔하기까지."

그년이란 승경의 보습학원 강사를 가리키는 말이었다. 삼십대의 단

아한 대학원생. 언젠가 소민이 손을 부들부들 떨면서 내게 어떠냐고 사진을 보여주었던 그 여자. 하지만 그땐 이미 소민에게도 '그놈'이라 할 만한 남자 미용사가 있었다.

"언제야?"

나는 자리에서 일어나 휴대폰을 꺼내들고서 소민이 말하는 날짜와 시간, 장소를 메모해 저장했다. 그러자 소민은 기분이 풀렸는지 내 생활에 이러쿵저러쿵 간섭할 만큼의 여유를 찾았다. 내가 선글라스 수입회사의 마케터였을 때, 중소기업 개발품에 대한 보도자료를 쓰던 때, 또 가죽제품 광택제를 파는 작은 부스의 점원과 스파센터의 상담원으로 밤낮을 가리지 않고 일하던 때에 옆에서 지켜보며 마음 졸이던 날들이 있었다고 했다. 그 무렵 나는 강박적으로 복장이 단정해서 늘 유니폼을 입고 있는 것 같은 착각이 들 정도였지만, 눈자위는 종종 충혈되어 있었고 저녁이 되면 목과 턱에 붉은 반점이 생겨나 화상을 입은 것처럼 번져갔다가 사라지는 여름날도 있었다면서. 또 상냥하게 미소를 짓고는 있었지만 광대뼈 밑이 우묵하니 그늘진 채로 끼니 대신 커피를 들이마시며 손을 떨 때가 있었다고도 했다.

"그랬니? 내가 그랬었나?"

간간이 추임새 같은 질문을 반복했던 건 그저 고마움의 표시였다.

"부스 사이에서 표정과 포즈를 눈 깜짝할 사이에 바꾸는 게 거의 그런 쪽으론 선수처럼 보이더라만, 아는 사람한텐 그런 게 더 불안하고 무서운 법인 거 알아? 근데 너는 평소에 내 생각을 나만큼은 하냐? 응? 말해야 겨우 알아먹는 체하고 말이야."

잔소리 같기도 하고 하소연 같기도 한 말들이 이어졌다. 소민의 생각에 내 삶의 그래프는 불안정하게 흔들렸고, 전반적으로 하락세였다. 나는 이제 마냥 수긍하고 있기도 지쳐가는 터라 다른 데로 눈을 돌렸다. 자리에서 일어나 페트병에 남아 있는 마지막 생수 방울까지 털어 마시고는 가방을 뒤적여 괜히 뭔가를 찾는 시늉을 했다. 그때 카드 봉투가 눈에 들어왔다.

소민이 벽에 기대앉아 노래를 흥얼거리기 시작했다. 노래는 간지럽게 시작해서 반음씩 떨어지더니 전반적으로는 단조풍이 되어 흘러갔다. 나는 가방 속에 두 손을 집어넣고는 그 안에서 카드 봉투를 살짝 열어보았다. 노랗고 붉은 색감이 비치는 매끈한 내용물. 나는 최대한 소리 내지 않고서 그걸 끄집어내려 했다. 수족관 안에 손을 담그고 손가락 사이로 물고기들이 빠져나가는 느낌을 감지하려는 아이처럼 조심스럽게. 그 순간은 실제로는 내 기억보다 훨씬 짧았을 수도 있다. 감미로운 되새김 같은 것은 나중에 어쩔 수 없이 필요하게만 되어, 필요에 의해 기도문처럼 반복되었던 것인지도 모른다. 나 스스로, 내 영혼을 위해, 운율에 맞추어, 심장의 박동에 실어.

카드 봉투에 담겨 있던 것은 그림엽서였다. 뒷면에는 '부활절 아침'이라고 적혀 있었다. 손으로 만든 것으로, 수채물감으로 그린 그림이 앞면에 덧붙어 있었다. 맑은 채색 밑으로 연필 스케치가 여릿하게 드러나 보였다. 높은 곳에서 아래를 내려다본 풍경인 듯했지만 어느 나라, 어느 지역의 풍경인지 알 수 없었다. 붉은 지붕들과 하얀 담벼락과 구름 한 점 없는 하늘, 햇빛을 묘사한 듯한 노란빛의 퍼짐. 사람은 보이지 않았다. 새도 없었고, 나무도 없었다. 테라스 두 곳에서 펄럭이는 빨랫감들이 그 집들이 빈집이 아니라는 것을 말해주고 있었다.

창과 문과 벽 사이로 바람이 드나들고 있음을 보여주는 것이었고, 그 위로 펼쳐진 하늘과 햇빛의 색감은 그 풍광을 바라보는 자의 시선에 온기가 실려 있다는 걸 의미했다. 그러나 위태로운 선들로 아슬아슬하게 맞닿고 겹쳐지며 이어지는 지붕과 벽들이 붓을 든 사람의 신경과 세포를 대변하는 것이라면, 그리고 내가 의사라면, 또는 타고난 감식안을 지녔다면, 그 그림에 사용된 물감에는 차갑게 식어버린 몇 방울의 눈물과 미적지근한 한숨이 섞여 있다고 이야기할 것이다. 나는 그 그림이 마음에 들었다.

"내 말 들었어?"

소민이 내 어깨를 잡아 흔들더니 내가 고개를 그리로 돌리자 야릇하게 미소를 띠었다. 나는 손에 들고 있던 것을 놓쳤다. 그림엽서가 내 허벅지 위로 떨어졌다.

"그거 뭐야?"

소민이 엽서를 집어들어 양쪽 면을 번갈아 보고 흔들어대더니 어디선가 맡아본 적 있는 냄새가 난다고, '이게 뭐?' 하는 표정을 지어 보였다. 나는 그 그림엽서를 건네준 여자애가 꽃과 카드도 가져다준 적이 있다는 것, 내게 밥을 사 먹인 적도 있다는 이야기를 했다.

"야! 웃긴다, 야."

소민이 웃지도 않으면서 웃긴다고 말했다. 양쪽 눈썹을 번갈아 씰룩거리며.

"배우 지망생이래니?"

그리고 베개에 풍성한 머리칼을 흩뜨리며 드러누워, 여고 시절 내 책상 서랍에 초콜릿이나 사탕을 넣어두던 여학생 두 명을 기억 속에서 호명해냈다. 주근깨가 내려앉은 얼굴로 수줍게 웃던, 쉬는 시간마다 막대사탕을 물고 다니던 애. 그리고 합창대회 때 지휘를 할 뻔했지만 그만 가출해서 연습 기간 내내 결석을 했고, 돌아왔을 때는 수두에 걸려서 제 방에 갇히게 된 애. 그러다가 소민이 다시 자세를 고쳐 누우며 말했다.

"자기 감정을 헷갈리는 거 아니겠니. 뒤죽박죽되어버리는 거. 네가 대사 읊을 때 나도 내 얘기 하는 건가 싶어서 얼굴이 다 빨개지더라니까. 그렇잖아, 전남편이 어쩌고저쩌고하는 그런 이야기들. 내가 객석에서 흠칫거리고 있는데도 넌 전혀 눈치 못 챈 거였니? 난 나중엔 왠지 화가 나더라고. 막 함부로 하고 싶어지고. 너한테 화낼 일도 아니었지만 누구라도 한번 걸리기만 해봐라 하고 있을 때니까 대상이 너라고 한들 뭐 어떻겠어."

소민과 나는 서로의 등을, 또 때때로 팔다리를 맞대고 잠이 들었다 깨났다 했다. 오랜 우애가 아니라면 이런 뒤척임이 꽤 성가셨을 것이다. 어느 순간 나는 까무룩 잠이 들었다. 무의식중에도 소민이 뭔가 내게 계속 이야기를 해대고 있고, 가끔 내가 도막 난 단어들만을 받아들이고 또 흘려보내고 있다는 걸 느꼈다. 가끔 시원치 않게 응 응, 하며 대꾸를 했던 것도 같은데, 실은 마음속으로만 그랬던 건지도 모른다.

나는 꿈을 꾸었다. 꿈속에서조차 그걸 모조리 기억해보려고 노력했다. 무의식의 회로를 더듬다 소멸하는 듯했던 연극 때문이었을 수도 있고, 아니면 죽어 있던 내 감각기관 중 하나에 그 순간 불이 들어와 내 몸이 저절로 거기 집중했던 것일 수도 있다. 나는 어느 숲에 들어가 온천을 발견했다. 수증기가 피어오르는 호수를, 나는 곧바로 온

천이라 받아들였다. 그곳에 하얀 새들이 헤엄쳐 다녔다. 나는 옷을 입은 채로 들어가야 할지 옷을 벗고 들어가야 할지 잠시 망설였다. 그러는 동안 이상하게 점점 몸이 가벼워지면서, 바람에 실려 저절로 물 가까이 다가가게 됐다. 두 발끝을 물속에 담그자 따뜻한 기운이 손끝까지 퍼져갔다. 나는 어느새 옷을 벗은 채였는데, 그걸 의식하자마자 수증기가 안개처럼 내 몸을 감싸고 돌았다. 실제의 나는 수영을 할 줄도 잠수를 할 줄도 몰랐지만, 꿈속의 나는 물속으로 자연스럽게 몸을 들여놓았다. 그리고 순식간에 깊은 곳으로 빨려내려갔다. 원천에 닿게 되는가. 나는 두려워하고 또 설레면서 물살에 몸을 맡겼지만 숨이 점점 가빠졌다. 한순간 물이 얼음장처럼 차가워지면서 몸이 굳어갔다. 발끝으로 아래를 더듬어 깊이를 가늠하고자 했지만 발끝이 바닥에 닿지 않았다. 머리 위쪽 어디선가 노랫소리가 들려왔다. 자장가처럼 은은하고도 단조로웠다. 나는 다시 위로 올라가보려고 안간힘을 써서 고개를 흔들며 위쪽을 바라보았는데, 문득 헤엄을 칠 수 있을 것 같다는 생각이 들었고, 그러자 정말 유영해서 수면 위로 다시 올라올 수 있었다. 물 밖의 풍경은 어느새 달라져서 나는 이제 숲이 아니라 도시의 아스팔트 위에 서 있었다. 발가벗은 채로 어느 건물의 계단을 올라가기 시작했다. 발바닥이 뜨거웠다. 아래쪽을 보니 아득했다. 머리 위의 하늘은 맑았다. 어디선가 바람이 불어왔고, 나는 기침이 났다. 귓속이 먹먹했다.

깨어났을 때, 창으로 아침해가 드는 것을, 밖에서 소민이 쇼윈도를 닦고 있는 모습을 보았다. 그 뒤로 하늘색 미니쿠퍼가 지나가는 것도. 소민은 내가 자리에서 일어난 걸 보고는 손을 흔들었다. 소민과 나 사

이에는 이목구비가 없는 홀쭉한 마네킹이 초록색 모직 원피스를 입고
서 있었다. 나는 창을 반쯤 가리고 있는 블라인드가 눈에 거슬려 그리
로 다가갔다. 블라인드를 마저 젖히자 갑자기 어지럼증이 몰려왔다.
이마에 손을 얹고 눈을 깜박이다 그대로 그 자리에 쓰러졌다. 다리에
힘이 풀리며 바닥으로 떨어질 때 내가 사다리 모양 조형물을 잡았던
것, 조형물이 넘어지면서 소민이 거기 얹어두었던 원단이 함께 떨어
져내려 내 얼굴을 덮었던 것이 기억난다. 둔탁한 소리와 서늘한 감촉.
다시 눈을 떴을 때 나는 침상에 누워 있었다. 몸 이곳저곳에 통증이
찌릿하게 전해져오는 것을 느끼면서, 안타까운 눈으로 나를 내려다보
고 있는 두 여자를 봤다. 한 명은 소민이었고, 다른 한 명은 지연이었
다. 나는 도로 눈을 감았다.

5

실신한 모습을 다른 사람에게 보인 적 있는 사람이 얼마나 될까. 학창 시절에는 여름날 체육 시간에 땡볕을 견디다 운동장 한가운데서 쓰러지던 여학생들도 이따금씩 있었지만, 나는 그런 친구들을 신기하게 바라보던 입장이었지 머리칼에 흙을 묻힌 채로 낯빛이 창백해져 바닥에 누워 있던 가녀린 소녀는 아니었다. 서른셋, 애인이 죽음을 선택했던 그해는 평상시보다 두 발의 무게를 분명히 느끼며 걸음을 내디디려 노력했다. 정신을 잃었다 깨어나는 경험을 한 건 그로부터 일 년이 지난 후, 가전제품을 개발해 판매하는 한 중소기업의 창고에서였다. 나는 당시 마케팅 기획팀에서 일하고 있었는데, 그날은 대량 반품된 가정용 스탠드 믹서 건으로 두 차례 회의가 소집되었던 날이라 부산스럽게 오전 시간을 보내고서 혼자 피신하듯 창고로 갔다. 고객들의 불만 사례들을 살피고 물건 일부를 직접 확인해보겠다는 명목이었지만, 실제로는 잠깐 숨고르기 할 시간과 장소가 필요했던 거였다.

나는 한순간 그곳에 산적된 박스들 사이에서 의식을 잃고 쓰러졌다. 얼마 후 정신이 들었을 때 제일 먼저 한 생각은 자연스럽게 자리를 털고 일어나야 한다는 것이었다. 나 말고는 아무도 없는 그곳에서도 나는 잠시 넘어졌던 사람처럼 태연하게 일어나 메모하는 시늉을 하며 사무실로 돌아갔다. 건강 상태나 불안한 정서로 일에 지장을 초래한 적 없었으므로, 내 개인적인 문제들이 다른 직원들의 입에 오르내리는 일은 단 한 번도 일어나지 않았다. 그런데 이번에는 병원의 침상에 누운 채로 내 헤모글로빈 수치가 타인들의 화젯거리가 된 현실을 받아들여야 했으니 난처했다. 얇고 흰 커튼을 사이에 둔 저편에서 지연과 소민이 소곤거리는 소리가 들려왔다.

"B형이라고 했죠?"

지연이 물었다.

"그래요."

소민이 대꾸했다. 지연은 탄식하듯 그 말을 받았다.

"내 피를 줄 수는 없겠어요. 난 A거든요."

나는 링거를 맞고 있는 환자이긴 했지만, 피가 아니라 포도당을 투여중이었으므로 촌각을 다투는 위태로운 지경은 아니었다. 최악의 상황을 상상하는 건 오랜 시간을 함께해온 사람들 사이에서나 가능한 일이 아닐까. 나는 지연이 어지간히 오지랖이 넓구나 싶었다.

내가 소민의 가게에서 쓰러졌던 아침 무렵, 소민은 때마침 울린 내 휴대폰을 향해 불안감을 한꺼번에 쏟아냈다. 전화를 걸어왔던 사람은 바로 지연이었는데, 전후 사정을 물으면서 침착하게 대처하는 지연의 태도에 소민이 순간 크게 의지를 했던 것 같다. 지연은 내가 쓰러지며 다친 데는 없는지, 호흡과 맥박이 느껴지는지 확인하도록 한 뒤 앰뷸런스를 부르라고, 그리고 꼭 제게 다시 연락을 해달라고 부탁했다. 두 사람은 잠시 후 서로 연락을 취했고 지연은 서둘러 병원으로 왔다.

나는 빈혈 진단을 받았다. 원인을 체크하기 위해 내과와 산부인과를 돌며 검사를 받았지만 별다른 이상이 발견되지는 않았다. 의사는 자칫하면 수혈을 해야 했을 만큼 내 헤모글로빈 수치가 낮다면서 평소 생활 습관을 체크했다. 균형 잡히지 않은 식단이나 스트레스 정도 등. 그러고는 철분제를 처방해주며 건강 일지를 써보라고 권유했다. 무엇을 먹고 누구를 만나는지, 수면의 질과 시간은 만족스러운 수준인지, 운동량은 어느 정도이고, 신체 변화는 어떤지……

지연은 이만하길 천만다행이라며 내 손을 주물럭거렸다. 제가 느낀 감동이 내게 전해지길 바라는 듯 중얼중얼 되풀이했다.

"그거 아세요? 제가 느낌이 이상해서 아침부터 전화했던 거예요. 제 느낌이 맞았다고요."

지연에 대해 '제 감정을 헷갈리는 것'이라고 냉정히 표현했던 소민은 지연을 대면하고 난 뒤에는 호감을 표하며 반색했다. 아예 지연에게 뒷일을 부탁하고서 먼저 자리를 떴을 정도로. 지연은 소민의 등허리를 토닥거리며 배웅하기까지 했다. 소민이 "이 친구가 있어 한시름 놨어. 인연이지 뭐니" 하면서 아무런 경계심 없이 미소 지었다. 나는 내 의지와는 상관없이 내 밖에서 조화를 이뤄간 일들에 아연하면서도 상황을 그럭저럭 수용하게끔 됐다. 병원을 빠져나올 때나 약국에서 내 이름이 불리기를 기다리거나 거리에서 택시를 기다리며 서 있는 동안에 피가 모자란 채로 홀로이지 않다는 사실에 잠시나마 깊이 안도감을 느끼기도 했다. 그런데 우리를 스쳐간 사람들 눈에는 어쩌면 내가 한쪽 팔에 깁스를 한 지연의 보호자로 보였을지도 모르겠다.

내 병세는 호들갑을 떨어야 할 만큼은 아니었지만, 내 기분에는 충분히 영향을 끼쳤다. 나는 쉽게 피로를 느꼈고, 기꺼이 할 수 없는 일들에 참을성을 발휘하는 게 벅차게 여겨졌다. 그래도 소민의 큰아들 중경의 졸업식장에 가기로 한 약속은 제대로 잘 지켜내고 싶어서, 소민이 내게 권해준 옷을 갖춰 입고서 소민을 따라나섰다. 나는 회색 코트에 검정색 모자를, 소민은 검정색 코트에 회색 목도리를 착용했다. 우리는 둘 다 무릎 위까지 오는 롱부츠를 신고 눈매를 강조한 진한 메이크업을 했다. 졸업식은 규모가 큰 신축 체육관에서 진행됐는데, 수십 년 전과 크게 달라진 것 없는 의례적인 순서와 내용으로 채워졌다. 송별사를 맡은 재학생 대표가 단상에 오르기 전에 젤리를 먹다가 목에 걸려서 한동안 식이 중단되었던 것, 중경이 졸업생 대표로 답사 대신에 자작곡을 부른 것 정도가 인상적이었다. 식이 끝나고서 사람들이 중경에게로 다가와 혹시 음악에 뜻이 있는 건지 물으니 중경은 어깨를 으쓱해 보이며 장래 희망이 엔지니어라고 대답했다. 광범위한 엔지니어의 영역 중 무엇을 염두에 두고 한 말인지 알 수 없었지만, 아무도 더는 캐묻지 않았다. 소민의 남편이 뒤늦게 보습학원 강사와 식장에 나타나 일순간 가족의 분위기가 싸해졌기 때문이다. 그렇더라도 겉으로는 애들이나 소민, 소민의 남편과 보습학원 강사 모두 나름대로 냉정을 유지하고 있는 것처럼 보였다. 소민이 팔짱을 낀 내 팔에 힘을 꽉 주는 바람에 그 속에 감춰진 팽팽한 긴장감이 전해졌을 따름이었다.

졸업생들과 그 가족들이 밖으로 쏟아져나와 이곳저곳에 무리를 짓고는 학교를 배경으로 기념사진을 찍었다. 중경은 꽤 인기가 높은 편이어서 여학생들이 중경의 주위를 맴돌며 함께 사진 찍을 차례가 돌아오기를 기다리기까지 했다.

"어머니가 미인이시네요."

이제 고작 열네 살일 뿐인 여자애들이 소민에게 다가와 그렇게 인사치레를 했다. 소민의 남편과 보습학원 강사는 뒤로 몇 걸음 물러날 뿐 자리를 뜨지는 않았다.

어찌 보면 나는 먼 고장의 파티에 초대받아 와 있는 점잖은 이방인 같았다. 초대장을 보내준 사람이 원하는 드레스 코드에 맞춰 입고 나타나 관례에 어긋나지 않는 태도로 차분하게 축하의 인사말을 하고는, 소민의 아들들에게 그들 어머니의 인생에 나름의 질서가 있다는 것을 보여주며 섬세한 우정의 풍경을 그려내는 데 일조했다. 그리고 사교의 장에서 빠져나가야 할 타이밍에 미적대지 않고 산뜻하게 물러나기 위해서 준비해둔 멘트를 하는 것도 잊지 않았다.

"식사 자리를 예약했어. 중경아, 내가 주는 졸업 선물이야. 엄마, 아빠, 승경이랑 좋은 시간 보내."

어정쩡하게 서 있던 보습학원 강사는 순간 움찔하고는 내 뒤로 와 섰다. 그녀는 자기도 눈치껏 그 자리에서 물러서야 한다고 판단했던지 나를 따라 돌아섰다.

보습학원 강사와 나는 약간 거리를 두고 교문까지 말없이 걸었다. 그리고 교문에 다다르자 서로 가볍게 묵례를 나눴다. 어색하게 꾸며낸 사교의 풍경. 꽃다발을 팔러 나온 행상들 속에서 눈을 맞추지 않으며 서로 살짝 목을 꺾어 보이는 정도의 예의.

그녀가 멀어지는 동안 나는 잠시 그 자리에 머물렀다. 꽃다발은 이상하게도 그 순간 단 한 사람을 떠올리게 했다. 지연, 엘리사벳, 리사. 나는 그곳에서 장미 한 다발을 사고 싶었다. 어느 상인에게서 구입하면 좋을까. 아르바이트차 나온 것 같은 청년과 인상을 찡그리고 있는 중년 부인을 지나치고 나자 문선생 나이 정도 되어 보이는, 밤색 점퍼에 카키색 털모자를 쓴 키 작은 남자가 눈에 들어왔다. 나는 그에게로 다가갔다. 가까이에서 살피니 문선생보다 예닐곱은 젊어 보였다. 나는 미리 만들어놓은 꽃다발은 싫다고 까탈을 부리며 새로 꽃다발을 만들어달라고 주문했다. 그는 친절하게도 양동이에서 꽃들을 골라내 손질하기 시작했다. 잠시 후 폭이 넓은 머플러에 얼굴을 반쯤 묻은 마른 체구의 젊은 여자가 나타났고, 남자는 그녀에게 막 다듬어낸 꽃들을 건네주었다.

"아빠, 여긴 내가 정리할게. 먼저 들어가세요."

여자는 남자를 '아빠'라고 불렀다. 나는 그 소리에 슬쩍 한 걸음 뒤로 물러서게 됐다. 여자가 붉은색과 연분홍색 장미들로 풍성하고 예쁜 꽃다발을 꾸려내는 동안 남자는 떠나지 않고 그 곁에서 팔고 남은 꽃들을 한데 모아 정리했다.

"누구 졸업식 오신 거예요?"

여자가 꽃다발을 건네며 물었다. 나는 값을 치르고는 대답 대신 미소를 보냈다.

"근방에 사시면 저희 가게 들러주세요. 지난주에 개업했어요. 사거리 대명빌딩 일층 '칸나'예요."

나는 여자의 기대에 부응하고자 거짓말을 했다.

"아! 네, 그럴게요. 친척이 근처에 살아서 자주 오거든요."

나는 유리 화병이라도 안은 듯 조신한 걸음걸이로 전철역까지 천천히 걸어갔다. 전철에 올라 좌석에 앉게 되자 그제야 몸의 긴장이 풀리며 마음도 차분히 제자리를 찾았다.

'저는 제 졸업식에 한 번도 가본 적이 없어요.'

소민이 지연에게 그런 말을 들었다고 내게 전해주었지…… 소민은 지난번 지연과의 만남에서 지연에 관한 몇 가지 소소한 일화들을 접했다며 내게도 일러주었다. 둘은 아마도 병원에서 대기 시간을 견디느라 이런저런 정보들을 주고받으며 공통 화제를 찾아갔던가보았다. 내가 전해 들은 이야기는 유별난 것들은 아니었다. 그보다는 소민이 지연을 싹싹한 아이라고 말하던 때의 활기가 인상적이었다. "그때마다 안 좋은 일들이 있었거든요, 하더니 그냥 웃고 말더라. 예쁜 아이이지 않니? 싹싹하고 참 친절하고." 소민은 처음에는 안타까워하는 표정이었으나 점차 흥미로운 주제라도 다루듯 눈을 빛내며 말했다.

나는 지연에게 전화를 걸었다. 졸업식에 다녀오는 길인데 문득 생각이 났다고, 볼 수 있겠느냐고 물었다.

"보러 갈게요. 어디예요?"

"집으로 가는 길이야. 괜찮으면 와서 저녁 같이 해."

지연은 오후 일곱시경 내 집으로 왔다. 나는 저녁거리용 채소들을 씻고 난 뒤라 그애를 맞을 때 양손이 찼다.

"내 손보다 차요. 어떡해. 나 때문에 이런 거예요?"

지연이 내게로 한 걸음 다가서면서 물었다. 미소를 지으며 깁스를 하지 않은 손으로 내 양손을 번갈아 잡았다 놓았다. 깁스를 한 오른팔은 붉은색 케이프 자락으로 가린 채였다.

"혼자 잘 차려 먹기 싫은 날이었어."

"왜요?"

지연은 원하는 대답을 듣고자 그 '왜요?'를 반복했다. 웃음기를 감추지 못한 얼굴은 환하게 빛이 났고 목소리는 장난스럽고 가벼웠다. 나는 지연에게 꽃다발을 건넸다.

"저 주시는 거예요?"

지연이 얼굴을 살짝 붉혔다. 나는 고맙고, 또 미안하다고 했다. 도움을 받게 돼 고마웠고, 병원에서 집까지 데려다준 날 아파트 입구에서 야박하게 돌려보낸 것이 미안했다고.

우리는 마주앉아 조용히 저녁식사를 했다. 지연은 느리고 조심스럽게 수저질을 했다. 손톱 주변은 상처 난 데 없이 매끈하고 깨끗했다. 지연이 괜찮아 보였고 나 역시 불편하지 않았으니까, 또 따뜻해야 할 음식은 따뜻했고 차가워야 할 음식은 차가웠으니까 이대로 충분히 만족스럽다는 생각이 들었다.

내가 앉은 자리에서는 거실의 소파 일부가 보였고, 지연이 앉은 자리에서는 유리잔이 진열된 싱크대 위의 선반이 바라보였다. 지연이 내 주의를 끌기 위해 고개를 갸웃하며 "있잖아요" 하고 말머리를 길게 끌 때마다 나는 소파 등받이에 걸쳐놓은 지연의 붉은 케이프 자락으로 시선을 미끄러뜨렸다. 그래서 지연은 그때마다 내게 닿지 못한 제 말들이 유리잔들 사이를 배회하고 있는 것처럼 느껴졌을지 모른다. 아니, 그 모든 건 그저 나에게 선택적으로 남아 있는 감각인지도 모르겠다. 그날, 그 저녁 식탁의 분위기를 계속 복기하려는 내 노력이 그 풍경을 끝없이 바라보고 있어서인지도. 어긋남과 이어짐, 따뜻한 음식과 찬 음식, 깨지기 쉬운 것들과 깨지지 않는 것들, 붉은 것과 투명한 것이 공존하는 저녁 어스름의 한 순간.

그날 저녁은 내 건강 일지의 일곱번째 페이지에도 기록되어 있다. 경미한 두통이 일었고, 저녁 반찬으로 굴과 순무를 먹었다고 적은 날이었다. 날씨는 나쁘지 않았다. 그날 기온에 비해 내가 외출할 때 껴입었던 옷들은 보온성이 높은 소재들이었기 때문에 속옷에는 약간 땀이 배었을 것이다. 일곱번째 페이지이니까 아라비아숫자로 7이라고 적었으며, 그건 내게 위험 신호를 보낸 헤모글로빈 수치이기도 했다. 깜박이는 적신호.

"정말 들어보신 적 없어요? 부모들이 학교에 나와 하루 선생을 하는 거 말이에요."

저녁식사를 마치고 식탁을 다 치우고 났을 때, 지연이 등뒤로 다가와 내 어깨를 건드리며 말을 걸었다.

"에이, 좀 전에 제가 말했잖아요. 못 들었나보네요?"

나는 지연의 말이 뜻하는 바를 멍하니 더듬어봐야 했다. 어디서부터 또 말을 놓친 걸까. 네가 내게 그렇게까지 편안한 사람이었나. 고요한 이 집에서 너를 두고 내 안으로 나직하게 침잠하는 일이 이토록 내게 자연스러운 일인 건가. 나는 짙은 보라색 철분제 한 알을 꺼내 손바닥 위에 올려놓고는 가만히 내려다보았다. 빨강과 파랑을 숨긴 보라. 나는 이따금 신호등의 빨간불이 켜질 때 횡단보도에서 짧고 간결한 명령형으로, 통상 우리가 정상이라고 부르는 것들을 전복하는 안내문이 흘러나오면 좋겠다고 생각하곤 했다. 지금 건너. 다리를 빨리 움직여. 그러지 않으면 넌 곧 새파래질 거야. 그러다 하얗게 질리게 될 운명이지.

"학부모가 선생 역할하는 특별 수업 이야기하고 있었잖아요."

지연은 거실로 가서 소파에 다리를 꼬고 앉았더니 발을 까딱거리며 내 반응을 기다렸다. 나는 알약을 입에 물었다. 우리 사이에는 조금씩 야위어가는 꽃다발이 한낮의 소요를 기억하며 조용히 숨을 내쉬고 있었고, 지연은 이 시간보다 훨씬 더 먼 곳, 우리가 각기 오래전에 떠나온 시간들에 말을 거는 중이었다. 나는 미지근한 물과 함께 알약을 목구멍으로 넘기고는 찬찬히 대꾸했다.

"나 학교 다닐 땐 그런 거 없었어."

"제가 불편하세요?"

"그럴 리가. 이리로 이사 온 뒤에는 여기 누굴 초대한 적 없어. 익숙하지 않아서 그렇게 보이는 거겠지."

"그래요?"

"응. 의붓아버지가 쓰던 공간이거든."

"아, 그래요?"

지연은 이어 목소리 톤을 높였다.

"제 차례엔 와줄 사람이 없었어요. 그래서 문선생님이 오시게 됐어요. 담임이 학생일 때 가르치셨거든요. 담임의 초대로 오신 거였지만, 문선생님은 제가 초대해서 왔다고 애들한테 말했어요. 문선생님은 그

때나 지금이나 멋있지는 않았어요. 문선생님이 미남은 아니야. 그렇잖아요?"

나는 그 말에 웃음소리를 흘렸지만 실제로 웃어 보인 건 아니었다. 지연이 자리에서 일어나 벽에 걸린 그림 앞으로 다가갔다. 스커트 아래로 길게 뻗은 다리가 맨살이었다. 이런 차림으로 다니기 괜찮은 기온은 아닌데, 아까는 왜 눈에 안 들어왔을까. 오른쪽 다리가 왼쪽보다 약간 밖으로 휘어 있었다. 양말은 갖춰 신었다. 지연이 살짝 까치발을 했다.

"이 그림은 누가 그린 거예요?"

그건 이 집에서 허용되지 않는 질문이었다. 저항감 때문에 심장박동이 빨라지며 눈꺼풀에 경련이 이는 게 느껴졌지만, 내색을 하고 싶지 않아 방어적으로 팔짱을 끼고 온몸에 힘을 주었다. 그림을 그린 사람은 죽었다. 나는 대답을 해야 했을까? 꽃다발 하나로는 만족하지 못하는 이십대 여자는 나긋나긋한 미소 뒤에 무엇을 감추고 있는가?

"이 새는 당신……인가요?"

나는 우두커니 멈춰 선 채로 내가 왜 그 질문을 흘려듣지 못하는가 생각했다. 당신. 그애가 입 밖으로 꺼낸 '당신'이란 말은 처연하거나, 아름답거나, 경직되거나, 심통맞은 것이 아니었다. 그건 정성 들여 쓴 단어를 힘을 빼고 읽을 때처럼 어딘가 아프게 들렸다. 아픈 사람이 자기를 돌아봐달라고 부르는 소리 같았다. 아니면, 당신은 아픈 사람이냐고 묻는 것 같았다.

"그건 그냥 카나리아야."

나는 내가 아무렇지도 않다는 걸 보여주려 했고, 생각보다 훨씬 잘

해냈다.

"그래요?"

지연이 되물었다. 그리고 휴, 한숨을 쉬고는 말을 이어갔다.

"내가 전에 살던 집들 중에는 카나리아를 키우던 데도 있었는데요."

지연은 계속했다.

"흐린 날이면 움직이질 않고, 대체로 목욕을 좋아해요. 이 그림은 선물? 아님 사신 거예요?"

그 질문은 받아들일 만했다.

"선물."

나는 짧게 대답하고는 자리에 앉지 않는 편을 택했다. 고개를 숙여 옷매무새를 가다듬었고, 그러다 소매에 붙은 실 한 올을 발견해 손끝으로 조심스레 떼어냈다. 지연이 속삭이듯 말했다.

"그럼 이 빨간 소파가 그분이겠구나. 이거 선물한 사람."

나는 이제 다른 생각으로 도망쳐야 했다. 오디오 리모컨을 들어 전원 버튼을 눌렀다. 파도 소리. 마침 거기 꽂혀 있던 시디에서 지난 공연의 마지막을 장식했던 파도 소리가 흘러나왔다. 우리가 조심스레 서로를 관측하는 동안 파도가 멀리서부터 다가왔다. 크게 일어나 소용돌이치다 고요하게 잦아들었다. 멀어져갔다. 지연은 파도 소리에 괘념치 않고 그림에 몰두하는 듯했다. 나는 오디오의 볼륨을 낮추었다.

"여기 이 소파 팔걸이, 보드랍고 붉은 무릎을 떠올리게 하거든요. 카나리아가 앉은 자리 말예요. 자세히 보면, 새 발톱 밑에 자국이 났어요. 주름이 옅게 잡혀 있죠. 왠지 걱정스러운 기분이 드는 것 같아

76

요. 빨강은 정말 새빨갛고, 노랑은 정말 샛노랗게 노란 노랑이네요. 카나리아는 멀리 날아가지는 않겠지만, 움직일 수 없는 이 소파에겐 좀 버거운 상대겠어요."

그 그림을 그렇게, 그런 식으로 들여다보고 싶었던 적은 없었다. 내가 안 본 것을 너는 보고 있던 건가, 다만 내 주의를 끌기 위해서 그렇게 보고 있는 것처럼 말한 건가. 나는 지연의 뒤로 다가섰다. 우리 둘다 실내화만 신고서 나란히 서 있던 그때 내 키는 그애보다 한 뼘 정도 컸다.

"누구예요, 이 사람?"

지연이 높낮이 없는 어조로 물었다. 순간 나는 액자 유리에 얼비친 내 모습을 지연이 보고 있다는 걸 알아차렸다. 내 표정은 슬퍼 보였다. 그러니 슬픈 사람은, 만일 이때 우리 둘 중 하나가 굳이 그런 사람이어야 한다면, 그 슬픔의 주인은 나라고 고백하는 듯한 표정이었다. 나는 고개를 수그렸다가 다시 그림 너머의 저편, 벽 속의 어둠을 응시해보려 했다. 그럼으로써 나를 보는 그애로부터 멀어지려고 했다.

"누구예요? 언니를 좋아했던 사람? 언니가 사랑했던 사람이에요?"

그 질문이 과거형이었다는 게 묘했다. 내 침묵이 계속 어떤 대답이 되어가고 있다는 것도. 나는 관자놀이를 양 손끝으로 힘주어 눌렀다가 뗐다.

"문선생님은,"

앙큼한 손님은 슬픈 기억의 주인을 일깨우고는 잠시 물러서서 우회하는 체했다. 우아한 곡선을 그리며 제자리로 날아가 살포시 내려앉는 새처럼.

"문선생님은 그날 인형극을 선보여주셨어요. 문선생님은 목소리가 좋잖아요. 지금보다 옛날이 더 좋았어요. 인형극 자체는 그렇게 멋있지는 않았지만, 바닥에 웅크려 앉아서 검은 천 위쪽으로 인형들을 흔들며 움직이는 게 굉장히 헌신적으로 보이더라고요. 문선생님은 인형들에게 목소리를 입히는 법을 알려주셨어요. 아이들에게 대사를 만들게 했어요. 다른 아빠들에 비하면 거의 할아버지 같았지만, 애들은 다 문선생님을 좋아했어요. 우리한테 말을 걸어준 학부형은 없었거든요. 다 뭘 말하려고만 했지. 되게 좋은 기억이에요. 그날 저녁에……"

이야기는 노래처럼 흘러나와 우리를 휘감고 돌며 부유했다. 어느 여름 저녁 무렵에 아이들은 콧노래를 부르며 운동장을 뛰었다. 어린 지연도 아이들과 함께 뛰었다. 운동화 속으로 모래가 들어와 발바닥이 까끌까끌했지만 상관없었다. 정글짐은 항상 오르기 무서웠지만, 작은 네모 칸들, 몸을 숨길 수도 없는 구멍 뚫린 작은 네모 칸들 속으로 고개를 들이밀고 손에 배는 쇠냄새를 맡는 것은 언제나 조금은 무서웠지만, 그날 지연은 처음으로 정글짐의 꼭대기 칸을 밟고 서보았다. 양팔을 벌린 채 손바닥에 와닿는 여름 공기를 느끼며. 웃음소리. 대기에 퍼지는 웃음소리. 여기, 이곳으로 퍼져오는 지난 시간의 여운.

지연은 마치 느린 동작으로 가만가만 춤추듯이 움직여가며 이야기를 들려주었다. 깁스하지 않은 왼손으로 꽃다발을 집어들어 마치 아기를 어르듯이 치켜들었다가는 가만히 품에 안으며 말했다.

"너무 예뻐요. 저, 항상 이런 저녁을 상상했어요."

수줍고 떨리는 목소리로 말하는 지연을, 나는 가만히 바라보았다. 부탁이 있다거나, 이제부터 미안한 일에 대해 말하려 하니 양해해달라거나, 앞으로 무조건 자기를 아껴주어야 한다는 듯한 태도. 구애를 기다리는 사람이 상대의 시선을 붙들기 위해 취하는 미묘한 제스처 같은 것. 지연이 나를 흘깃 쳐다보고는 고개를 폭 숙이고서 말했다.

"제가 전에 드린 그림엽서 말이에요."

"아!"

나는 미안해했다. 미안해할 필요가 없는 일인지도 몰랐지만, 마치 까맣게 잊고 있던 일을 그제야 떠올린 것처럼 자연스럽게 미안해했다.

"그거 제가 직접 그렸어요."

지연이 여전히 나를 보지 않고서 말했다.

"재작년 부활절에요. 다시 태어난다는 건 어떤 기분일까요?"

나는 그저 다음 말을 기다려야 했다.

"에이, 아냐, 아니에요. 제 건 그냥 버리셔도 돼요."

지연이 고개를 가로저으며 그렇게 말하고는 쌩하니 뒤로 돌아섰다. 나는 그애를 눈으로 좇았다.

"전 나이보다 열 살은 늙어버린 것 같아요."

지연은 제 나이보다 어리게 들리는 카랑카랑한 목소리로 애늙은이 시늉을 했다.

"옛날부터 그랬어요. 좀더 귀염성 있는 아이가 되면 좋겠다고 생각했지만 뜻대로 되지가 않더라고요. 전에 살았던 데선 저보다 나이가 많은 오빠들이랑 이모뻘 되는 사촌들도 있었는데, 저는 참을 만한 것들은 잘 참았지만 가끔은 심술이 날 때도 있었고, 또 몇 번인가는 억울한 일들을 당해놓고 나중에 모조리 되갚아주겠다고 뜬눈으로 밤을 지새웠던 일도 있었고, 또……"

밖이 어두워지면서 집안의 조명이 점점 환하게 느껴졌다. 나는 안온함을 느끼면서, 동시에 그 따스한 기운을 부정하듯 표정을 굳혔다. 지연이 자신의 지난 삶으로 나를 끌어당기려 하는 게 친밀하게도, 완강하게도 느껴졌다. 그애가 마저 읽어내지 못한 그림의 뒷면, 거기 누워 있는 고요, 그 속에 내가 두고 온 편안한 신발이 있는 것 같았다. 내 두 발이 내 영혼을 끌고 그 작은 두 개의 구멍 속으로 기어들어가고 싶어한다고 느꼈다. 그 사람이 지금 내 곁에 있다면, 지금 여기에 있다면.

그가 죽은 뒤, 주변 사람들은 내가 아직 저지르지 않은, 그러나 언제라도 저지를 수 있는 갖가지 바보짓들을 예측하며 내게 조언하거나 충고하고 싶어했다. 데이트를 주선하거나, 파티에 데려가거나, 잔잔한 현악사중주곡이 들어 있는 음반에 노란 리본을 둘러 선물하거나, 신선한 과일과 야채를 챙겨주기도 했다. 유머 모음집, 취미 발레 교습 전단지, 건강 음료 같은 것들이 내 앞에 놓였다. 쌓여갔다. 이런 넘치는 배려들은 고맙기도 했지만 한편으로는 불편하고 불필요하게 느껴지기도 했다. 나는 해야 할 일들을 미루지 않았고, 누군가에게 내 감정을 호소한 적도 없었으며, 새로운 사람을 소개받게 되면 잘 차려입고 나가서 만났다. 내가 감당할 수 있는 크기의 고통이 아니라 아예 통증을 망각해버린 것인지도 모른다.

그는 나보다 두 살이 많았고, 나와 동갑내기인 여동생이 하나 있었다. 아버지는 구청 공무원, 어머니는 젊었을 때 여행 에세이를 펴낸 적 있는 활달한 가정주부였다. 부득이한 경우를 빼고는 온 가족이 모여 아침식사를 함께하는 걸 철칙으로 삼는 가정이었다. 거실과 작은 방에 가족사진을 하나씩 걸어놓았는데, 모두 얼굴형과 웃는 표정이 비슷해 보였다. 나도 그들처럼 웃으려고 노력했었다. 그의 어머니, 여동생과 나, 이렇게 셋이서 여자들끼리의 시간을 갖자고 여행계획을 세우면서 거리낌 없이 말하고 많이 웃었던 날이 있다. 그의 사진첩, 셔츠, 청바지의 지퍼를 열어봤고, 그의 옆구리에 난 작은 상처가 언제 생겨난 것인지, 태어나 처음 치과에 갔을 때의 공포가 어떠했는지, 열일곱 여름날에 멋으로 가출했다가 첫눈에 반한 여자를 따라 어디까지 가보았는지, 군대에서의 별명은 무엇이었고, 처음 면회 온 사람은 왜 식구들이나 애인이 아니라 주근깨가 많은 고등학교 시절의 여자 동창이었는지 알고 있었다. 이 년 사 개월의 매일을 영원처럼 사귀었다. 내 사랑은 무엇보다 강하다고 생각했다.

"언니, 저 지금 살고 있는 덴 어떻게요? 어떤지 궁금하지 않아요?"

지연이 수수께끼 같은 질문으로 상념에 잠긴 나를 흔들어 깨웠다.

"글쎄, 어떤데?"

나는 소파로 가서 지연이 바라보이는 자리에 앉았다. 그 집의 파란 대문이 떠올랐다 사라졌다.

"우리 전에 만났던 카페 웡스, 거기서 가까워요. 전 지금 친한 오빠네 가족들이랑 살고 있어요. 오빠네 부모님이 제 사정을 봐서 방을 하나 내주셨거든요. 아침저녁으로 집안이 온통 들썩들썩해요. 엄마는 툭하면 아빠가 무디고 단순한 사람이라고 불만을 늘어놓는데……아, 전 오빠네 부모님을 엄마, 아빠라고 불러요. 그게 저한테도 그분들한테도 좋거든요. 엄마는 아빠가 세상에서 혼자 좋은 사람처럼 굴면서 쓸데없는 일들을 벌이고 나 몰라라 해서 속상하대요. 수습하는 건 언제나 엄마 몫이란 거죠. 지난여름에 아빠는 칠 킬로그램을 뺐어요. 친구들하고 내기를 했다더라고요. 겨울에 다시 원상태로 돌아오긴 했지만 그때 내기에 이겨서 뭘 집에 가져왔게요? 거북이 모양 수석이요. 솔직히 그건 곰이나 구름 같기도 해요. 근데 나중에 알아보니 값어치 나가는 수석이 아니라 그냥 돌덩이였대요. 그거 갖고도 한바탕 난리가 난 거 있죠? 오빠는 식구는 원래 그런 거래요. 저야 뭐 알 수 없죠. 근데 그 돌덩이 말예요, 그 돌덩이는 날 닮았어요. 처치 곤란하지만 내다버리기엔 너무 큰 덩어리가 돼버린 것들 있잖아요. 아, 참 이상해요. 여기 오니까 내가 나 같아요. 머리를 아무데나 대면 금세 잠이 올 거 같아요."

지연이 재잘거렸다.

"전에 살던 데서도 엄마 아빠 소리를 곧잘 했니? 근데도 귀염성 있는 애가 되는 게 어려웠다니 난 놀랍기만 하다. 더 어려운 건 또 뭐가 있었는데?"

나는 과거의 그림자에서 빠져나오려고, 제대로 숨을 쉬려고 그런 질문들을 던졌다. 그러니까 지연에 대한 질문들이었지만, 궁극적으로는 지연에 대한 것이 아니었다. 그애는 허리에 한 손을 올리더니 "음" 하고 짧은 소리를 냈다.

"그냥 그저 그랬어요. 엄마 아빠 소리는 연습하면 누구라도 잘할 수 있을걸요. 필요하다면 말예요. '여기요'라거나 '조금만'이라거나 '토끼 깡충, 염소 음메' 하는 말이랑 비슷하다고 생각하면 돼요. 어려운 일은 그런 게 아니죠. 전혀 아니죠. 사람들 마음에 들려고 기를 쓰다보면 내가 누군지 잊어버려요. 그게 무서워질 때가 있어요. 근데 어떤 사람들은 한두 계절 크게 울고 나면 그런 시기도 끝나버린다고 하데요. 대개들 그렇게 살아간다고요. 이상하죠. 다들 만사를 간단하게 축약해놓고 마음이 편안해지면서 살아가는 요령을 배워간다는 게요. 질문이 많았지만 할 데가 없어서 기도를 했어요. 어차피 대답 없는 메아리라면 좀더 원대한 데 보내는 게 낫죠."

지연이 내게 미소를 지어 보였다. 순간 그 모습이 예뻐 보여서 나도 미소를 지었다.

"마고 말이에요. 마고가 퇴장하고 나면 너무 아쉬웠어요, 항상."

지연이 두 눈을 감았다.

"그래서 그 무대를 머릿속으로 그리고 또 그려보게 됐죠. 아주 가까이 느껴보고 싶어서요. 내 숨결로, 내 걸로 갖고 싶어져서요."

그 도취된 제스처에는 감미롭고 아련한 데가 있어서 나 역시 그애를 따라 잠시 눈을 감아보았다. 무대 위에서의 한 달여간, 어둠 속에 떨어지던 조명, 숨죽인 객석, 내게 전달되는 숨소리와 내게서 빠져나가는 숨소리. 그러다 나는 다시 다른 생각 속으로 빠져들었다. 온전히 내 것이라고 여겼던 시간의 얼굴들이 반짝이는 파편들처럼 내 가슴을 베고 갔다. 지금은 가늠할 수조차 없다. 너무 까마득해졌다.

눈을 떴을 때 지연이 내 앞으로 와 상체를 수그리고 있었다. 나는 시선을 떨어뜨렸다. 지연의 입술이 눈꺼풀 위에 와닿았다. 따뜻하고 부드러운 감촉이 눈 위에서부터 퍼져 내려와 두 무릎과 발끝을 떨리게 했다. 나는 오른손을 들어 지연의 왼쪽 볼에 가져다 댔다. 손가락을 펴 그애의 따뜻하고 부드러운 머리칼 속을 파고들었다. 지연이 내 겨드랑이 사이로 양손을 밀어넣어 나를 끌어안고서 제 몸을 밀착시켜

왔다. 내 허벅지 위에 올라앉은 그애의 체온과 움직임이 나를 압도해 두려워졌으면서도 나는 웃었다. 내 미소는 따뜻했을 것이다. 그래서 다음 한순간 목소리가 차가워졌을 것이다.

"그만."

그러자 지연이 얼른 내게서 몸을 떼고는 테이블 위에 늘어놓은 물건들을 치우려 했다.

"그냥 둬. 내가 할게."

"아뇨, 내가 치울래요. 내가 어질러놓았으니까."

지연이 말했다. 고개를 살짝 떨어뜨린 채라 눈빛을 읽을 수 없었다. 숱 많은 머리칼, 붉은 볼, 침묵 속에 흔들리는 색감과 온기만이 둘 사이에 가로놓였다. 나는 단호해져야 했다.

"뭐, 그냥."

"갑자기 왜 그래요? 왜요?"

"돌아가."

"늦어도 괜찮은데요, 전."

"누가 올 거야. 오기로 한 시간이 됐어. 그래서 그래."

나는 벽시계를 올려다보며 "좀 피곤하기도 하고"라고 덧붙였다. 지연은 내게 갑자기 홀대를 당하고는 입술을 일그러뜨렸다. 미간에 힘을 주었다가 머리칼을 쓸어올리고는 이내 웃는 표정을 만들어냈다.

"전 잘할 수 있었어요. 그러니 정말 잘할 거예요, 당신한테."

그 말은 알 수 없는 지문 같았다. 내가 읽고 해석해야 할 여지가 있는. 그래서 나는 배웅하는 대신 그 말의 여운 속에 남기로 했다. 지연이 꽃다발을 챙겨들고는 현관 쪽으로 갔다. 나지막한 찰칵, 소리와 함

께 문이 닫혔다. 나는 지연의 마지막 말과, 그린 이가 각기 다른 두 점
의 그림들 속에 남았다.

6

이후 예상치 못했던 일들이 일어났다. 우리 연극의 후일담이 담긴 인터뷰 기사가 그즈음에 돌연히 촬영이 중단됐던 한 영화와 묶여 특종으로 다뤄진 것이었다. 얼마 전 막을 내린 연극 〈중독〉의 남녀 주인공이 음독을 시도했다는 내용과 함께. 나는 내게 배달돼 온 잡지의 내용을 확인하고서 크게 혼란에 빠졌다. 공연 당시 분장하고 무대 위에 마주서 있는 남녀 주연 배우의 사진과 최근 병원에서 환자복 차림으로 나란히 잡힌 파파라치 컷, 남자 배우가 출연하기로 돼 있던 영화의 제작사에서 주연을 교체할 것인지를 놓고 사태를 파악중이라는 짧은 정황 보도, 그리고 이제 막 이 기이한 연극의 귀기에서 빠져나온 조연 오 인방의 인터뷰가 함께 실려 있었다. 인터뷰 내용 중 가장 그럴듯하게 살아난 것은 보이스리코더를 끈 상태에서 이야기한 전노아의 마지막 멘트였다. 모노드라마를 보는 듯했던 그 이삼 분 남짓. 전노아의 모습이 단독으로 크게 실렸고, 그 옆 페이지에 김성군, 쌍둥이 배우

둘, 내가 작은 프레임에 함께 잡혔다. 구석에서 고개를 수그리고 있는 내 옆모습이 희미하게, 마치 유령처럼 포착되었다. 전노아의 평가가 내 사진의 해석을 유도하는 것처럼 특별히 강조된 폰트로 가로놓였다. '자기 배역 같은 사람이라 지켜보는 게 가끔씩 즐거웠다.' 김성군이 했던 말이 부분 편집돼 전노아의 멘트로 나간 것이었다. 기사 하단에는 내 친부가 한때 〈사냥〉이라는 연극에서 주연을 맡았다 홀연히 사라졌다는 내용도 실려 있었다. 나는 잠시 내 눈을 의심했다. 그 말의 출처는 오직 하나일 수밖에 없었기 때문이다. 내 엄마.

집안을 홀딱 뒤집어놓고 싶은 충동을 느꼈다. 책꽂이의 책들을 꺼내 바닥에 늘어놓은 다음, 식기 진열대에서 그릇들을 다 집어내 더운물에 담가놓았다. 빨래 건조대에 걸려 있는 옷걸이들이 거슬려 그걸 집어 내던졌고, 세제와 화장품 용기 뒷면에 적힌 성분 표시 안내문을 유심히 들여다보았다. 한동안 잊고 지냈던 재킷의 이미지가 커다랗게 머릿속에 떠올랐던 건 내 마음과 주변이 비슷하게 너저분해진 걸 둘러보고 난 뒤였다. 재킷, 그 베이지색 롱 재킷! 그 옷은 원래 의붓아버지가 짐을 꾸려 이 집에서 나가기 전에 내다버리려고 모아뒀던 자질구레한 물건 꾸러미들 속에 있었다. 헌옷가지들이 들어찬 커다란 비닐봉투 속에. 나는 내 마음을 끈 그 재킷을 비닐봉투에서 골라내 따로 보관해두었었다. 그런데 이후에 어디에 뒀더라? 옷장 속을 한참 뒤적댄 뒤에야 재킷을 찾아냈다. 평범한 진 차림에 걸쳐보았는데 나쁘지 않아 보였다. 나는 그 차림새 그대로 밖으로 나가기로 했다. 큼지막한 재킷을 걸치고 있으므로, 세상의 빛에 살갗을 드러낸 듯한 따끔따끔한 기분을 의식하지 않은 채 다리를 휘적댈 수 있을 것 같았다.

나는 발길 닿는 대로 무작정 걸었으나, 내 '무작정'은 완전히 자유롭지는 못했다. 어느 사이 나는 소민의 가게 쪽으로 난 횡단보도 앞에서 있었다. 깊숙이 숨어들어야 할 필요를 느꼈기에 그대로 방향을 틀어 대로가 아닌 골목을 찾아들었고, 거기서 엄마에게 전화를 걸었다. 결국 그 일을 미루고 피하느라 집안을 엉망으로 만들고 일없이 거리를 헤매고 있는 건지도 모르겠다는 생각이 들었던 것이다. 엄마는 금세 전화를 받았다.

"나한테도 책을 보내줬더라. 봤어, 그래서."

엄마는 대번에 먼저 그렇게 운을 떼고는 잠시 사이를 두었다. 다음 말을 고심하는 중인 듯했다. 나는 이 문제로 서로를 계속 귀찮게 하게 될 게 두려워진 나머지 좀더 사사로운 데 집착했다.

"책? 기사 난 그 잡지 말하는 거지?"

그때 뒤쪽에서 오토바이 한 대가 튀어나와 나를 스칠 듯 지나쳐갔다. 놀라서 엄마의 말을 제대로 알아듣지 못했지만, 기자의 화술에 말려들었다는 변명일 거라고 어림짐작해볼 수는 있었다.

"〈사냥〉은 어떤 얘기야?"

나는 평생 해본 적 없던 질문을 했다. 입 밖으로 내놓고 보니 비로소 궁금해지는 것도 같았다. 그건 총을 쏘는 쪽의 이야기인가, 맞는 쪽의 이야기인가. 주인공이 꿩이라도 잡는 건가, 아니면 비유적으로 사람을 잡는 이야기인가.

"아이고야, 이젠 제목이 정확히 그건지도 모르겠다. 언제 저녁이나 같이 하자."

엄마는 서둘러 전화를 끊으려 들었다. 저녁식사 이야기는 아마도 의붓아버지의 아이디어였을 것이다. 보통 이럴 때 다른 사람들은 어떨까? 허망한가? 외로워지거나 실망을 느끼는가? 아니면 실소를 하는가? 나는 내 마음이 무언가를 연기하고 있는 것처럼 느껴졌다. 다른 사람들이 바라보는 나라는 사람을. 그러자 서글픈 감상이 찾아왔다. 우리 모녀는 얼굴 모를 남들이 뒤적일 잡지 속에 드러난 서로의 삶의 일부가 얼마나 우리 관계를 낯설고 서먹하게 만들고 있는지를 확인하는 데서 대화를 멈추었고, 더 나아가지 않았다. 스스로가 끔찍하게 느껴졌다.

전화를 끊고서 눈에 들어온 작은 미용실로 들어섰다. 나를 내맡길 대상이 필요했다. 내 외양에만 관심을 보일 사람에게 헝클어진 나를 맡기고 싶었다. 검정색 블라우스 차림의 여자가 미소를 흘리며 내게로 다가왔다.

"어서 오세요."

여자는 내가 건넨 큼직한 재킷을 보관함에 넣고는 미용실 상호가 등판에 프린트된 검정색 가운을 내게 입혔다. 나는 오래된 거리에 혼자 남은 부랑자처럼 초라해지는 걸 느꼈다. 소매끝에는 염색약이 튄 건지 두 방울의 얼룩이 남아 있었다. 여자는 나를 붉고 광택이 나는 의자로 데려가 앉히고서는 하얀 천을 내 목에 둘렀다. 나는 푸석한 내 피부와 눈가의 그늘을 거울로 마주하며 원하는 스타일을 두 번 번복했다. 아주 짧게 쳐내고 싶은 충동이 일었지만, 짧은 단발 길이에서 멈추고 한 톤 밝은 컬러로 염색했다.

"아휴, 잘 어울리신다! 훨씬 보기 좋네요!"

여자는 내가 값을 지불하기 전에 적어도 그 말을 네 번 정도는 했

다. 그리고 내가 카운터에 서서 지갑을 뒤적거리는 동안 매우 부산스
럽게 이런저런 헤어 제품들을 보여주면서 손질법을 일러주었다.

"자, 이걸 일단 한번 써보시고요. 이것도, 또 이것도."

여자는 헤어로션 견본품들을 챙겨주었다. 나는 필름지에 든 견본품
을 한 움큼 손에 쥐고 재킷을 도로 갖춰 입으려다 그만 모조리 바닥으
로 떨어뜨렸다. 손아귀와 정수리 쪽에서 계속 기운이 새어나가고 있
는 느낌이었다. 여자가 소리 높여 웃더니 견본품들을 주워서 내 재킷
주머니에 넣어주었다.

"그냥 하는 말이 아니라니까요. 훨씬!"

"네네."

나는 밖으로 나와 허리를 곧게 펴고 성큼성큼 걸었다. 그대로 어디
먼 데로 도망치고 싶었다. 짧은 동안 내 간절한 소망은 그것이었다.
그 마음이 나를 얼빠지게 했다. 문득 전 직장 동료 중 하나가 남편과
함께 일산에 일본 음식점을 냈다는 소식을 전해 들었던 게 떠올랐다.
그녀는 나 같은 사람과 일하면 한시름 덜겠다고 빈말을 잘 늘어놓던
사람이었다. 그러니 내가 요식업계에 숨어들어 새 인생을 시작하게
될지 누가 알겠는가. 나는 명랑한 목소리를 꾸며내 통화를 시도했지
만, 곧 내가 간과해버린 사실이 있다는 걸 깨달았다. 저편의 미적대는
듯한 태도 때문에 잊었던 기억이 되살아났다. 그녀의 남편이 내게 기
타리스트 에릭 클랩튼의 내한 공연에 함께 가자고 하며 아내에겐 비
밀로 해줄 것을 당부했던 일이 있었다. 나는 그의 은밀한 목소리와 에
릭 클랩튼 모두 사양하고 싶었지만, 내가 의사를 분명히 밝히기도 전
에 그녀가 나타나 남편의 목덜미를 잡아챘다. 나는 변명하느라 얼굴

이 벌겋게 된 그와 신경이 곤두서서 씩씩대는 그녀를 모두 달래야만 했다. "네 남편도 에릭 클랩튼도 내 스타일이 전혀 아니야." 나는 이 말을 꽤 여러 번 되풀이했는데, 결국 내 이런 태도와 말은 두 사람 모두를 불쾌하게 만들었다. 부부는 나를 어이없는 여자 취급하며 권태기를 극복해갔다.

"소식 통 못 들었는데 어떻게 지내?"

그녀는 취조하듯 딱딱한 목소리로 내게 물었다. 나는 거두절미하고 용건부터 꺼내는 방식으로 그녀에게 내가 여전히 나임을 입증할 수 있을지도 몰랐다. 그로써 내 변치 않은 성격과 취향을 저편에 상기시키게 될지도.

"나 지금 해 바뀌기 전까지만 일할 데를 구하는 중인데 그러다보니 영 마땅치가 않아서 전화 한번 해봤어. 내년에 독일 갈 일이 있는데, 한동안 거기서 지내게 될 거 같거든. 불편을 끼치고 싶진 않아. 이렇게라도 안부 전할 수 있으면 그것만으로도 좋다고 생각하고 있어."

그녀는 상황을 봐야 알 일이지만 한 달 후쯤에는 내게 자리를 줄 수 있을지도 모른다는 대답을 들려주었다. 마침 카운터를 보는 직원이 남편을 따라 지방으로 가게 됐다는 것이었다. 내 운이 좋은 건지 그 반대인지, 아니면 부부관계가 새로운 국면으로 접어들어 나 같은 제삼자가 도움이 될지 모른다는 계산이 그녀에게 불쑥 생겨났던 건지는 모르겠다. 다만 내가 아무데나 대고 변죽을 울리자 응답이 왔다는 데서, 그리고 언제 어디서든 그런 식으로 변덕스럽게 도망칠 수도 있으리라는 것을 확인했다는 점에서, 나는 다시금 내 친부가 〈사냥〉이란 연극에 출연했던 연기자이고 내가 그의 딸이란 사실을 환기했다. 그게 내 의지와는 상관없이 가십거리 기사로 소비되고 있다는 것도.

이후 나는 버스를 타고 집으로 되돌아왔다. 어수선하게 늘어져 있는 물건들을 정리하고 난 뒤에 말끔히 씻고서 책상 앞에 앉아 자기소개서를 한 장 썼다. 출생, 이름, 성장 배경, 내가 이룬 성취와 지향하는 가치, 업무 경력과 장래의 포부 등을 완벽한 거짓말로 채워넣은 문서였다.

저는 자동차 수리공인 아버지와 교사인 어머니 사이에서 태어났습니다. 고병옥이라는 제 이름을 아끼는 지방의 전문대학 졸업생이며, 전공은 식품영양학으로 영양사 자격증을 갖고 있습니다. 굉장한 기억력의 소유자로 전 직장의 간부들 식성을 아직도 조목조목 짚어낼 수 있습니다. 부모님은 하던 일을 모두 접고 현재 제주도에 내려가 살고 계십니다. 저는 언젠가 균형 잡힌 유기농 식단을 개발하는 요식업에 종사할 것이며, 그전까지는 인생을 끝없는 도전이라 생각하며 달릴 것입니다. 최근에 제가 구입한 것은 차가 아니라 말입니다. 그 말은 현재 제주에서 부모가 돌보고 있습니다. 검정색 암컷으로 이름은 마고입니다.

나는 자기소개서를 두 번 소리 내 읽어보며, 이걸 내 전생으로 간주하고 싶었다. 그리고 거듭될 후생으로부터 영구히 해방되고 싶었다. 내 이런 속성이, 난감한 유희와 비틀린 자존감, 모호한 충동과 그 안팎을 팽팽히 당기는 신경증, 무엇으로도 온전히 채워지지 않는, 이제는 대상이 명확지 않게 된 그리움과 안타까운 현실 감각의 줄타기가 이번 생에서 나를 계속 떠돌게 할 것 같았다. 그러자 사는 일이 아주 막연한 노동 같다는 생각이 들었다. 나는 경련과 통증을 구분해내 따로 감각해보려 집중했다. 눈물의 경로를 의식적으로 의식하려 해보았다. 그리고 그때 처음으로 내가 이상한 희곡, 세상의 빠른 흐름으로부터 움푹 들어간 무덤의 지표처럼 보이던 그 기이한 연극에 동참한 것이 어쩌다 그냥 내게 일어난 일이 아니었음을, 내 욕망이 무언가를 선택했다는 걸 이해했다.

받아들이고 싶지 않은 것을 받아들일 때의 불편함, 불안, 갈증, 두려움 같은 것들로부터 도망치는 몇 가지 방법들이 떠올랐다. 다른 일들로 뛰어들고, 변명 속에 자기를 묻어버리고, 이해를 구하며 울고, 위로를 받으며 자족하는 한편, 전혀 상관없는 남들의 이벤트에 동참하여 시름을 잊으려 하고, 때로는 깊은 잠에 빠지는 쪽을 택하거나 술이나 담배, 폭식, 구토, 욕설, 비방과 험담, 자학과 농담, 육체노동, 마음의 수련, 빗속을 뛰거나 고래고래 노래하는 미친 짓들, 섹스, 도박, 스포츠, 여행이라는 이름의 도피, 종교, 집념을 불태우게 하는 새로운 배움, 내 밖에 있는 것들에 많은 것을 내주며 질문을 거기 걸어보는 믿음, 또는 그런 이름의 강박…… 그러나 나는 차라리 게임을 선택하기로 했다. 남쪽으로 삼백 미터 가시오. 오른쪽 모퉁이를 돌아 동쪽으로 오백 미터 더 가시오. 두번째 흰색 자가용이 곁에 다가와 서거든 뒷문을 열고 타시오. 곧 교외로 빠질 텐데 거기선 눈을 감아야만 하오. 운전기사가 틀어주는 노래가 스물한 번 반복되면 차가 멈추고 문이 열릴 거요. 그러면 눈을 뜨고 그 순간부터는 완전히 혼자 경치를 감상해야 하오. 모든 게 열려 있소……

나는 며칠 후 전노아를 만나러 갔다. 그녀가 내게 일방적으로 던진 약속의 날에, 그게 내 스무고개의 시작인 것처럼. 지금 내가 할 수 있는 선택과 행동이란 내가 서 있는 곳에서 내게 말을 거는 것, 나를 흔들리게 하는 것, 나를 좋게, 혹은 나쁘게 보면서 내게 질문하는 것, 내 일상으로 끼어들어 온 것, 내 주변에서 함께 숨쉬는 것들에 촉수를 세워보는 것 외엔 없을지 몰랐다. 손을 뻗어 그것들을 만져보지 않는 한 나는 아무것도 아닐지 몰랐다.

*

전노아가 사는 아파트의 베란다에는 '마루'라 이름 붙인 화단이 있었다. 그녀가 전에 키우던 암컷 보더 콜리의 이름에서 따온 것이라 했다. 주둥이가 길고 털이 늘어진, 아파트에서 키우기에는 적합하지 않은 스코틀랜드 목양견의 후손. 전노아는 베란다에서 햇빛을 받던 노쇠한 마루의 모습을 약간 죄의식을 갖고 회상했다.

"마루가 이 집에서 행복했는지 모르겠어."

전노아는 삼 년 전에 남편이 부산으로 거처를 옮기고 외아들도 프랑스 유학길에 오르자 노후의 계획 중 하나를 앞당겨 실천했다. 자매가 함께 사는 것. 그렇게 해서 남편과 아들과 애견을 떠나보낸 자리에 다섯 살 터울의 친언니가 들어섰다.

이 언니라는 사람은 그리 온화한 인상은 아니었다. 그녀는 내가 방문한 날 전노아의 곁을 지키면서 차와 비스킷, 과일 들을 내왔는데, 말 끝에 약간 입을 비죽거리는 습관이 있는데다 잘 웃지 않고, 사람을

94

곁눈으로 훑어보는 경향이 있었다. 그 앞에 가만히 있기만 해도 뭔가 책잡히고 있다는 기분이 들도록 만드는 게 그녀의 포스라면 포스였다.

자매는 집에 처음 찾아온 손님들과 시간을 보내는 그들만의 사교법이 있다며 내게 무엇인지 맞혀보도록 했다.

"퀴즈를 푸나요, 이렇게?"

전노아는 그와 비슷하다면서 손님들에게 타로카드 점을 쳐주고 난 뒤에 다 같이 마사지를 받으러 간다고 했다. 심신의 긴장을 풀어주기 때문에 함께 보낸 시간을 기분좋게 떠올리게끔 하는 효과가 있다는 설명이었다.

"우리 언니는 점술이 업이었던 적도 있어. 이제 다 옛날 일이 되긴 했지만 잘나갈 때는 정재계 인사들도 찾았거든."

전노아가 빙글거렸다. 표정만으로는 농담인지 진담인지 가늠하기 어려웠다.

"복채를 내야겠어요."

"아냐, 아냐. 재미있자고 하는 거지만 진지하게 임해봐. 그만한 가치는 될걸."

전노아의 말에 그녀의 언니가 내 맞은편으로 와 자리잡고 앉더니 내게 카드 세 장을 골라 집으라고 했다. 나는 나를 당황케 한 그 시간에 값할 생뚱한 질문을 걸어두고 싶어졌다.

"우리 연극의 원작자가 우리를 어떻게 보고 있을까요?"

원작자는 고인이 됐으므로, 그 질문은 천국이 있고, 영혼이 있고, 삶과 죽음 사이에 몇 겹의 문과 통로가 있어 우리가 때로 그 문을 열고 닫으며 다른 존재들의 목소리에 귀를 기울일 수 있다는 가정이 있어야 성립되었다. 가정의 가정의 가정, 만일의 만일의 만일. 자매는 내 예상과는 달리 이 질문을 대단히 진지하게 받아들였다. 카드 쪽으로 성급하게 손을 내뻗는 내게 전노아의 언니가 주의를 주었다.

"질문을 마음에 새기고 한 번에 한 장씩!"

나는 그녀의 요구대로 카드 세 장을 차례차례 신중하게 골라냈다. 그녀가 그걸 받아들고는 곧 해석을 시작했다. 원작자는 뭔가를 더 기다리고 있는데, 그 이유는 지금 나와 운명을 같이하는 사람이 있기 때문이라고 했다. 불타는 마차에 둘이 함께 타고 있다, 모든 게 뒤집히고 제로로 돌아간다……

"어휴, 이런!"

전노아가 한 손을 이마에 짚더니 고개를 가로저었다. 화재 사고로 사망한 작가의 기구한 운명이 한바탕 소란스럽게 회자되었다.

자매가 점을 치기 전에 서로 은밀히 주고받은 정보들이 무엇이었는지는 모르겠지만, 아무튼 둘 중 내기에 진 사람은 언니인 듯했다. 언니가 세 사람의 발 마사지 비용을 대기로 하고 근방의 숍으로 자리를 옮겼다. 우리는 단조로운 멜로디가 반복되는 이국의 음악을 들으며 마사지실의 희미한 조명 아래 맨다리를 내놓고 드러누웠다. 전노아, 나, 전노아의 언니 순으로 나란히. 전노아는 그때 넌지시 〈사냥〉에 관한 이야기를 꺼냈다.

"〈사냥〉은 단막극이야. 낡은 얘기고. 자기 부모님께는 추억이 됐을는지 몰라도, 대단치는 않았을걸. 이렇게 말한다고 섭섭해할 사람은 아닌 것 같아 하는 소리니까 실망하지 않았으면……"

발끝이 시원했다. 종아리도 시원했고. 나는 대답했다.

"네, 실망하지 않을게요. 섭섭하지 않아요."

"좌우당간 난 그 기사 참 재미나게 읽었어. 그렇잖니, 노아야? 누구라도 재밌었음 됐지."

전노아의 언니가 끼어들었다. 전노아는 거기 토를 달지 않았다. 그녀는 나와 연극 이야기를 더 이어가려 했다.

"부모가 못다 이룬 꿈을 이뤄가거나 가업을 잇는 자식들 삶에는 존중할 만한 데가 있다고 생각해, 난. 자기도 그래서 연극에 끌렸을지 모르고."

나는 그녀가 내게 바라는 게 수긍인지 반박인지 헷갈렸다. 하긴 내겐 명백하게 '네'라거나 '아니요'라고 할 만한 근거 또한 없었다.

"어머니가 얼마 전에 재혼했어요. 주변에선 제가 어머니의 이 능력을 이어받아야 한다고 하던데요."

자매가 웃음을 터뜨렸기에 나는 내심 다행스러워하며 눈을 감았다. 그들과의 자리가 싫지는 않았으나, 새로운 사람들과 마음의 보폭을 맞추는 일은 어느 정도 긴장을 요했고, 그래서 결과적으로 피곤했다. 정말 한순간에 잠이 왔다.

"이게 저한테 효과가 좋은가봐요. 나른해지네요."

마사지를 마치고 난 뒤 우리는 다 함께 전노아의 집을 향해 슬렁슬렁 걸었다. 아파트 단지로 들어설 무렵, 전노아는 언니에게 먼저 올라가 있으라고 하고는 그 자리에서 인사하고 돌아서려던 내 팔을 붙잡았다.

"자기는 나랑 해를 좀 쐬이지."

단지 내 놀이터와 벤치가 있었는데도 그녀는 굳이 나를 끌고 다시 밖으로 나섰다. 우리는 상점들이 늘어선 길가를 따라 걷다가 얼마 안 가 중년 여자들 네 명과 부딪쳤다. 그들은 전노아를 에워싸고 소란스럽게 떠들어대며 알은척을 해왔다.

"아유, 요즘에는 왜 텔레비전에 안 나오세요?"

전노아는 느긋한 표정으로 그 질문을 받았다.

"최근에 연극을 하나 끝냈어요."

"오, 그래요? 근데 우린 연극 쪽은 다 문외한이라…… 제가 그간 이사를 두 번이나 했잖아요. 오랜만에 친구들 만나러 와봤는데 이렇게 보게 되다니요! 우리 멤버는 이렇게 달 바뀔 때 한 번씩 서로 보기로 했어요. 다음에 공연할 때 알려주시면 같이 보러 갈게요."

"다음엔 영화를 하게 될 거 같아요. 좀 쉬었다가."

"어머나, 그럼 그걸 볼게요."

여자들이 호들갑스럽게 반응했다. 그들은 영화 개봉일이 언제쯤일지, 촬영은 어디서 하는지, 사랑 이야기인지 권력과 암투, 음모와 배신에 관한 이야기인지, 전노아의 역할은 무엇이고 상대역은 누구인지를 묻고 또 묻고, 웃고 또 웃었다. 내가 충직한 노견이라면 거기서 주인을 위해 크게 두 번 짖었으리라.

나는 그들로부터 떨어져나와 어느 잡화점 앞에 자리잡고 서서 벽에 붙은 전단지들을 일없이 쳐다보았다. '오픈 기념 사은품 증정!'이나 '수입 의류 창고 정리' 같은 글자들을. 그러다 전노아가 나를 부르는 소리에 그녀 가까이로 다가갔다. 여자들이 나를 스쳐지나갔다.

"팬들이신가봐요."

나는 그들이 멀어지는 모습을 확인하고서야 비로소 전노아에게 말을 붙였다.

"그렇다니까 그런가보다 하고 있어."

"네."

"전에 이웃에 살던 사람들이야."

"네에."

"자기는 원래 그렇게 말이 없어?"

'원래'라는 단어는 그 순간 내게 너무나 자극적으로 들렸다. 하지만 그녀는 아마도 내 대답을 듣고자 했던 게 아니라 무언가를 말하기 위해 이렇게 질문했을 것이므로 나는 되도록 신중하게 그녀의 다음 말을 기다렸다.

"누구나 제 나름의 처세 방식이 있지. 감정을 잘 노출하지 않는 사람은 신중해 보이긴 하지만 의심스럽기도 해. 사람이 한결같이 그럴 수는 없거든. 사람이 살면서 몸에 밴 건 다 어디선가 온 것들인데, 그래서 궁금했어. 자기는 왜, 어디서 그런 걸 배우며 나이든 건지."

내게 배움이란 약간의 수치심과 겸양을 강요하는 교본이나 수칙 같은 것 외엔 아무것도 아니었다고, 불혹을 맞은 내 안의 고집 센 자아가 주장하고 싶어하는 것을 가까스로 외면했다. 그리고 이렇게 응답했다.

"동물로 치면, 전 좋은 품종은 아닌 것 같아요. 길들이기 힘만 들고 보람이 없죠."

아마도 분위기를 전환하고 싶은 마음이 조금은 있었을 텐데, 비로소 거기 묻어 나온 본심이 내게도 인지됐다. 전노아가 이것저것 재보면서 나를 다스리려고 한다는 느낌을 받고서 경계 신호를 보낸 것이다. 일종의 자책과 일말의 슬픔을 담아.

나는 무안해하면서 웃음을 흘렸다. 그녀는 웃지 않았다. 잠깐 멈칫하고 말 뿐이었다. 우리는 다시금 길을 따라 느릿느릿 걸어나갔다. 그녀는 태연하게 파리에 있는 아들 이야기를 했고, 인생이 곧 무대라는 고답적인 말도 했으며, 문선생은 말년에 많은 것을 잃었다는 말도 했다. 평판에 대해서, 사소한 행운에 대해서, 그리고 이제 그녀의 사사로운 일상이 된 마사지나, 또 나름대로 수집해 모으느라 공력을 들였을 기의 순환이나 혈자리 정보에 대해서도 화제 삼았다. 햇빛이 우리의 볼과 목덜미를 따뜻하게 비추었다고 회고하고 싶으나, 실제로는 같은 길을 두 번 왕복하는 동안 따사로운 빛의 기운을 느끼지 못했다. 해는 그저 순식간에 우리를 뛰어넘어 저편 도로 끝에 늘어선 교회와 빌딩들 꼭대기에서 마지막 붉은 숨을 거두어들였을 뿐이다.

"나는 오늘 괜찮았는데 자긴 어땠는지 모르겠어. 내가 애먼 짓 할 때 바른 소리도 좀 해주고 그러면 좋겠는데. 예전에는 언니가 그런 걸 해줬는데 요새는 언니도 마음이 많이 약해졌어."

"그럴 수 있을지 모르겠어요. 노력해볼게요."

"그럼 종종 들렀다 가."

"네."

전노아는 아파트 단지 입구에 이르러 잠깐 중심을 잃고 비틀거렸다. 그리고 자세를 바로잡으며 나지막이 웅얼거렸다.

"어떤 작품은 배우들을 흔들고는 빠져나가지 않아. 오래 머물러 자꾸 깊은 데를 건드려."

그녀는 한동안 우두커니 서서 침묵을 지키다 말을 이었다.

"똑같은 데서 다른 걸 보는 경험을 하게 돼. 내 말은, 자기는 센 사람이야."

나는 격려받았다고 느꼈고, 그게 그녀의 진심이라는 것도 이해했다. 그러나 그 순간의 내 감정이 고마움인지 실망스러움인지는 알 수 없었다. 나는 뒤로 물러섰다. 도움을 받는 데 익숙하지 않은 들짐승처럼 꼬리를 내리고, 발톱을 감추고, 표정도 지우고는, 공손하게 인사한 뒤 그녀로부터 멀어졌다.

"제가 너무 폐를 끼친 거 같네요."

*

나는 주부들이 즐겨 보는 아침 토크 프로그램의 작가에게서 출연 요청 전화를, 창간 칠 주년 기념호를 펴내게 된 시사 주간지의 영업팀에게서 정기 구독을 유도하는 랜덤 전화를 받았다. 토크 프로그램의 작가는 집요하게 세 번 전화를 걸어와 그때마다 다른 이야기로 내 심중을 확인하려 들었다. 그녀는 내가 그저 부끄럽고 조심스러워서 거절하는 것이라면 재고해보라고, 걱정할 건 하나도 없다고 강조했다. 베테랑 작가들이 모든 걸 척척 풀어갈 것이고 사전 인터뷰를 통해 '진실하게' 시청자들과 만날 수 있도록 할 것이라면서. 나는 마지막 통화에서 팔다리가 부러져 육 주간 꼼짝하면 안 된다고 거짓말했다. 휴대폰 저편에서 얼굴을 알 수 없는 작가가 아주 의례적인 대답을 하고는 잠시 숨을 골랐는데, 그녀는 마지막 인사말을 하며 그전까지는 쓰지 않았던 사투리 억양으로 "그라믄"이라고 발음해서 나를 웃게 했다.

그라믄 계세요. 딸깍.

그리고 나는 이따금 소민의 가게에서 지연을 만났다. 지연은 그곳에서 아르바이트를 시작했다. 상냥한 미소와 좋은 눈썰미, 활달한 목소리가 그애의 깁스한 오른팔 몫을 대신했다. 살랑거리는 진홍빛 스커트를 입은 그애를, 소민은 "리사!" 하고 말끝을 두 음계 정도 끌어올리며 불러댔다. 리사는 하얀 치아를 드러내고 웃으며 손님들 사이를 오갔다. 가식적인 목소리를 내는 가게 주인이 흡족하게 그 모양을 바라볼 수 있도록.

가게의 상단에는 짙은 갈색 간판이 달렸다. '모데라토'라는 하얀 글씨가 좌측에 얌전한 필체로 놓였으며, 우측은 긴 갈색 여운의 자리였다. 진열대 공간의 절반 이상은 단정한, 청순한, 우아한 느낌의 옷들이 늘어섰다. 그 나머지 공간에는 가슴이 깊게 파인 가운과 베스트, 속이 훤히 비치는 드레스, 액세서리와 모자, 반짝이는 타이츠 등이 주인을 기다렸다. 그곳에 '모데라토'는 적당한 수식이 아니었지만, 일면 그 어긋남, 비대칭은 그곳의 개성이기도 했다. 반갑습니다, 고객님. 이곳의 문을 열고 들어오는 데는 '적당하고 온건한' 제스처가 필요합니다. '보통 빠르기'로 매장 안을 걸어주세요. 석고로 오른팔을 감은 이 아리따운 점원은 접힌 팔 안쪽에다 여러분은 모르실 브이아이피의 이름을 적어놓았답니다. 오채선, 삼류 가수 마고.

내게는 충분치 않아 간혹 나를 어지럽게 만들었던 내 피가 지연과 소민을 연결해주었다는 사실을 생각하면 이상스럽고 우스웠다. 이걸 두고 소민이 언젠가 '이도 혈연관계'라며 웃었던 기억도 났다. 우리 세 사람은 모데라토 바깥에 서서 쇼윈도에 비친 서로의 모습을 바라보며 캔맥주를 마시기도 했다. 2월의 마지막 주말, 해 질 무렵의 찬 공기를 차가운 맥주와 함께 삼키며.

가게는 때로 여대생들, 알록달록한 배낭을 멘 여고생들로 들어차 활기를 띠었다. 그렇더라도 공식적인 첫번째 구매자들은 삼십대 여성 세 명이었다. 그들은 조용히 가게 안을 돌며 구경을 하다가 타이트한 자줏빛 벨벳 드레스 두 벌과 검정색 슬립 세 벌, 검정색 망사 스타킹 두 족을 사갔다.

나는 모데라토에서 여느 가정집의 거실 분위기가 연출되는 모습도 보았다. 지연이 긴 의자에 앉아 팔걸이 안쪽에 숨어 있던 독서대를 펼쳐놓고 잡지를 뒤적이고 있으면, 그 옆으로 승경이 달라붙어 지연의 블라우스 자락을 만지작거렸다. 부드러운 천은 부드러운 감상을 불러일으키기 마련이어서, 승경은 그러한 한때 자기 엄마를 흉내내어 "리사"라고 발음하는 것을 즐거워했다.

"누나 미국 사람이에요?"

승경이 물으면 중경이 승경의 이마를 손가락으로 가볍게 밀어내면서 바보 같은 소리 하지 말라고 비딱하게 굴었다. 지연은 자기 예명이 아이들 사이에서, 또 가게의 진열대 사이에서 마치 반짝거리는 조약돌처럼 조심스럽게 들었다 놓았다 해보고 싶은 무언가가 되어간다고 느꼈을지 모른다. 해 질 무렵, 가게의 조명이 노랗게 밝혀지는 때에, 밖에서 환히 들여다보일 만한 자리에 앉거나 서서 한층 새침한 표정으로 옷감 견본이나 패션 잡지들을 뒤적거리고 있는 그애의 표정이 그걸 말해주는 듯했다. 가게 바깥에서 사람들이 서성이는 게 느껴지면, 지연은 고개를 들고 밖을 향해 미소를 지었다. 들어와보세요, 하는 듯한 표정과 눈웃음.

"저희 옷들은 좋은 소재로 돼 있어요. 텍스처의 장점을 제대로 살린 이 원피스를 한번 보세요. 이것, 또 이것. 실용적인 측면을 놓치지 않으면서도 여성스런 곡선을 잘 살린 옷들이죠."

한쪽 팔을 깁스한 이십대의 점원은 왈츠를 추듯이 뒤로 투스텝 박자를 타며 물러섰다가 반대편으로 우아하게 턴을 하기도 했다.

"사실 이런 과감한 디자인은 아무에게나 추천하지는 않지만, 손님에겐 은근히 잘 어울리실 것 같은데요."

피팅룸 앞의 거울은 살짝 기울어져 있어서 그 앞에선 실제보다 늘씬하니 길어 보였다. 또 그 옆에 옷가지를 들고 따라선 아리따운 점원 리사는 왠지 충심 어린 마음을 표현하고 있는 것처럼 한쪽 팔을 구부린 채였다. 미소만이 그 부러진 연약함 위에서 반짝였다.

나는 때로 연극 무대에 오른 나를 바라보던 지연의 눈빛과 마음으로, 모데라토의 질서를 매만지는 리사를 보았다. 그러니까 모데라토는 내게 조금은 개연성 있는 무대, 지연이 내게 찬사를 보냈던 방식으로 내가 지연을 바라볼 수 있는 그애만의 소극장 같은 데이기도 했다. 모데라토의 리사는 지연보다 먼 고장에서 온 사람 같았다. 내가 알 수 없는 그 먼 고장의 친교는 가슴을 내밀고, 허리를 곧추세우고, 발끝을 살짝 들고 입가에 미소를 띤 채 상대의 어투와 표정을 살피는 섬세함 외에는 기대하기 힘든 무엇이었다. 움직이고 미소 짓는 인형 같은 리사. 비밀스런 리사. 지연과 나의 사회적 외피는 유사한 방식으로 직조되어 그 안쪽의 질감을 쉽게 어루만질 수도 있으리라는 환상을 서로에게 품게끔 했던 것 같다. 이따금씩 '나는 당신을 알 것 같아' 하고 말하고 싶게끔. 그 모든 미혹의 순간들에 이름을 붙일 수 있다면 그건 무엇일까. 무엇보다, 그런 게 한 관계를 특별하게 만드는 주문이 될 수도 있는 걸까. 지연 엘리사벳 리사, 채선 삼류 가수 마고.

7

3월 첫 주 목요일이었다. 나는 지연과 한집에서 산다는 그 '친한 오빠'와 J 대학 교정에서 만났다. 그날은 원래 나와 소민, 중경과 승경, 지연이 다 함께 야외로 소풍을 가기로 했던 날이었는데, 소민이 도시락을 준비하다가 그만 뜨거운 물을 손등에 쏟으면서 시간축이 다른 방향으로 휘었다. 그러니 우연과 필연과 지연의 계획이 조화를 이루어 만들어낸 봄의 초입이었다고 해두자.

지연의 말에 따르면 그날 이른 아침에 중경과 승경이 제 아빠 차로 모데라토로 왔는데, 모두 즐거운 표정이 아니었다고 했다. 아마 그게 발단이 됐던 것 같다. 소민은 남편이 자리를 뜨고 난 뒤 아이들과 실랑이를 벌이던 끝에 그렇게 화상을 입고 말았고, 나들이에 쓰일 음식들은 결국 플라스틱 용기에 담긴 채 고스란히 냉장고 속으로 직행했다. 소민은 하루 일정을 모조리 틀었다. 손을 치료하러 병원으로 가게 된 참에 아예 월말로 잡아뒀던 아이들의 치과 검진일을 그날로 당겼다. 중경과 승경은 애초에 그 소풍을 즐거워하지 않았던 대가라도 치르듯 치과 대기실에서 오랜 시간을 보내야만 하게 됐다. 소민은 밉상을 떨고 선 아이들 때문에 잠깐 이성을 잃고서 벌겋게 된 손을 들어 보이면서 이렇게 소리치기도 했다고 한다.

"내가 아님 누가 너희들 신경이나 써줄 것 같아? 응? 말만 번드르르한 너희 아빠가?"

직설적인 데가 있긴 해도 아이들에게 분노를 터뜨리는 엄마는 아니었는데, 아무래도 소민이나 아이들 모두 지난한 하루를 보내게 될 것이었다.

나는 모데라토로 가기 위해 전철역으로 막 들어서려던 때에 지연의 전화로 이 이야기를 접했다. 내 오랜 친구가 나보다 먼저 지연에게 구구한 사정을 늘어놓으며 내게 연락을 취하도록 시켰다는 사실에, 괴팍한 자기 모습을 함께 일하는 사람에게 내보였다는 데 나는 조금 놀랐다.

"일이 이렇게 돼서 저도 좀 곤란해졌어요."

지연은 한숨을 폭 내쉬더니 풀죽은 목소리로 말을 이었다.

"잠깐만이라도 만나볼 수 있어요?"

"그러자. 아침부터 소란을 겪느라 힘들었겠다."

"가게는 문 닫았고요, 전 지금 다른 일로 밖에 나와 있어요."

"네 편의대로 장소를 정하면 내가 그리로 움직일게."

"그럼 J 대학에서 뵐게요. 정문에서 인문사회관 쪽으로 걸어들어오면서 저한테 전화를 한 번 주세요."

지연은 이날 베이지색 야구 모자를 눌러쓰고 투박한 카키색 사파리

점퍼를 걸치고 있었는데, 그건 내가 전에 한 번도 본 적이 없던 모습이라 생경하게 느껴졌다. 모데라토의 지향과는 영판 다른 패션. 우리는 정문 쪽에서 만나 후문으로 이어지는 길을 따라 나란히 걸었다. 나는 어쩌면 그곳이 지연이 다니다 그만둔 학교인지 모른다고 추측하여 질문을 건넸다가 곧 아니라는 대답을 들었다. 또 작은 일에조차 흔들리며 종종걸음 치곤 했던 이십대의 어느 날이 내게도 있었다는 걸 떠올리고는 그걸 입 밖으로 꺼낼 뻔했다가 그만두었다. 쓸데없는 궁금증을 불러일으키고 싶지 않았기 때문이다.

우리는 후문 쪽에 이르러 멈춰 섰다. 벤치 두 개가 기억자 모양으로 놓여 있는 곳이었다. 지연은 거기서 내게 제 양쪽 팔을 만져보게끔 했다. 깁스를 풀고 보니 오른팔이 왼팔보다 가늘어진 것 같다면서. 교정의 라일락 나무는 이른봄이라 아직 초라했고, 학생회관으로 보이는 건물로 난 계단은 길었다. 바람이 제법 쌀쌀한데도 서둘러 봄옷을 입고 나온 여학생들 서너 명이 서로 어깨를 맞대고 깔깔거리며 우리를 지나쳐갔다. 내가 가방에서 머플러를 꺼내 두르려는데, 등뒤에서 지연을 부르는 남자의 목소리가 들려왔다.

"지연아! 야!"

조급함과 서운한 감정이 고스란히 묻어나는 호명이었다. 지연이 내게 "잠깐만요, 저 좀……" 하고는 성급히 뒤돌아서 남자 쪽으로 걸어나갔기 때문에 나는 눈치껏 자리를 피해주고자 벤치로 다가갔다. 캠퍼스를 등지고 앉으니 후문 밖으로 이어지는 짧은 비탈길과 그 너머의 찻길이 내려다보였다. 등 뒤쪽 저만치에서 두 사람이 이야기하는 소리가 높아졌다 잦아들었다. 나는 휴대폰을 꺼내 최신 뉴스를 훑었다. 범죄, 소송, 신형 세단, 음원 차트…… 얼마 안 있어 두 사람이 내 쪽으로 함께 걸어오는 기척이 들려왔다. 나는 내 앞의 정경을 헤아렸다. 비탈길을 걸어내려가는 사람들, 차도 가까이 다가서고 있는 사람들을. 새삼 놀라웠다. 하루가 시작되고 또 저물고, 사람들이 어느 입구와 출구들로 끝없이 드나들고 있다는 것이.

"처음 뵙겠습니다."

남자가 다가와 인사했다. 나는 그를 올려다보았다. 곱슬머리에 검정색 점퍼. 그런데 가만, 나는 카페의 이층 창가에서 이들을 내려다본 적이 있지 않나. 거친 겨울바람 속에서 키스하던 연인을. 나는 지연을 슬쩍 흘겨보았다. 지연은 무표정한 얼굴로 모자를 벗어들고는 손가락으로 머리칼을 빗어 내리는 중이었다. 전보다 가늘어진 것 같다던 그 오른팔이 높이 올라갔다가 아래로 툭 떨어졌다.

"저흰 오늘 저녁에 계획이 따로 있었어요."

남자가 왠지 억울한 듯한 표정으로 말을 이었다.

"그런데 계속 이런저런 핑계가 많아졌죠, 지연이가. 그래서 제가 여기서 좀 보자고 했어요."

나는 트렌치코트 깃을 매만져 매무새를 가다듬었다.

"그런데요?"

"여긴 제가 다니는 학교예요. 오해 풀어주러 여기까지 오신 거라고 들었는데요."

이해할 수 없는 그 말을, 이해한 척하고 싶지는 않았다. 차라리 화를 내는 게 그보다는 적절할 듯했다.

"난 영문 모르고 여기까지 끌려왔어요. 너무 허둥대게 만들었어,

사람을. 내가 경찰에 신고라도 하기 전에 내 오해부터 풀어줘야 하지 않겠어요, 두 사람?"

그는 내 말에 표정이 굳으며 잠깐 어정쩡하게 서 있다가 내게 물었다.

"오늘 어디를 가신다며요?"

그러자 지연이 재빠르게 끼어들었다.

"일 땜에 수련원 가게 됐다고 몇 번이나 말했잖아. 왜 사람을 자꾸 시험하려고 들어?"

"너 어디 새려는 거 아냐, 전처럼?"

지연이 미간에 힘을 주고 그를 째려보자, 그는 손으로 입가를 만지작대며 표정을 감추고 다른 데를 보았다. 상황도 상황이지만 수련원이라니, 그게 내가 어느 옛적에 듣고 다시 못 들어본 단어인가. 나는 원치 않은 일에 말려들고 말았지만 어쨌든 일단은 지연을 거들기로 했다.

"정확히는 일 때문은 아니에요. 그래도 일로 엮인 사람들이랑 움직이는 거니까 영 무관한 건 또 아니라, 지연이가 제대로 거절을 못한 거 같네요. 내 친구가 워낙 촌스러워서 이런 식으로 단합하는 걸 좋아해요. 난 얼결에 묻어가는 거라 어딘지 제대로 묻지도 못했어요. 이런 걸 다 해명해야 하다니."

"모르세요? 지연이는 양평이라던데?"

그는 그렇게 묻고는 이내 땅바닥으로 시선을 내리깔았다. 갑자기 의기소침하게 쪼그라든 모습이었다. 그 순간 우리 세 사람 중에 가장 그럴듯한 거짓말을 듣기 원했던 사람은 바로 그였으리라. 그는 기세

가 한풀 꺾여서 "뭐 그렇담 됐어요" 하더니 뒤돌아서 성큼성큼 걸어
나갔다.

나는 헛웃음이 났다. 지연은 길게 한숨을 몰아쉬더니 그가 사라진
자리에서 비로소 내게 그를 소개했다. 이름은 동헌이고, J 대학 경영
학과 재학생으로 지연보다 네 살이 많다고 했다.

나는 청춘 남녀의 애정사에 일없이 휘말린 늙은 장학사라도 된 기
분이었다. 봄날의 대학 교정은 확실히 나보다는 그 두 사람에게 어울
리는 공간이었다. 나는 왜 소민에게로 달려가지 않고 여기 와 있는가.
물어야 할 것이 있다면 그것이었고 그 질문은 혼자 남았을 때 스스로
에게 조용히 해보아야 할 것이었다. 더는 거기 있고 싶지 않아 그만
자리에서 일어났다.

"가자. 이제 된 거지?"

나는 후문을 향해 걸어나갔다. 지연이 옆으로 따라붙으며 이야기
했다.

"저는 지금 제가 없는 곳에서 살고 있어요. 실제로도 비유적으로도
그렇다고요. 그리고 저는……"

그때 자전거 한 대가 우리 앞을 지나쳐갔다. 오렌지빛 휠의 자전거
였다. 오렌지빛 원들이 멀리로 나아갔다. 지연이 마저 말했다.

"와주셔서 감사해요. 이런 꼴 부끄럽지만 잘됐어요, 차라리. 제가
이렇고, 이게 저니까요."

나는 그 말의 진위가 어찌됐든 간에 지연에게 불쾌한 마음을 품지
않으려 했다. 이 해프닝에 대해 뭐라고 충고하거나 시시콜콜 캐묻고
싶지 않았다.

"양평에 있는 수련원에서 3박 4일 보내게 됐다고 해버렸는데요, 뭣 때문이었는지는 이제 기억도 안 나네요."

"수련원에는? 그런 데 가본 적은 있고?"

"아뇨."

"그래? 나도 한 번도 없어. 그게 제일 당황스럽더라."

지연이 긴장이 풀린 듯 쿡, 하고 웃었다.

"만약에, 그런 만약이 있다면 말인데요……"

"또 무슨 말을 하려고 그러니?"

"내 장례식에도 와주실 거죠?"

"뭐라고?"

맙소사. 나는 말싸움하기도 귀찮아져서 아무렇게나 고개를 끄덕였다.

"그래그래. 그러자."

"하지만 전 오래 살 거니까요."

지연이 걷는 속도를 늦추며 내 뒤로 처졌다. 나는 등뒤에서 이어지는 그애의 다음 말을 들었다.

"저보다 오래 버텨주셔야 돼요."

*

이후 나흘간, 지연은 내 집에 머물면서 출퇴근을 했다. 동헌이 지연에게 전화를 걸어오면 내 집은 양평 어딘가로 둔갑했다. 지연은 정말 야영지에 있는 것처럼 물을 틀어놓거나 식기들을 달그락거리거나 고

무공을 거실 바닥에 튕기거나 텔레비전의 볼륨을 나지막이 틀어놓고 전화를 받았다. 은폐된 정보들, 감정의 부대낌, 망쳐버린 휴가의 무드가 우리와 함께했다.

지연은 첫날 밤엔 작은방에서, 두번째 밤에는 굳이 내 침대 옆 바닥에다 이불을 펴고 누워 잠들었다. 나는 새벽녘에 그애가 나지막이 우는 소리에 잠에서 깼다. 지연은 이불로 몸을 둘둘 말고서 모로 누워 얼굴을 찡그리고 우는 소리를 냈다. 어린아이가 거짓으로 우는 시늉을 하는 듯한 모습이었는데, 아마도 꿈을 꾸는 모양이었다. 꿈속의 그애는 내게 무척 낯설 것 같았다. 나는 기척을 내지 않으려 숨죽여 돌아누운 뒤 다시 잠을 청했다.

셋째 날 정오 무렵, 지연은 집을 나서면서 그날 소민에게 양해를 구해 한두 시간 정도 일찍 퇴근하겠다고 했다.

"그동안 신세를 졌으니 오늘은 제가 요리 솜씨 좀 발휘해볼게요. 들어오는 길에 만나서 같이 장을 보면 어때요? 제가 언니한테 좋을 음식 레시피를 좀 찾아봤어요."

내게는 취소하면 번거롭게 될 일정이 두 가지 잡혀 있었는데, 일단 오후 네시부터 두어 시간 동안은 전노아의 집에서 보낼 예정이었고, 이후에는 백화점에 들러 수선을 맡겨뒀던 구두를 찾아와야 했다.

"같이 시간 맞춰 움직이는 건 어렵겠는데. 너도 일 다 보고 와."

"……"

"그럼 네가 먼저 와서 기다려주면, 오늘은 내가 초대받은 기분 들겠다. 생각해줘서 고마워."

내 말에 지연은 수긍하는 것처럼 고개를 끄덕여 보였지만 그러고는 얼른 고개를 돌려버렸다.

　그날 오후 나는 전노아의 집에서 고전 비극의 낡은 페이지에 얼굴을 묻고 입에 잘 붙지 않는 대사를 큰 소리로 반복해 읽어가면서 그녀의 상대역을 다 해봤다. 그녀의 언니가 사과 두 개를 내와 껍질을 깎으며 시원찮은 감상평을 해댔다. 전노아는 언니가 아파서 기분이 별로 좋지 않은데다 자기도 몸살기가 있어서 이번주에는 외출을 한 번도 못했다면서, 내가 조만간 또 찾아와준다면 고맙겠다고 했다. 그녀는 〈사냥〉의 팸플릿을 하나 구했다며 내게 보여주기도 했는데, 조악한 팸플릿 첫 장에는 커다란 총 그림이 그려져 있었다. 총구와 방아쇠 부분에 매달린 조그만 두 남자의 이미지가 희극적이었다. '당신을 웃고 울게 하는 총잡이들'이라는 검정색 글자가 좌측 하단부터 우측 상단까지 사선으로 누워 있었고, 글자 가장자리는 금이 간 것처럼 보이도록 디자인돼 있었다. 내지에 적힌 내용을 자세히 살펴보니 친부의 출연작은 아니었다. 그의 활동 시기보다 십여 년 뒤에 오른 다른 버전의 연극이었다. 그래도 나는 최선을 다해 고마워했다.

　전노아는 사람들이 저마다 복잡한 내면의 지도를 갖고 있다고 했다. 내 지도는 특별히 그녀의 시선을 끄는 것이었던가보았다. 그녀는 곧잘 실제의 나와 크게 관계없는 다른 맥을 짚는 편이었는데, 내 쪽에서는 그 점이 되레 편하기도 하고 약간은 흥미롭기도 했다. 그녀는 지난 긴 시간 동안 무대나 스크린, 텔레비전 모니터 속에서 순백의 드레스를 입은 소녀이기도 했고, 언변이 화려한 유모이기도 했으며, 파혼한 마담이기도 했고, 안쓰러운 동정녀, 불경스런 노인이기도 했다. 그렇게 영겁의 생을 산 사람이었고, 내게 친절하고 호감을 표시하고는 있었지만, 동시에 나에 대해 무지한 타인이었다. 그녀가 잘못된 표지를 남긴 곳들이 이따금 내 은신처가 되기도 했다는 걸, 아이러니하게도 바로 그런 이유 때문에 내가 그녀를 견딜 만했고 때로 진심으로 고마워하기도 했다는 걸 그녀는 눈치챘을까?

　본의 아니게 긴 연극 연습을 마치고 돌아온 그날, 그 밤과 밤 근처의 일들은 지연과 나 사이에 벌어진 일 때문에 얼얼한 감각으로 남아 있다. 나는 저녁 무렵 백화점에 들러 수선을 맡겨뒀던 겨울 부츠를 찾아왔다. 지퍼가 부드럽게 열리지 않아 신고 벗을 때 종종 애를 먹이곤 하던 그 부츠는 새로 지퍼를 달자 착화감이 살아나 신발장에 가지런히 세워두고 보는 것만으로도 발걸음이 가벼워지는 느낌이 들었다. 나는 본래 위치에 부츠를 세워두고 내가 가진 다른 신발들의 위치를 조금씩 바꾸어보았다. 전노아와 보내고 온 시간 때문이었을 텐데, 나는 약간은 연극적인 기분으로 그 신발들의 숫자만큼의 초대 손님들이 집안에 있다면 어떨까 상상해보던 중이었다. 그러다 어느 순간 뒤를 돌아보자, 지연이 국자를 들고 선 채로 나를 가만히 쳐다보고 있었다. 주방에서 식재료들을 손질하다 기척을 듣고 나온 모양이었다. 지연은 내가 '거짓 수련원 생활'의 마지막 밤이 되자 비로소 홀가분해진 사람처럼 보였다고 했다. 제 존재가 아무것도 아닌 것처럼 느껴져서, 또 그게 제게는 그리 낯선 감정도 아니었다는 데 상처를 입었다고. 아마도 그 때문에, 지연이 그렇게 직접적으로 상처라는 표현을 썼다는 이유에서, 내겐 그 밤의 기억이 오래 어루만진 천처럼 닳고 부분적으로 희미해졌다. 반복해 떠올리는 동안 누군가의 꿈이나 망상처럼 왜곡되는 걸 느꼈다. 이를테면 그 망상 속에서는 노래한 건 부츠이고, 나는 호들갑을 떨며 지연을 부르고 있다. 지연은 국자를 떨어뜨린다. 아니면 나는 싱크대 위에 국자를 걸어두려 하고 지연은 나 대신 신발장을 정리하려는데, 국자 걸이는 벽에서 떨어지고 부츠 목은 자꾸 바닥으로 기운다. 그리하여, 그런 식으로, 사소하고 우연한 모든 소리와 움직임들이 우리의 밤을 향해 몸을 틀고 신호를 보냈다는 데 기어코 다 다르게 되는 것이다.

우리는 늦은 저녁식사를 마치고 난 뒤 프랑스산 와인을 한 병 땄다. 지연은 무언가 기념이 될 만한 시간을 나와 나누기 바랐는데, 나는 이미 그 바람에 실망을 안긴 건 아닐까 내심 두려워했던 듯하다.

"그러니까, 얘기를 좀 하고 싶어요. 우리 얘기요."

나는 지연과 나 사이에 공통된 이야깃거리라고는 고작 십대 언저리 정도에나 있으리라 생각했기에 기분을 맞춰줄 수 있으리라 여기며 응했다. 잠재된 모험의 세계, 요정들과 괴물의 아우성, 성인 잡지와 수련원의 생활 수칙 사이, 불 켜진 이웃집 소년의 침실에 걸린 아이돌의 대형 화보. 공연 도중 셔츠를 찢으며 고음을 내지르는 로큰롤 가수와 그를 향한 청중들의 뜨거운 눈물과 비명, 시를 낭독하는 부드러운 혀와 붉게 물든 두 뺨, 필통을 채운 색색의 볼펜, 새로 구입한 헤어밴드 세트와 분홍색 브래지어, 멋으로 피우는 담배와 또한 멋으로 내뱉는 욕설, 만사를 흘겨보거나 깔보는 자태, 질문에 대충 까딱거리는 고갯짓, 일부러 구겨 신은 새 운동화. 나는 와인 몇 잔을 홀짝거리며 벽에 기대앉아 있다가 흐트러진 자세를 가다듬었다.

"내가 사춘기 때 사귀었던 남자애는……"

나는 까마득한 기억 저편의 소년들 중에서 하나를 불러냈다. 별명이 꽃돼지였던 그 소년은 배가 불룩하고 눈이 작았으며, 어린이 합창단원처럼 목소리가 가늘고 맑았다. 내 방의 벽지는 옅은 안개 속에 흐드러진 꽃잎들처럼 부드러운 핑크빛이어서 소년의 감탄을 자아내는데에는 효과적이었으나 실상 내 취향을 반영한 건 아니었다. 예절 바른 소년은 자기 가방에서 푸른색 사인펜을 꺼내 내 방학 숙제를 도와주었다. 나는 책에 적힌 딱딱한 지시문을 선생 목소리를 흉내내어 읽었다.

"동그라미, 세모, 네모 모양으로 색종이를 잘라내서 그것들로 다른 이미지를 만들어내시오."

소년은 예시로 나온 새와 집 모양들을 살피며 고개를 끄덕여 보이고는 동그라미로 아이 얼굴을, 세모로 차양을, 네모로 유모차를 만들었다. 그리고 푸른색 사인펜으로 동그라미에 눈을 그려넣었다.

"아! 엄마 아빠가 외국인인가보다!"

내가 과장스럽게 감탄하며 키득거리자 소년은 내 볼을 살짝 꼬집었다. 소년의 얼굴이 코앞까지 다가와 무슨 일이 벌어지게 될까 하는 기대로 숨을 고르며 침을 삼켰다. 하지만 소년의 얼굴은 도로 멀어졌다. 코끝이 잠깐 닿았고 달착지근한 입김이 느껴졌을 뿐이었다. 내 방 벽시계는 건전지의 수명이 거의 다해서 시침과 분침이 같은 곳에 멈춘 채로 딸꾹질 같은 소리를 내고 있었다. 나는 넓게 펼쳐놓은 상 위로 고개를 수그리고서, 조심스레 가위질을 하고 있는 소년의 손등을 앞니로 살짝 깨물었고, 가위가 바닥으로 떨어졌다. 서툰 포옹. 어색하고 이상한 입맞춤. 현관문이 열리는 소리와 함께 슬리퍼를 끄는 엄마

의 발소리가 들려왔다. 나는 자세를 얼른 가다듬고 그 발소리로 엄마
의 기분을 가늠해보았다. 좋은가, 나쁜가, 흥겨운가, 무거운가. 내 방
문이 벌컥 열렸을 때 소년과 나는 가위질과 풀칠에 골몰하다 고개를
든 것처럼 행동했다. 소년의 몸짓은 어딘가 부자연스러웠다. 얼굴은
새빨개졌고 표정은 굳었고 어깨는 움츠러들었다. 엄마가 나와 소년을
번갈아 바라보고는 책을 읽듯이 정확한 발음으로 물었다.

"잘들 있었니? 뭐하고 있었어?"

질문은 거기서 더 나아가지 못했다. 그렇더라도 방문은 열어둔 채
였다. 닫으면 안 된다는 걸 주지하듯이 엄마가 나와 소년에게 한 번씩
눈을 맞추고는 천천히 등을 돌렸다. 엄마는 열린 문 밖에서 야채를 씻
기 시작했다. 물소리. 애호박과 당근을 뽀득뽀득 씻는 소리. 나는 손
으로 입을 가리고 새나오는 웃음을 억누르며 소년에게 눈짓을 했는
데, 소년은 그만 자기 물건들을 챙기고는 공손하게 일어섰다.

나는 그 순간들을 묘사하던 내 얼굴이 어떤 모양새였는지 알지 못
한다. 아이로 돌아간 듯 천진했을까, 아니면 지난 시간을 가볍게 움
켜쥐고 있는 무미한 얼굴이었을까. 지연은 자기 기억은 그렇게 오래
되지 않았다며 전에 어떤 집에 잠깐 얹혀살았을 때 그 집 옷장 안에는
웨딩드레스들이 대여섯 벌 걸려 있었다고 말했다.

"그 집 친척들이 운영하던 웨딩홀이 문을 닫았기 때문이에요. 사무
용품들과 대여용 웨딩드레스를 집으로 챙겨온 건데……"

그렇게 말하다 말고 지연이 몸을 좌우로 흔들며 웃었다.

"얼룩진 결혼 사업이 집안으로 다 몰려들었다니까요. 그러니까 거
기 나도 포함되었고요. 나, 빈 서류철, 초록색 부직포를 깐 책상 두

개, 웨딩드레스."

지연은 손가락을 꼽다가 잠시 멈추었다. 나는 눈을 비비면서 대꾸했다.

"오, 그래?"

"그 집 딸의 남자친구가 놀러왔어요, 교회에 다니던. 걔가 아파서 걔를 보러 온 건데 드라마는 정작 다른 데서 시작되는 거죠, 이제. 걘 건넌방에서, 아마 좀 꾸미느라 꾸물거리고 있었던 것 같아요. 콜록거리면서도 좀 부산을 떨었겠죠, 안에서 혼자. 그래서 내가 그 오빠랑 안방에 남았어요. 마침 그 집 부모님들은 집 앞 텃밭에 나가 싱싱하고 예쁜 채소들을 골라내는 중이었거든요. 왜 안 그렇겠어요? 딸이 설레어하는 게 한눈에도 훤히 보이니까 뭔가 좋은 분위기를 만들어보려고 한 거겠죠. 나는 내장 어딘가가 간지러운 것만 같았는데, 아마 오래 기억될 만한 짓을 좀 하고 싶었던 것 같아요. 옷장 안에 웨딩드레스가 있는데 그걸 입어보고 싶다고 말했더니 그 오빠가 망을 봐주겠다는 거예요. 그 교회 오빠는 등을 돌리고서 내가 옷을 갈아입을 때까지 지키고 기다려줬어요. 오빠가 뒤돌아섰을 때 나는 부푼 소매 한쪽을 팔에 다 끼우지 못한 참이라 어깨가 드러나 있었거든요. 오빠가 예쁘다고 하면서 점잖게 소매끝을 올려주더라고요."

지연이 그 말을 하면서 내 가슴에 손을 댔다가 뗐고, 이어 어깨로 옮겨갔다. 손끝으로 팔을 훑어 내려와 내 손가락 사이를 파고들었다. 발끝까지 따뜻해지는 게 느껴졌다. 우리는 가볍게 입을 맞췄다 떨어졌다. 웃음. 장난기 어린 눈짓. 온기. 와인에 젖은 달콤한 혀끝.

그대로 어린 시절로 돌아간 것 같았다. 고통, 사별, 종말 같은 단어가 아직 어떤 감각이 되지 않던 시절, 순도 높은 기쁨과 열띤 호기심으로 눈앞의 모든 것에 겁없이 나를 열어주었던 때로. 지연이 나를 안았고 이번에는 내가 그 속으로 파고들었다. 지연이 내게 안긴 채로 천천히 뒤로 누웠다. 허리를 조금 틀면서, 내 머리칼이 목에 닿아 간지럽다며 웃음을 터뜨렸다. 나는 지연의 곁에 몸을 뉘었다. 바닥에 등을 대자 긴 한숨이 새나왔다. 천장이 멀겋게 보였다. 지연이 내 쪽을 향해 모로 누워 한쪽 다리를 내 다리 위로 올려놓았다. 발가락을 움직거려 간질이듯 훑어 내렸다 올라왔다. 그다음과 그 다음다음의 순간들은 익숙한 시간의 경계를 넘어선다. 영원히 과거형이 되지 않는다.

우리는 마치 더운 날 해변으로 나가는 사람처럼 침대 쪽으로 가 옷을 벗어던진다. 언어를 잃은 사람처럼 몸과 표정을 쓴다. 마이미스트처럼 움직거리고, 그 의미를 바람만큼 서로 읽고 읽히게 되기를 원한다. 손을 뻗는다. 허리를 든다. 무릎을 구부린다. 발가락을 미끄러뜨린다. 입술을 댄다. 같은 동작을 조금씩 다르게 재연한다.

"넌 날 너무 괴롭히니까 혼이 좀 나야겠어."

나는 짓궂은 아이에게 애정을 듬뿍 담아 타박하는 선생처럼 말하고, 아니, 엄숙하고 촌스러운 부모에게서 도망치려는 시골 목장의 막내딸에게 추파를 던지는 부랑자처럼 말하고, 그러고는 지연이 더이상 손가락과 발가락으로 나를 희롱하지 못하도록 지연의 두 다리를 벌리고 그 사이에 웅크리고 앉아 그애의 손을 맞잡았다 놓는다. 지연이 내 상체를, 목을 다리로 휘감으려 애쓴다. 버둥거린다. 나는 소리친다.

"아아! 아야!"

나는 이번에는 수련생의 유연성을 시험하려는 조교가 되어야겠다고 생각한다. 고개를 흔들어 머리칼과 두 귀로 그애의 허벅지를 간질이며 파고든다. 지연의 두 다리가 내 머리통을 힘주어 압박해오다가 풀어진다. 흔들거린다. 가쁜 숨소리. 웃는 건지 우는 건지 모를 표정이 되어 내 "아"와 지연의 "아아"가 섞인다. 지연이 침대 머리맡에 정수리를 부딪치고는 다시 아래쪽으로 내려온다. 신음 섞인 감탄사를 내지른다.

"응응, 그래요."

나는 그 '그래요'에 막연히 저항한다. 폭넓은 수긍을 한다. 필사의 저항을 한다. 애달픈 설득을 한다. 감미롭게 애원을 한다.

그러자 이번에는 지연이 갑자기 아픈 듯 우는 시늉을 한다. 어형형형. 허형. 그리고 상체를 조금 들어올리며 두 팔을 내뻗어 내 머리통을 붙잡는다. 열 손가락 끝에 힘을 주어 곧추세운 손톱으로 내 관자놀이를 파고들면서 두 다리 사이에서 나를 끌어올린다. 막 애를 낳은 산모처럼. 나는, 다시 태어난 나는 그 순간 내게 유일해지는 모든 것, 내 앞에 놓인 거의 모든 존재, 점점 커다래지는 하나의 현존에 뺨을 비빈다. 몸을 맞댄다. 소리를 내며 핥는다.

"야옹."

내가 고양이처럼 갸르릉거리자 지연은 "어흥, 어흐으응" 하고 입을 크게 움직거려 나를 삼키려 한다. 으르렁댄다. 내 어깨를 깨문다. 나는 날카롭게 소리친다. 나는 천둥 번개, 아니 압도적인 감탄사라도 되고자 애써 달린다. 그러다 한순간에 눈처럼 녹아내린다. 우리는 뒤엉킨 수풀이 되었다가, 속수무책으로 비에 젖는 수풀이 되었다가, 한순간 시든다. 내 두 눈과 그애의 눈이 마주친 순간 나는 스르륵 기운이 빠진 것처럼 옆으로 떨어진다. 그애가 내게로 고개를 돌리며 거짓 눈물 한 방울을 침대보에 떨어뜨린다.

"사랑해요."

나는 눈을 감는다. 시간의 저편과 이편이 꿈처럼 뒤섞이며 나른해진다. 어깨가 공중으로 들리고, 가벼워지고, 부드러워지고, 그대로 사지가 죽 늘어나면서 둥둥 떠올라 다른 세상에 가닿을 것 같다. 이번에는 지연이 나를 파고든다. 두 손으로 내 목을 끌어안고 친밀감을 표시한다.

"좋은 향수 쓰나보죠?"

구태의연한 남정네의 엉터리 수작같이.

"좋은 꿈을 꿀 거 같아요. 나 좀 안아줘봐요. 아니 그렇게 말고 이렇게. 좋아, 고마워. 내가 고마워하는 거 느껴져요?"

나는 순순히 끌려간다. 멈춘다. 버틴다. 공들인 탐색과 탐미의 시간. 내가 멈칫거리는 동안 지연은 내 부드러운 약점들을 찾아낸다. 나는 눈을 감는다. 내 무엇도 고유한 내 무엇이 아닌 것처럼, 없어진다. 사라진다. 감각만이, 지연이 이끄는 대로 느끼려는, 순종하는, 열중하는, 선택된 감각만이 남는다.

아침에 잠에서 깨어났을 때, 지난밤의 흥분과 거기 내려앉은 봄 햇살 때문에 우리는 상기되고 헝클어진 모습이었다. 퀸 사이즈 침대는 성인 여자 둘을 감당할 만큼 아늑한 공간이 아닌데다 이불은 지저분하게 주름이 져 절반쯤 바닥에 떨어진 채였다. 지연은 침대 끄트머리에 모로 누워 입을 반쯤 벌린 채 낮게 코를 골았다. 나는 손바닥으로 내 부은 얼굴과 눈을 매만졌다. 침대보 위에는 긴 머리칼과 짧은 머리 칼들이 몇 올 흩어져 있었고, 베개는 뒤집혔다.

동헌이 조금 치밀한 사람이었다면, 양평의 수련원에 모여 있다던 여자들끼리의 친목에 이런저런 풍경 사진이나 인물 사진이 남아 있지 않다는 사실을 호기롭게 증거로 낚아채어 관계의 주도권을 다잡으려 했을 것이다. 하지만 그는 그만한 예리함은 없었다. 지연은 그게 좋다 고 표현하기도 했지만, 그 점을 더는 못 견디겠다고 말하기도 했다. 좋고 싫음의 번복, 꼬리를 무는 의심과 예민하지 못한 감각의 불균형, 이별의 눈물이 마르기도 전에 도달하게 되는 성마른 화해의 무성의함 과 지루함, 그 반복들, 점점 의미를 퇴색해간 단어들의 나열, 언쟁과 피로. 문제는 항상 도처에 있지만 결말은 끝에 다가서야만 모습을 드 러낸다. 그들의 문제는 내 문제를 파고들 것이었다.

8

이튿날 연출자의 전화를 받았다. 그는 얼마 전 일본에서 돌아왔다면서 〈중독〉을 도쿄의 한 예술극장에 올리는 일에 대해서 그쪽의 담당자들과 만나 이야기를 나눴다는 소식을 전해주었다. 어느 정도 새로운 공연의 가능성을 엿보았다면서.

"채선씨는 새로운 뉴스 없어요?"

"아, 제시! 얼마 전 화장품 CF에 나오는 걸 봤는데, 혹시 보셨어요?"

그는 안 그래도 〈중독〉의 주연 배우들에 대한 소식을 뒤늦게 전해 듣고서 꽤나 놀랐다고 했다.

"광고에 나가는 걸 보면 상황이 괜찮게 전환된 거 아닐까요? 일본 공연에 중요한 새 소식은 아무래도 그거 같은데."

내 말에 연출자가 나직이 웃음을 흘렸는데, 그 모습이 보이는 듯했다. 고개를 쳐든 채로 눈썹을 조금 씰룩거리면서 콧구멍만 넓히고 입술은 다문 채로 웃고 있는 모습이.

"안 그래도 캐스팅 얘기를 하려던 참인데……"

연출자는 무대미술을 하는 동갑내기 부인과 침대머리에서 캐스팅에 관해 논한다고 알려져 있었다. 부부가 나를 어떤 식으로 그려내고 가상의 조명 아래 세웠을지, 무슨 대화를 나누었을지 떠올려보면서 간밤에 침대 위에서 무수한 역할놀이를 한 커플이 또 있었겠구나 싶었다.

"채선씨는 마고 해야죠."

그는 내 반응이 어떨지 궁금했다면서, 자신이 베풀고 있는 이 호의에 내가 의당 감사해야 한다는 투였다. 내겐 새로운 제안을 놓고 저울질해봐야 할 특별한 스케줄이 없었다. 하지만, 오히려 그렇기 때문에 다른 모든 가능성에도 무한히 열려 있는 셈이었다. 나는 당장 일본보다 먼 다른 나라의 열대기후 속으로 뛰어들 수도 있었다. 또 소민이 자기 페이스를 찾을 때까지 곁에서 새 사업의 디테일들을 고민하는 우정 어린 조연은 어떠한가. 나쁘지 않을 것이었다. 물고기나 새, 수족관이나 새장 같은 것을 사다가 새로운 생명체들의 밤과 낮을 관찰하는 고독한 싱글 역은 어떠한가. 어느 주말의 해 질 무렵, 서울 근방에서 제법 자리잡아가는 일본 음식점의 카운터가 내게 맞는 무대일 수도 있었다. 나는 공손하게 거절했다.

"미안합니다."

"왜? 딱히 무슨 사정이 있는 게 아니라면……"

연출자는 말끝을 흐리더니 자기는 제시의 화장품 광고에 대해서는 몰랐다면서 슬쩍 화제를 돌렸다. 여자들은 역시 남자들보다는 계절이나 유행에 민감한 것 같다면서. 글쎄요, 하고 나는 웃음을 흘렸다. 제시는 그 화장품 광고의 메인 모델은 아니었다. 야릇한 기운을 뿜으며 입술을 살짝 벌린 모습으로 몇 초간 정지해 있다가 사라지는 무도회의 환영이었다. 소란스러웠던 염문설의 주인공. 핑크, 코랄, 미스터리.

"다니엘은 새로 물색중이에요."

연출자는 도로 캐스팅 이야기로 돌아왔다. 다니엘 역을 맡았던 배우는 일본 공연에 동참하지 않을 것이지만, 다행히도 제시 역을 맡았던 배우의 소속사에서는 출연에 긍정적이라 했다.

"내주에 한번 직접 만나보려고 하는데, 채선씨도 그때 오지 그래요?"

나는 자칫 마음이 흔들릴 뻔도 했으나, 그 순간을 잘 넘겼다. 과분한 행운에는 대가가 따른다. 나는 나를 시험해보고 싶은가. 운을 걸어보고 싶은가. 스스로를 확신할 수 없었다.

연출자는 거절한 내 마음이 진심이라는 걸 확인하고는 전화를 끊었다. 동시에 서른두 명 정도의 매력적인 마고들이 빠르게 그의 예비 명단에 올랐을 것이다. 그가 알던 사람들, 알 만한 사람들, 또 그를 알고 싶어하는 사람들. 그는 그들을 가상의 무대 위에 올려보면서 흥미로운 파격들을 모색할 것이었다.

나는 이 통화 내용을 진지하게 반추하지 않았다. 그러나 이 소식은 나흘 동안 이러저러한 사람들 사이를 돌고 돌아 새로운 무게와 부피를 지니게 됐다. 우선 문선생 귀에 들어갔고, 문선생은 지연도 알고 있으리라는 생각에서 지연에게도 이야기를 건넸다. 이후 지연이 내게 굉장히 실망했다는 전화를 걸어오는 데는 이틀 정도가 더 걸렸다. 지연은 나를 이해하려 노력하고 있다고 했다. 그러면서도 다시 마고로 무대에 서는 일에 대해 아무런 가능성도 없는 것이냐고 반복해 물었다. 나는 그런 일은 다시 없을 거라고 분명하게 해두고자 했다. 그러자 지연은 뜻밖에 울먹거리는 목소리로 서운하다고 하더니 점차 감정이 격해졌다.

"두려워요? 왜 그렇게 자기 욕망을 두려워해요?"

연극에 대한 이야기만은 아니었을 것이다. 나는 지연의 말이 내게도, 또 그애에게도 무슨 의미가 되지 않아야 한다고 생각했다. 그러니 되도록이면 제대로 화를 낼 수 있어야 했다.

"지금 뭐하는 거니, 너? 네가 뭔데 나한테 이래라저래라 하지?"

"나 말이에요? 내가 뭐 같은데요?"

"날 이리저리 뒤집고 까보면서 네 손아귀에 구겨넣을 셈이라면, 난 그거 싫어해. 그거 하지 마."

나는 전화를 뚝 끊었다. 이내 후회가 밀려들었다. 더 나은 방식으로 갈등을 찬찬히 풀어갈 수도 있었는데…… 감정을 상하게 하려는 게 목적이 아니라면 그렇게까지 날을 세울 필요는 없었는데, 그애도 나도 그만 평상심을 잃었다는 게 신경 쓰였다.

이후 지연은 며칠간 내게 연락하지 않았지만, 내가 원하든 그렇지 않든 그애의 근황은 시시때때로 내게 전해졌다. 소민이 늘어놓는 자기 고민에 지연의 생활이 함께 딸려왔기 때문이었다. 소민은 공교롭게도 그 며칠간 내게 평소보다 더 자주 전화를 걸어왔다. 소민은 지연이 나이에 비해 사려 깊은 데가 있고, 조용하고 꼼꼼하게 자기 일을 한다며 마음에 들어했다. 그러나 가끔 넋을 놓고 있다가 제풀에 퍼뜩 놀라는 걸 보기도 한다며, 혹시 내가 지연에 대해 일부러 말하지 않은 게 있는 건 아닌지 근심했다.

"며칠 전에는 옷 한 벌을 말도 없이 가져갔다가 다음날 도로 가져왔는데, 내가 현장에서 그 장면을 딱 목격했잖아. 태연하게 실수로 그랬다고 말도 안 되는 거짓말을 하는 거 있지? 개답지 않아서 좀 놀랐어. 너무 아무렇지도 않게 그러니까 더는 뭐라고 할 수도 없겠더라고."

나는 그 말을 내게 전하는 소민의 심중을 알아보고자 지연을 그만 내보내면 어떻겠냐고 넌지시 물었는데, 소민은 갑자기 하던 말을 얼버무리면서 그만한 사람을 어디서 구할 수 있을지 모르겠다고 속상해했다.

"중경이랑 승경이랑 내 기분 다 잘 맞추고 말이야."

나는 그때까지만 해도 소민이 지연의 사정을 넘겨다보면서 배려해준다고 믿고 있었다. 그런데 짐작과 다른 사실을 알게 됐다.

"돈도 얼마 못 주고 있어. 자리잡히기 전까지는 그러자고 먼저 말을 꺼내더라고. 말은 그랬어도 손해 본다는 생각이 있었던 건지도 모르지."

"너, 그 말을 왜 이제 하니?"

"너도 그거 같지? 그게 문제였다고 지금 생각하는 거지? 아아, 내 잘못이야!"

"나중에 다시 얘기하자. 좀 쉬어."

소민이 그러겠다고 해서 나는 바로 전화를 끊었다. 이후 아무것도 손에 잡히지 않았다. 지연과 나 사이를 바로잡고 싶다는 마음이 한편에 있었고, 동시에 모든 걸 완전히 다 헝클어뜨려버리고 싶다는 마음이 다른 한편에 있었다. 소민에게나 다른 누구에게 허심탄회하게 털어놓을 수 있는 갈등도 아니었기에 답답했다.

나는 결국 문선생에게 전화를 걸어 한번 찾아뵙고 싶다고, 긴히 상의할 것이 있노라고 했다. 그리고 다음날 점심 무렵에 차를 몰고 춘천으로 내려갔다. 문선생 때문에, 문선생만 아니었어도, 라고 생각했다가, 문선생의 집 앞에 다다라서는 스스로를 탓했다. 그때라도 차를 돌려 내 집으로 돌아갈 수 있었을 것이다. 그러나 실제의 나는 그러지 않았다. 문선생에게 전화를 걸었다.

"선생님, 저 도착했습니다. 집 앞에 다리 하나가 부러진 의자가 나와 있네요. 갈색 대문 집 맞죠? 바로 앞이에요."

나는 차를 집 앞에 대놓고서 선물로 사가지고 온 카스텔라를 챙겨 들고 차에서 내렸다. 잠시 후 문선생이 나와 문을 열어주었다. 문선생의 집은 지어진 지 꽤 되어 보이는 단독주택으로, 조그만 마당이 딸려 있었다. 담장을 따라 장미나무들이 몇 그루 심겨 있었고, 파라솔 하나와 플라스틱으로 만든 간이의자 둘, 청동 조형물이 하나 놓여 있었다. 오른팔을 앞으로 내밀고, 왼팔은 허리 뒤로 감추고 선 청년 모습의 조형물이었다. 나는 그 앞에 다가섰다.

"무제야."

문선생이 곁으로 다가와 담담하게 말을 건넸다.

"네?"

"작품명이 무제 3. 친구 아들놈 걸 샀지. 대단치는 않아. 그냥 우정에 값한 거지. 비싸진 않았네."

"네에."

"자네 손에 든 건 뭔가?"

"카스텔라요. 전 대단히 유명한 데서 사왔어요. 지금부터 제가 기분 나쁘게 해드릴 수 있어서, 저 가고 난 다음에 드시면 좋겠습니다. 달고 부드러워요."

"그렇게 하지."

문선생은 내 손에서 카스텔라가 든 쇼핑백을 낚아채 앞서 나갔다. 그가 현관문을 열자, 반질반질한 마룻바닥과 정돈이 잘된 실내 모습이 한눈에 들어왔다. 단정한 살림살이였다. 문선생은 주방으로 가 냉장고 문을 열더니 거기서 작은 비닐봉지를 꺼내가지고 나왔다.

"먹을 텐가? 잣이네."

"아니요."

문선생은 비닐봉지에서 잣을 꺼내 우물우물 씹으면서 무언가 혼자만의 생각에 혼자만의 긍정을 보태는 듯 고개를 몇 번 주억거렸다. 나는 거실 바닥에 깔려 있는 회색 양탄자에 발을 들였다. 걸음을 헤듯이 천천히 소파로 다가앉자, 문선생은 그 옆에 놓인 안락의자로 와 자리했다. 그는 아내가 뒤늦게 사교댄스 강좌를 듣고 있다면서 아마 지금쯤 같은 반 학생들과 유쾌한 한때를 보내고 있으리라고 알려주었다. 나는 좋은 일이라고 맞장구를 치고는 벽에 걸린 액자 속 사진을 빠르게 훑었다. 사진 속 부인의 모습은 통통한 편인데, 한쪽 손바닥을 쫙 펴서 바람에 날아가려는 모자를 누르는 중이었고, 무언가가 그녀를 간질이기라도 하는 듯 웃음을 터뜨리고 있었다.

"차를 좀 마시겠나?"

"제가 할게요. 그게 빠르겠어요."

나는 자리에서 도로 일어서서 주방으로 걸어갔다. 싱크대 위쪽 수납함에서 녹차와 보릿가루, 말린 꽃잎들이 담겨 있는 유리병을 발견하고는 국화차 두 잔을 우려내 왔다. 문선생은 표정 변화가 거의 없는 채로 여전히 우물우물 잣을 씹고 있었다. 아마도 그의 아내는 음악에 맞춰 사지를 휘두르며 활기찬 인생을 살고 있다고 자기 주문을 외고 있을 그때, 우리의 시선은 느릿느릿 배회하다 서로의 발끝에 자주 가닿았다. 나는 돌려 말하기를 포기해야 한다는 걸 깨달았다.

"지연이가 좀 이상한 것 같아요. 직접 뵙고 말씀드리고 싶어서요."

"리사가 왜?"

"과민하게 굴어요. 제가 많이 당황했는데, 일본 공연 말이에요……"

그가 찻잔을 들고 일어섰다. 그리고 창가로 다가가 창문을 활짝 열었다. 오후 세시가 되면 환기를 한다고 하면서 창밖을 향해 서서 크게 심호흡을 두 번 했다.

"무대가 그리워. 자네는 참 눈치가 없네."

나는 조용히 그의 뒤에 다가가 섰다.

"죄송합니다."

어디선가 새가 울었다. 나는 소리가 들려오는 방향으로 시선을 돌려 새를 찾아보려 했다.

문선생은 지연이 연기에 소질이 있다고 말했다. 희곡 〈에쿠우스〉 중 알렌의 대사 한 대목을 읽어보라 한 적이 있는데, 홀린 사람처럼 대번에 잘해냈다면서. 그때가 그애 나이 열일곱이었다고 했다. 그러니까 열일곱 살짜리 여자 알렌. 그는 희미하게 웃었다.

"이 이야기를 해도 좋은가 싶네만……"

문선생은 잠시 망설이다 나를 돌아보고는 지연이 자신에게 했던 이야기가 있으니 들려주겠다고 했다. 그는 제자리로 돌아가 안락의자에 몸을 묻었다. 그 모습이 마치 요람에 든 늙은 아이처럼 보였다. 나는 그가 내게 내주는 시간과 환대에 책임감을 갖고 임하고자 했다. 소파로 가서 얌전히 앉았다. 그를 향해 몸을 틀고서 가지런히 무릎을 모았다. 그는 퍼뜩 무언가가 떠오른 듯이 잠시 희미한 미소를 지어 보였다.

"리사는 어딘가 부자연스러워 보여서 눈에 띄는 아이였네. 비딱하게 서 있다가도 눈이 마주치면 내 마음을 거스를 의사는 없다는 것처럼 반짝 웃었지. 난 사춘기를 아주 호되게 보낸 딸을 둘 뒀기 때문에 그런 때 아이의 경계심을 풀어주는 내 나름의 방식이 있었네."

문선생의 이야기 속에서 지연은 호기심으로 눈을 반짝이면서도 먼 거리에 버티고 선 채 상대에게 다가서기를 망설이는 초등학생으로 처음 등장했다. 문선생은 지연이 읽을 만한 책들을 지연에게 선물했고, 지연은 감사의 표시로 제가 찍은 풍경 사진과 짤막한 독후감을 문선생에게 전달했다. 문선생은 지연과 지연의 친구를 불러 극장과 분장실을 '탐험'하는 시간을 선물하기도 했는데, 지연에게만 특별히 베푼 호의는 아니었다. 아무튼 지연에게는 그게 첫번째로 겪은 무대이자 연극적 체험이 됐다.

"자네한테 리사가 이런 말 하던가?"

"아뇨. 하지만 알겠어요. 걔는 호감을 표하는 방법을 선생님을 통해 배웠나보네요. 저한텐 직접 그린 그림을 주더라고요."

문선생이 웃기에 나는 고개를 수그렸다.

"리사는 나 같은 늙은이도 친구로 뒀으니 자네처럼 별난 사람과 친구가 되는 게 어렵지는 않았겠지. 나는 어떤 쪽인가 하면, 자네를 잘은 모르지만 싫지는 않은 거 같아. 그러니까 내 집 문을 활짝 열고 안으로 들이는 거 아닌가. 나는 틈을 주고 곁을 내주고 있네. 자네처럼 상대를 불편하게 만드는 데가 있는 사람한테. 아마 자네도 알 만한 이유에서라네. 무난한 사람보다는 나한테 몇 배는 흥미로운 대상이기 때문이지. 난 죽음 가까이 있네."

"아프시다는 얘기는 얼핏 들었습니다. 괴롭혀드려서 죄송합니다."

"누구의 죄송한 마음 같은 건 필요 없어. 내 병 얘기만 빼고 나머지 얘기는 즐겁게 할 수 있네. 내가 아프다는 건 그냥 날 위해 잊어버려. 이제 사는 일에 대해서 얘기할 참이니까."

문선생의 두 딸은 모두 이십대 중반에 독립했다고 했다. 첫째 딸은 영어 연수중에 캘리포니아에서 멕시코 음식점을 운영하는 한국 남자와 연애를 시작해 현지에서 결혼식을 올렸고, 둘째 딸은 지방의 대학 두 곳에서 국문학 강의를 하고 있는데, 만족을 모르는 타입으로, 똑똑하고 화를 잘 내는데다 아버지의 허술한 단점을 너무 잘 알고 있다고 했다. 그는 딸들에게는 좋은 아버지가 아니었다고 자평했다.

"나는 좋은 아버지이고 싶은 욕망이 전혀 없었어. 집사람이 가족에 대한 애착이 강한 사람이어서 나하고는 밸런스가 잘 맞기도 했고, 또 같은 이유로 극렬하게 부딪치기도 했지. 애들은 제 엄마와 많은 걸 나눴네. 난 가정에서는 방랑자였어. 무대에서는 중년이 되기 전에 이미 많은 사람들의 아버지 역을 했지. 리사는 그런 걸 다 파악하고 이해하는 것처럼 굴었네. 내가 여기서 저기로, 또 저기서 여기로 옷을 갈아입고 옮겨다니는 떠돌이 신세라고. 그러니까 아마도 날 제 식으로 봐준 거지. 맹랑하게도 내게서 오랜 연륜이란 후광을 걷어내고 그런 걸 보는 어린 친구였네. 스스로를 망치게 놓아두기에는 여러모로 안타까운 데가 있는 아이지. 음, 그런 표정 짓지 않아도 되네. 나도 충분히 알고 있거든. 내가 그애 아버지가 아니어서 이만큼 온정적일 수 있다는 거. 난 평판만큼 좋은 사람이 아니네."

사람들은 타인에 대해, 또 자신에 대해 얼마만큼 솔직할 수 있는가. 나는 문선생이 풀어놓는 이야기로부터 약간은 마음의 거리를 두었다. 회의적인 태도는 아마도 내 오랜 예복 같은 것이었기 때문에. 우리는 우리가 보고 싶은 만큼, 알고 싶은 열망만큼만을 이해와 오해로 뒤섞고 뭉뚱그려 희미한 형태로 받아들일 수 있을 뿐이 아닐까? 나는 고개를 끄덕끄덕하며 수긍하는 듯한 태도를 보였지만, 예민한 그는 내 주의를 끌기 위해 간간이 목소리를 더 낮추거나 높이고, 호흡을 가다듬곤 했다. 문선생에 대한 세간의 평판에는 이 시간이 포함되지 않을 것이다. 그렇게 기록되지 않는 시간들이 누구의 인생에나 있을 것이다. 고요한 성찰, 나약한 한숨, 비범한 상상, 매혹과 번득임, 후회와 탄식의 순간들이. 나는 내가 몰입했던 자리에서 조금씩 뒷걸음질쳤으나, 기대했던 것보다는 훨씬 깊은 데로 들어와 있었다. 이제 돌아서야 했다.

내가 자리를 털고 일어섰을 때, 시계는 오후 여섯시를 좀 넘어서 있었다. 문선생은 처음 봤을 때와 똑같은 무표정으로 나를 문 앞까지 배웅했다. 문선생은 내게 손을 내밀었고, 나는 두 손으로 그 손을 맞잡

왔다.

"또 뵙겠습니다."

나는 돌아섰다. 문선생이 등뒤에서 기억하고 있었다는 듯 말을 보탰다.

"마고를 더 안 하기로 한 건 백번 잘했다고 봐, 나는."

나는 고개를 돌려 문선생의 표정을 자세히 읽어보려고 했지만 그만 놓치고 말았다. 그가 먼저 돌아섰다.

"그 무대는 그걸로 됐어. 그 이상은 없을 테니까."

현관문이 가볍게 찰칵 소리를 내며 닫혔다.

*

전노아가 도쿄 공연에서 일인이역을 하게 되었다는 소식을 알려왔다. 제시의 이모 역 외에 오래된 병원의 수간호사 역을 맡게 됐다는 것이었다. 서울 공연에서와는 달리 도쿄 공연에서는 죽은 원작자가 극에 등장하며, 수간호사는 병실에서 작가와 첫 대사를 주고받게 될 인물이라 했다. 전노아는 두 인물이 대면하는 대목에 꽤 공을 들이는 모양으로, 나와 만나 좀더 감상을 나누기를 원했다. 나는 평일 오전, 오픈 전의 모데라토로 그녀를 안내했다.

"작가가 병원 화재 사고로 죽은 실화를 극 속으로 끌고 들어온다는 거죠?"

"큰 틀은 그대로야. 그래도 실화와 판타지가 섞이는 거니까 작품 톤은 달라지겠지. 수간호사는 제시의 이모보다 먼저 등장해. 1막 1장,

원작자가 병상에 걸터앉은 채로 수간호사에게 퇴원 후에 호텔 벨라로 갈 거라는 계획을 밝히거든. 거기서 만나기로 한 사람이 있다면서. 그러면 수간호사가 신경을 잔뜩 곤두세우면서 작가의 침상으로 다가가. 걱정이 돼서? 경청하려고? 아니 아니. 베개 밑에서 담배 한 갑을 찾아내거든. 그러곤 단순하게, 단호하게 말해. '이 담배는 압수합니다.' 이게 내가 원작자에게 던지는 첫마디야. 대본 확인하자마자 오랜만에 옛날 영화를 다 찾아봤어. 자기 〈뻐꾸기 둥지 위로 날아간 새〉 알아? 환자들한테 계속 정신병 진단을 내리는 이상한 병동에서 일어나는 이야기. 맞아, 잭 니컬슨이 나오는 그거. 영화 봤으면 냉랭한 수간호사도 기억하겠네? 루이스 플레처가 그 역을 해냈지. 냉기가 도는 여자 역은 오랜만이야. 최근에 내가 연기한 인물들은 죄다 희생과 헌신의 아이콘, 애달픈 모정의 대명사 같은 거였어."

"담배와 화재 사고라니, 쉽게 풀어간 것 같네요."

"이후에 벌어지는 이야기들이 간단치 않으니까. 수간호사의 태도에 원작자는 항의도 호소도 하지 않아. '긴 밤이 되겠군요'라고 말하고는 자리에 누워버리거든. 그러면 병원 복도에 불이 환히 밝혀지는 거야. 이제부터 그 복도는 세상의 다른 길들로 이어지는 통로가 된다는 걸 암시하는 것처럼. 그날 밤 병원에 화재가 나 작가는 죽고, 제시는 살아남아. 그리고 이모를 찾아 벨라로 향하는 제시의 여정이 시작되는 거지. 자기도 알다시피 제시의 그 이모도 나고 말이야."

"다른 사람들은 뭐라 해요?"

"사람들 생각이 어떤지는 아직 모르겠고, 실은 내가 좀 심란해. 분위기가 괴기스러워지지는 않을까? 어쨌든 총기 있는 젊은 실력자들을 믿으며 가야겠지. 연출자가 전보다도 훨씬 의욕적이야."

전노아는 유니폼을 입는 역할을 오랜만에 해본다며 의상 이야기를 꺼내더니 모데라토의 옷들을 둘러보기 시작했다. 순백의 간호사복이 늙은 여자를 더욱 핏기 없이 보이게 하진 않을까 하는 걱정스러운 마음을 내비치면서.

"내가 굉장히 힘있게 등장해야 할 거라고 봐. 자기 생각은 어때? 내가 이런 싸늘한 표정으로 꼿꼿이 서 있으면 어떤 느낌이 들지? 되도록 솔직히 말해줘."

"……화나신 것 같아요. 위엄 있어 보이지는 않는데요."

"세상에, 너무 기분 나쁘네!"

"저보다는 같이 갈 사람들을 믿으셔야죠. 처음에 생각하셨던 그대로요."

그러자 전노아는 내가 얄밉스럽다고 했다.

"하여튼 덕분에 정신은 버쩍 드네. 실은 그게 필요해서 자기 보러 온 거긴 해."

"제가 뭐라고 그런 걸 다 신경쓰고 그러세요."

"적합한걸. 극도 알고 나도 알고, 함께했지만 지금은 뒤로 물러서 있는 사람. 그런데 전혀 후회되지는 않는 거야? 자기가 마고 역을 맡겠다고 했으면 이 수간호사 역할이 자기한테 돌아갔을지도 모른다고. 마고와 수간호사."

"어휴, 농담으로라도 그러지 마세요. 제가 냉정한 수간호사 이미지는 아니죠, 그 정도는 아니에요. 그리고 전 요새 병원이 부쩍 더 끔찍해졌어요."

작품 이야기를 나누는 동안 방으로 자리를 피해주었던 소민이 밖으로 나왔다. 나는 뒤늦게나마 전노아에게 소민이 내 가장 친한 친구이고, 의상디자인을 전공했으며, '재기를 꿈꾸는 사업가'라고 소개했다. 소민을 미더워하는 내 마음을 전하고 싶었다.

　　"고려하시는 의상이 있다면 언제든 알려주세요. 성심껏 찾아봐드릴 수 있어요. 제가 직접 만들어보고도 싶고요."

　　소민이 인사말을 건네자 전노아는 "실은 눈에 들어왔던 옷이 있긴 한데 말예요" 하고는 진열대 한구석으로 다가갔다. 그리고 거기서 미니 점프 슈트를 한 벌 골라 들고는 아이처럼 유쾌해했다.

　　"십 년만 젊었어도 어떻게든 이걸 입어봤을 텐데, 조카한테 선물해야겠어요."

　　전노아가 점프 슈트를 건네자 소민이 그걸 포장해 쇼핑백에 넣었다. 전노아는 옷값을 치르면서 내가 좋은 친구를 뒀다고, 성격 좋은 사람들만이 나 같은 사람의 친구가 될 수 있을 거라며 소민을 치켜세웠다.

　　"그러니 나도 사장님이랑 잘 지내볼까봐요."

　　그러자 소민이 활짝 웃으며 대꾸했다.

　　"쟤 하는 일 다 이해하며 지내온 건 아니지만, 신통방통해요. 첫 무대에 팬이 다 생길 줄 누가 알았겠어요?"

　　순간 전노아가 나를 돌아보았다. 질문을 담고 있는 표정이었다. 나는 고개를 가로저으며 그녀의 시선을 피했다.

　　"아녜요. 〈중독〉의 숨은 마니아 중 하나라고 봐야죠."

　　약속 장소를 모데라토로 잡았을 때는 지연과 자연스레 마주치게 되지 않을까 내심 기대했었다. 그런데 막상 지연이 언급되자 마음이 불편해지는 걸 어쩔 수 없었다. 전노아가 "열혈 관객이라면 나도 한번 만나보고 싶은데" 하며 관심을 드러내자 소민이 냉큼 끼어들었다.

"지금쯤 이리로 오고 있을 거예요. 여기 직원이거든요. 어떠세요, 저희랑 이른 점심식사 같이 하시면?"

나는 얼결에 자리에서 일어서버렸다.

"어머, 얘! 왜?"

내가 당연히 응할 것이라 생각했던 모양인지 소민이 항의조로 물었다. 전노아가 가방을 챙겨드는 내 모습을 물끄러미 바라보더니 빠르고 분명한 어조로 덧붙였다.

"그럼 그건 다음 약속으로 남겨두기로 하죠. 좋은 날에 정식으로."

9

집에 걸어둔 그림을 바라보며 지연의 감상을 떠올려보았다. 그림 속 소파와 새의 자리에 죽은 옛 연인과 나를 번갈아 세워보면서. 지연의 추론은 틀렸다. 결국 날아간 건 그니까 내가 붉은 소파 아닐까. 하지만 그 연상도 이내 틀어져버렸다. 새도 그고 소파도 그다. 떠나간 것도 그고, 그가 부재하는 공간도 그니까. 어느 순간 나는 소리 내어 울고 있었다. 오랜만에 허기가 졌다. 살아 있음에 대한 경멸과 경이가 다시금 나를 움직이게 했다.

　따뜻한 우유 한 잔으로 속을 달래고서 책꽂이 쪽으로 마음을 돌렸다. 지연이 내게 주었던 엽서를 찾아볼 생각이었다. 비즈니스 실용서와 요리 잡지, 에세이, 그래픽 노블, 유리공예 카탈로그…… 어느 책장 사이에 엽서를 끼워뒀는지 정확히 기억나지 않았다. 유리공예 카탈로그에서 빛에 바래 텅 빈 메모지들이 우수수 떨어져나왔을 뿐이었다. 한동안 망연히 서성이다가 사다만 놓고 한 장도 읽지 않은 지난

해 베스트셀러 소설에 시선이 가고 나서야 기억이 살아났다. 손때 묻지 않은 새책이라는 점에서 그 책을 골라 엽서를 꽂아뒀던 것도 뒤이어 떠올랐다. 첫 페이지를 펼치자 지연이 수채화를 그려넣은 엽서의 앞면이 드러났다. 붉은 지붕들과 하얀 담벼락들, 구름 한 점 없는 푸른 하늘…… 나는 여전히 그 그림이 마음에 들었다. 위태로운 선들로 이어진 집들은 그 자체로 완전한 한 세계처럼 보였지만, 아슬아슬하게 버티고 선, 곧 눈물이 되어 흘러내릴, 손에 잡히지 않는 아름다움 같기도 했다. 엽서를 뒤로 넘기자 단정한 필체로 적힌 글자가 눈에 들어왔다. '부활절 아침'. 그래, 재작년 부활절에 그렸다고 했었지. 어떤 날이었을까, 너에게.

지연에게 어서 연락해야겠다는 마음이 커다래지면서, 그만큼 근심도 커졌다. 휴대폰의 통화 버튼을 누르기 전에 어떤 식으로 대화를 이어가야 할지 고민해야 했다. 실감하는 것 이상으로 슬픈 체하며 소리내보았다.

"나는 네 기대와는 다른 사람일 거라고 이미 말했잖니."

말끝에 목소리가 갈라져 나와 '했잖니'는 이상한 질문처럼 끝났다. 아니지, 이건 아니야. 같은 문장을 다시 한번 연습해보았으나 이번에는 떨고 있는 동물을 흉내내는 것처럼 느껴졌다. 차라리 눈물을 흘리는 게 쉬울 듯했다.

그렇게 망설이고 있는 사이 손안에서 휴대폰이 진동했다. 엄마였다. 전화를 받자마자 엄마는 의붓아버지가 다 같이 식사하자고 했던 걸 기억하느냐고 소리 높여 물었다. 아마 나보다는 의붓아버지를 신경쓰기에 그렇게 크게 목소리를 내고 있는 듯했다. 우리는 적당한 날

짜를 상의했다. 엄마가 탁상 달력에 표시해두겠다며 달력을 찾으러 간 동안 괜찮은 생각이 떠올랐다.

"내가 누구를 초대해도 될까?"

"초대? 누구, 소민이?"

"아니."

"오, 남자?"

"공연하면서 알게 된 동생이야. 여자."

내가 식사 자리에 흔쾌히 나서는 것도, 그 자리에 누구를 데려가는 것도 너무 오랜만의 일이었다. 엄마는 열 명을 데려와도 좋다고 쾌활한 목소리로 과장했다.

그날 밤 나는 지연에게 전화를 걸었다. 그애는 싸늘하게 "여보세요" 하고 쏘듯이 내뱉었지만, 곧 풀죽은 목소리로 그간 무얼 하고 지냈냐고 물었다. 자기는 잠을 자도 잔 것 같지가 않고, 밥을 먹어도 먹은 것 같지 않다면서. 그리고 전날 제 또래의 손님에게 장례식에나 달고 갈 법한 검은 깃털 장식의 헤어핀을 골라주면서, 애인과 특별한 데이트가 있는 날 하고 가면 틀림없이 돋보일 거라 부추겼다고 털어놓았다.

"거의 공짜로 내줘버렸어요. 사장과 고객 모두에게 손해를 끼치는 일로 시간을 죽이고 있으니 한심하네요."

나는 지연이 늘어놓는 말을 다 받아주었다. 그러면서 그동안 내가 고심하며 보낸 시간에 대해 이러쿵저러쿵 변명할 필요가 없다는 사실이 다행스러웠다.

"부모님이 식사 같이 하자고 하는데 혹시 동행할 수 있겠니? 우리 모녀는 오래 붙어 있으면 서로 할퀴고 꼬집거든. 누가 동석하면 그나마 좀 나을 거 같은데."

나는 의붓아버지가 점잖은 분이라는 소개도 잊지 않았다.

"거기에요? 제가?"

지연은 떨리는 목소리로 천천히 되물었다.

"우리가…… 그러니까 정말 저랑 같이 가면 좋겠어요?"

*

의붓아버지가 스트라이프 셔츠의 소매를 걷어올리고서 엄마에게 건네받은 음식 접시들을 식탁 위로 날랐다. 그러면서 어떤 남자 이야기를 성급하게 늘어놓기 시작했다. 오래 알고 지내온 성형외과의의 막내 남동생이 미혼이라면서 내게 그를 소개해주고 싶다는 것이었다. 나는 그 제안이 나름의 배려란 걸 알기에 고마운 체라도 해야 했지만 그러지 못했다.

이후 우리 네 사람은 잠시 어색한 침묵을 견디며 저녁식사를 시작했다. 슬며시 지연 쪽을 돌아보니 지연은 내 시선을 의식했는지 고개를 외로 틀면서 소리 없이 웃음을 지었다. 지연은 이날 우아한 샴페인빛 원피스 차림이었는데, 아마도 모데라토의 마네킹이 입고 있던 걸 가게의 구석진 자리로 옮겨놓았다가는 슬쩍 챙겨가지고 나오지 않았을까 싶었다. 소민의 주의를 흩트리며 모데라토 밖으로 매끄럽게 빠져나가는 지연의 모습을 상상해보았다. 그러다 의붓아버지와 시선이 부딪쳤고, 그가 내 반응을 살피며 대답을 기다리고 있다는 걸 알아챘다.

"아까 말씀하신 분은 어떤 사람이에요?"

내가 마지못해 질문을 던지자 엄마가 알은체하며 끼어들었다.

"선생이야. 수학 선생."

엄마는 형제자매를 다섯이나 두었다는 그 성형외과의의 막내 남동생이 고등학교에서 수학을 가르친다고 덧붙였다. 나를 괴롭히던 미적분 문제와 그나마 만만했던 방정식과 수열이 어렴풋이 떠올랐고, 꾸벅꾸벅 조는 학생들과 여름날 교실 안에 가득찬 청춘의 땀냄새, 찡그린 표정으로 책상을 출석부로 탁탁 치던 몇몇 선생님들이 기억 속에서 되살아났다.

"그 집안 사람들은 죄다 작은 편인데 그 수학 선생만 키가 꽤 크다더라."

엄마가 말끝에 은근히 미소를 지었다.

나는 내가 이 늙은 신혼부부의 걱정거리가 돼 있을 줄 몰랐다. 다른 할말이 더 떠오르지 않아 미적거리고 있자니 엄마가 지연에게로 화제를 돌렸다.

"지연씨라고 했죠? 지연씨는 어떻게 '그 이상한 연극'을 몇 번이나 찾아봤어요?"

아마 나를 고려해서라기보다는 지연이 대화에서 소외돼 있는 게 마음에 걸려 꺼낸 말이었을 것이다. 지연은 마치 면접 시험장에서 예상 질문을 받은 응시자처럼 고개를 반짝 들고는 〈중독〉이 특별했던 점들을 조곤조곤 늘어놓았다. 자기 말고도 그 연극을 두 번 이상 본 사람들이 많다는 것, 영감으로 가득찼던 무대와 황홀했던 조명, 그리고 내가 좋은 목소리를 지녔다는 감상도 덧붙였다. 예의바른 태도로 평단의 반응을 되짚어 자기 말의 근거로 삼기도 하면서. 엄마는 그다지 집중해서 듣는 것 같지는 않았으나, 의붓아버지는 흥미를 느꼈는지 지긋한 시선으로 지연을 쳐다보다가는 간간이 나와 눈을 맞추며 미소를 지어 보이기도 했다. 엄마가 변명하듯 말을 보탰다.

"사람들 앞에 나서서 뭘 하는 걸 좋아하지 않던 애라서 난 아무래도 편치가 않았어요. 내 속으로 낳았지만 얘는 그 일로 더 모를 사람이 되어버린 거 같아."

아마도 엄마는 나보다는 새 남편을 의식해 그 점을 부연할 필요가 있었으리라. 우리 식탁으로 옛 남편이 배우였다는 이야기를 진지하게 끌어들이고 싶지 않다는 의도에서. 의붓아버지가 손을 뻗어 엄마의 어깨 위에 얹었다. 그 손길이 내 어깨 한쪽에도 닿은 듯했다. 그가 우리 모녀의 마음을 동시에 가늠하고 있는 것처럼 느껴져서 나는 고개를 수그렸다.

"이거 어떻게 요리하신 건지 배워가고 싶어요. 너무 맛있어요."

지연이 식탁 중앙에 놓인 해물완자탕을 가리키며 인사치레를 했다. 엄마는 두 달 전부터 요리학원에 다니는 중이라며 뿌듯해했다. 나이가 들면 미각이 둔해지고 손에 익은 조리법에만 의존하게 되니까, 요리를 배우는 건 세월에 저항하는 나름의 방식이라고도 덧붙였다. 수저와 접시를 고른 안목에 대한 칭찬이 이어지는 와중에 지연은 그 자리에 어울릴 만한 다음 화제를 제법 잘 찾아냈다.

"실례가 안 된다면, 어머님과 아버님이 어떻게 만나셨는지 여쭈어도 될까요? 이렇게 뵙고 있자니 참 좋아서요."

의붓아버지는 나직이 웃었고, 엄마는 한번 맞혀보라는 듯 지연을 빤히 쳐다보았다. 나로서는 새로울 게 없는 그 이야기 속에서는 언제나 안과 진료실이 첫 장면으로 등장했다. 하얀 벽, 컴퓨터, 조명, 검안 장비들. 그다음 장면에서 엄마가 등장했다. 손에 낀 타이트한 가죽장갑, 건조하고 상처 난 갈색 눈동자, 실제 나이보다 예닐곱 살은 젊어 보이는 호리호리한 여성. 의붓아버지의 이야기에 지연이 작게 손뼉을 쳐가면서 '어머나'를 연발했다. 의붓아버지는 지연의 부모님은 어떤 분이시냐고 묻는 것으로 지연의 호응에 화답했다.

"지금은 두 분이 조그만 세탁소를 하세요. 아버지는 젊었을 때 트럭에 제철 과일을 싣고 여기저기 팔러 다니셨대요. 그러다 어머니를 만나셨다고 들었어요."

의붓아버지가 젓가락 끝을 입에 댄 채 지연을 바라보았다.

"그래서인지 제가 어렸을 때 과일을 되게 많이 먹었던 기억이 나요. 학생 때는 항상 옷이 깨끗했고요."

그 말에는 엄마가 나지막이 감탄사를 보탰다.

"오호! 식사 후에 과일을 좀 사오려던 참이었는데, 지연씨는 과일 뭘 좋아해요?"

"과일은 다 좋아요. 신 거 단 거 가리지 않고 다요."

식사를 마친 뒤 나는 남은 음식들을 찬합에 따로 담아 정리하고는 빈 그릇들을 치웠다. 엄마가 소화도 시킬 겸 근방에 새로 들어선 쇼핑센터에 함께 가보면 어떻겠냐고 지연에게 물었다.

"거기 동물병원이 하나 들어섰는데, 오가다 본 새끼 고양이 한 마리가 계속 눈에 밟혀갖고, 그거 보러 가는 게 저녁 산책 코스가 됐어요. 같이 가볼래요?"

"데려오면 방울이라고 부르려고 한다."

의붓아버지가 내 쪽을 돌아보며 말했다. 얼굴이 방울처럼 작은 고양이라고 했다. 엄마가 재빠르게 그의 말꼬리를 가로챘다.

"무슨! 그렇게는 안 될걸. 이이는 털 알러지가 심해서."

'이이'라는 표현 때문에, 나는 간지럽힘이라도 당한 느낌이었다. 내가 기억하는 한, 엄마는 애완동물에게 관심을 기울였던 적이 없었다. 의붓아버지의 알레르기에 내심 안도하고 있으리라 생각됐다. 애정 어린 '이이'의 여운에 흥을 깨지 않으려고, 나는 웃음이 새나오려는 걸 참느라 턱 근육과 입술에 힘을 주었다.

"산책 잘 다녀오세요."

지연이 원피스 자락을 양손으로 쓸어내리며 말했다.

"다녀오시는 동안 저는 디저트 만들어보려고요. 제가 해드리고 싶어요. 저 오늘 빈손으로 왔잖아요."

지연이 살갑게 웃었다. 엄마는 지연의 한쪽 팔을 부드럽게 잡았다 놓았다.

의붓아버지가 방으로 들어가 푸른 스트라이프 셔츠 위에 회색 카디건을 덧입고 나왔다. 그의 반듯한 체형과 흰 머리칼이 옷차림과 잘 어우러져 포근하고 부드러운 분위기를 풍겼다. 묘하게도 그의 옆에 다가선 엄마에게도 그 느낌이 전이되고 있는 것 같았다. 나는 엄마와 의붓아버지가 팔짱을 끼고 돌아서는 모습을 지켜보고 서 있다가 두 사람이 문밖으로 빠져나가자 나도 모르게 깊은 한숨을 몰아쉬었다.

"으응? 불편했나보네요?"

지연이 눈을 동그랗게 뜨며 묻더니 이내 고개를 숙이고는 쿡쿡 웃었다.

"어휴, 손님인 나보다 긴장하면 어떡해요."

"됐어. 그런 거 아냐."

내가 냉장고 쪽으로 다가가자 지연이 곁에 따라붙었다. 그리고 손가락으로 내 옆구리를 장난스럽게 콕콕 찔러 나를 두어 걸음 밀어내고는 저 혼자 냉장고 안을 뒤적이기 시작했다. 우유와 달걀, 생크림, 블루베리와 초콜릿을 꺼내 식탁 위에 올려놓고는 플라스틱 용기와 설탕, 거품기, 앞치마를 찾아낸 뒤에 마치 그 모든 게 원래 제 것인 것처럼 자연스럽게 사용했다. 콧노래까지 흥얼거리며.

"제가 솜씨 좀 발휘해볼게요. 아시잖아요? 저 이런 거 되게 잘해요."

컵케이크와 푸딩을 함께 만드는 동안 우리는 자주 눈을 맞추며 웃었다. 얼마 전까지 날을 세운 말로 서로를 할퀴고 밀어냈던 게 철 지난 농담처럼 느껴졌다. 두 사람 중 누구도 우리의 '마고' 이야기를 꺼내지 않았다. 우리가 통과한 밤의 열기가 진짜였는지 가짜였는지, 그것이 지난해 무수한 사람들을 무대 가까이로 모이게 했던 연극의 아우라로부터 이어져온 것인지, 아니면 우리가 그 무대의 희미해진 여운 속에서도 서로를 더듬대며 새로운 욕망을 불러일으킨 것인지, 그것이 우연이었는지 필연이었는지에 대해서도. 아직 무어라 이름 붙이지 못한 감정들을 가만가만 달래 잠재우면서, 우리는 우유 거품의 부드러운 질감, 중탕한 초콜릿의 달콤함, 식탁 의자에 아직 남아 있는 온기 같은 것들에만 감각을 열어두었다. 단순하고 분명한 행복이 눈앞에, 발밑에, 서로를 둘러싼 공기 속에 현존한다는 걸 조금의 의심

없이 확신하고 싶어하는 사람들처럼. 그래서였을 것이다. 나는 경계심이 없어졌다. 지연이 "친아버지는 어떤 분이에요?"라고 물었을 때 나는 컵케이크가 구워지는 걸 지켜보면서 담담히 대답할 수 있었다.

"기억이 없어. 들은 이야기로는 엄마가 더 좋아했던 관계 같아. 내가 고집이 센 편이라, 엄마랑 부딪칠 때마다 엄마가 어마어마하게 화를 냈던 게 떠올라. 나보고 '징그럽게 네 아빠를 닮았다'고 말하곤 했지. 난 그 말이 싫기도 하고 좋기도 했어. 애끓던 사랑이 가고 징글징글한 딸이 온 거지. 애물단지로 가득찬 삶, 굽이굽이 험난한 고갯길이 막 펼쳐지고 말이야. 애물단지, 나는 그 역할이 좋았던 거 같아. 누굴 치 떨게 만들 수 있다는 게 애석하기도 하고 뿌듯하기도 했어."

"와하하하. 재밌어요."

"다행이다, 너 웃어서."

"……"

"왜 그렇게 빤히 보니?"

"그냥요. 나도 나에 대해서 그렇게 말할 수 있으면 좋겠어요. 이해받고 싶어."

"넌 너대로 가벼워져라, 남들 이해나 오해 따위 상관없이. 난 네가 그랬으면 좋겠다."

"에헤, 이거 뭐지? 뭔가 되게 뻔뻔해지셨어."

"나 평가하던 중이었니? 내가 완전 손님을 잘못 들였네."

지연이 고개를 젖히고 까르르 웃었다. 천진한 아이처럼, 설탕과 생크림과 초콜릿의 나라에 초대받은 아이처럼.

의붓아버지와 엄마가 산책을 마치고 집으로 돌아왔을 때, 누구의 품에도 고양이는 없었다. 의붓아버지는 방울이가 다른 집에 입양됐다며 아쉬워했다.

"오면서 이이 어릴 적 이야기를 들었지 않겠니."

엄마는 의붓아버지가 아홉 살 되던 해 가을과 겨울 두 계절에 걸쳐 고양이 한 마리를 기르다 잃어버리고 만 걸 아직도 가슴에 담아두고 있다는 이야기를 끄집어냈다. 의붓아버지가 멋쩍은 표정으로 그 말을 받았다.

"이 나이 돼서야 내 속의 소년을 만난다. 그러고도 미적대다 타이밍을 놓치다니 섭섭하구나."

나는 의붓아버지의 어린 시절을 헤아려보려 했지만, 그게 내게 얼마나 낯설고 어려운 시도인가만을 깨달았다. 그러느라 엄마가 방에서 내 옛 사진첩을 찾아가지고 나오는 순간도 놓쳐버리고 말았다. 그 당혹감을 수습할 새도 없이 우리 네 사람 사이에 사진첩이 펼쳐졌고, 그로부터 이상한 시간 여행이 시작되었다.

내겐 어린 시절의 사진첩이 단 두 권뿐인데, 모두 엄마가 보관중이었다. 표지는 둘 다 붉은색 계열로 하나는 어두운 자주색, 다른 하나는 빛이 바랜 다홍색이었다. 빛바랜 다홍색 사진첩의 첫 장에는 프레임 한 귀퉁이에 멀뚱한 표정으로 서 있는 서너 살쯤의 내가 있었다. 긴 머리칼을 늘어뜨린 젊은 시절의 엄마가 거하게 차려진 잔칫상을 앞에 두고서 어린 나를 흘기듯 내려다보는 중이었다. 엄마가 사진의 배경을 설명했다.

"이게 친구 아들 돌잔치 때. 내가 채선이 돌을 못 챙겨주고 넘겨서,

이날 애한테 곁다리로 돌잡이를 시켜봐야겠다 싶었는데 애가 얼마나 고집불통이었게요. 상 위에 있는 거 뭐든 하나만 골라잡으라고, 고른 건 가져도 된다고 말했더니만 이렇게 뻗대지 뭐예요."

"세상에, 한눈에 알아보겠어요. 눈 코 입이 그대로예요. 표정도요. 결국 뭘 집었어요?"

지연이 묻자 엄마가 고개를 가로저었다.

"연필을 집으면 공부를 잘하게 될 거고, 지폐를 집으면 돈을 많이 벌게 될 거라고 물건을 하나하나 짚어가며 설명을 다 해줬는데도 꼼짝 않고 서 있다가 엉엉 울었어요, 못난 청개구리처럼."

어린 시절의 나는 아마도 엄마가 남의 잔칫상을 앞에 놓고 내게 뭔가를 요구한다는 사실이 못내 서먹하고 불편했던 모양이었다. 다음 장을 넘기자 큰 눈에 힘을 주고 인상을 쓰고 있는 모습과 울음을 터뜨리는 모습이 이어졌다. 한 장을 더 넘기자 이번에는 눈물, 콧물로 얼룩진 얼굴로 담배 한 대를 물고 있는 아이가 나타났다. 그 아이도 나였다. 손님 중 누군가가 나를 달래기 위해 장난삼아 담배 한 대를 입에 물려주자 그제야 울음을 뚝 그쳤다고 했다. 지연이 그걸 보고 숨이 넘어갈 듯이 웃었다. 나는 겸연쩍었다.

자줏빛 사진첩은 사춘기 무렵부터 시작됐다. 중학교 시절 한복을 입고 족두리를 쓴 채 단체로 부채춤을 추는 여학생들 사이에서 나는 어이없이 비틀대고 있었다. 부채를 펼쳐 들고 예쁜 포즈를 취하고 있는 친구들 틈에서 반항하듯 혀를 내밀고 바보짓을 하는 중이었다. 단체 부채춤은 여학생들을 몇 겹의 거대한 꽃으로 만들었다가 다시 흩날리는 꽃잎으로 만들기를 반복하며 사람들의 시선을 끌었지만, 나는 그 속에서 아름다워지려는 욕망이 전혀 없는 것처럼 보였다. 이런 재롱을 떨기에는 충분히 나이 먹지 않았는가 하는 생각에 화를 참아내느라 심사가 꼬였던 것이다. 순간적으로 그날의 기분이 되살아나면서, 그 일로 엄마와 운동장 한복판에서 한바탕 신경전을 벌였던 일이 선명히 떠올랐다.

"얘가 이래서 내가 마음이 아팠어요."

엄마가 고상한 남편에게 어울리는 깨끗한 순정을 흉내냈다. 나는 또 겸연쩍었다.

내가 활짝 웃고 있는 사진, 달리는 사진, 노래하는 사진, 나무 아래 서 있는 사진, 계단에 앉아 있는 사진, 비가 내리는 날 바닥에 떨어진 노란 우산을 집어 올리는 사진 들이 연달아 펼쳐졌다. 그러다 나는 학예회 연극 무대 뒤편에서 뱃고동 소리를 내던 어린 시절의 나를 마주했다. 통이 넓은 황토색 코듀로이 바지 위에 타이트한 흰 면 티셔츠를 입고, 머리칼을 짧게 쳐 무뚝뚝해 보이는 소녀. 엄마가 다음 장으로 넘기려 하자 지연이 재빠르게 가로막았다.

"잠깐만요! 어쩌면 좋아, 이건 너무 귀엽다. 저한테 주시면 안 돼요?"

엄마는 지연을 이상하게 쳐다보았지만, 동시에 자상한 남편을 의식한 모양이었다.

"아이구야, 안 되고말고요."

엄마가 능청스레 농쳤다. 지연은 나를 돌아봤다.

"이때 기억나요? 뭐하고 있는 거예요, 이게?"

나는 불친절한 설명으로 그 사진을 기묘한 것으로 만들어버렸다.

내가 입에 물고 있는 것은 뱃고동 소리가 나는 플라스틱 악기인데, 당시에 나는 그걸로 친구들을 조종할 수 있다고 믿었다고. 실제 내가 무대 뒤에서 그 장난감 악기로 뱃고동 소리를 내기 시작하면 무대에 오른 친구들이 먼바다를 향해 서서 추억에 취한 듯 누군가를 회상하는 게 연극의 설정이었으므로 완전히 틀린 말은 아니었다.

장성한 딸의 과거를 함께 공들여 만든 추억인 듯 품어본 때문이었을까. 사진첩의 마지막 장을 덮고 났을 때 의붓아버지와 엄마는 한층 더 너그럽고 풍요로워진 표정으로 서로를 어루만지듯 바라보았다. 지연이 만든 컵케이크와 푸딩은 기분좋을 만큼 달달했고, 분위기도 그랬다. 나는 지연이 그 속에서 평화로운 상태로 느긋하게 시간을 보냈으리라고 믿고 싶었지만, 자신할 수는 없었다.

"다 같이 또 보면 좋겠구나."

의붓아버지는 엄마와 나란히 문가에 서서 지연과 나를 배웅하며 나지막이 인사를 건넸다. 엄마는 나와 지연을 차례로 포옹했다 풀었다.

훗날 의붓아버지는 이날을 돌아보며 막연하게나마 지연과 내가 서로에 대해서 일부러 눈감은 부분들이 있다고 느꼈다 했다. 그게 다 함께 들여다보았던 것보다 훨씬 중요한 게 아니었을까 하는 깨달음이 후회로 남았다면서. 그는 처음부터 우리 모두가 아주 진솔하게 만날 수도 있었을 거라고 믿었다. 그 선량한 믿음은 내게 낯선 것이었지만, 나는 크게 위로받았다.

엄마는 그날 행복을 느꼈고, 그 이유를 '모인 사람이 네 명이어서'라고 회상했다. 넷이란 숫자가 주는 안정감을 맛보았다면서. 책상 다리도, 의자 다리도, 자동차 바퀴도, 창문 모서리도 넷인 걸 보면서 엄마는 새삼 삶의 질서를 느꼈다고 했다. 사람들이 삶에 부치는 막연한 기원들이 얼마나 다양한가, 그만큼 존재는 또 얼마나 약하고 상처받기 쉬운가 하는 것을 나는 지금 생각한다.

세상 모든 가족의 식탁 아래로 나 있을 지난 시간의 흔적, 그 숨은 밑그림들…… 우리 네 사람이 처음으로 함께 모여 앉았던 그날, 그 부드러운 저녁과 밤 사이의 오붓한 식탁 아래에 숨은 그림만 해도 실은 두 장은 된다. 하나는 엄마와 내가 연결되어 있는 그림이다.

엄마는 오 남매 중 셋째로 태어났다. 십대 끄트머리에 내 친부를 만나 나를 낳기 전까지는 외할아버지의 사랑을 독차지했다. 특별한 관심과 보호 속에서 자라난 물정 모르는 자식들이 대개 그러하듯이 엄마는 외할아버지의 무조건적인 사랑에 깊은 상처와 충격을 안기는 것으로 응답했다. 내 친부는 허세 넘치는 무일푼의 청년답게 연인을 버리고 떠날 때 자신이 한 여자에 정착하지 못하는 남자라는 걸 자랑스럽게 밝혔는데, 외할아버지는 그 점에 특히 분개하면서도 그걸 당신에 대한 모독으로 받아들여 그 화로 딸을 벌하고자 했다. 언젠가 유산으로 물려주고자 했던 땅의 일부를 미리 처분해 엄마 몫으로 떼어주고 엄마와 나를 집밖으로 내쫓았던 것이다. 그는 마지막 숨을 몰아쉬게 되었을 때 간신히 지나간 한 시절과 화해했는데, 돌아보면 사무치는 순간이기도 했지만, 당시의 내겐 그 모든 과정이 형식적으로만 느껴졌다. 그는 병실 침대에 누워 우리 모녀의 손을 잡고 눈물을 흘렸다. 나는 내가 할 수 있는 게 거의 없는 때에 운명과 악수하게 됐다는 것을 어렴풋이나마 느꼈다. 엄마가 외할아버지의 주검 곁에서 "아빠,

좋은 데로 가세요"라고 속삭였던 것만이 슬프게 떠오른다.

생은 나아갔다. 앞으로, 앞으로. 엄마는 마치 강단에 올라 스스로와 청중들을 고양시키려는 연사처럼 혼잣말조차도 소리 내 되풀이하곤 했다.

"남자 하나 잘못 만났다고 인생이 거꾸러지는 건 아니야."

나는 때로 속으로, 또 겉으로 똑같은 대답을 했다.

"그렇겠죠."

연인의 자살 후에도 나는 평소와 다름없이 행동했다. 엄마는 아무것도 눈치채지 못했다. 나는 내가 스스로와 주변 문제들의 불완전한 합이란 것을, 인생의 아름다움이 거기에도 깃들어 있다는 것을 이제는 이해한다고 말하고 싶다. 그럼에도 불구하고 때로 마주앉아 서로를 안아줄 기회를 잃은 인연들, 이를테면 외할아버지와 나, 죽은 애인과의 건조했던 마지막 통화, 그리고 '아빠, 좋은 데로 가세요'라고 인사해본 적 없는 자신이 안타까워지는 건 어쩔 수 없다.

또다른 숨은 그림은 지연에 관한 것이다. 어디에도 연결되지 못한 점들로 이뤄진 미완의 그림. 제철 과일을 트럭에 싣고 떠도는 남자와 그 남자를 만나게 되는 여자, 조그만 세탁소, 회고조의 목소리. 나는 지연의 이야기가 거짓말이라는 걸 알았으면서도 그애의 능숙한 태도에 조금은 매료됐다. 오랫동안 익혀온 예절을 선보이는 것처럼 나긋나긋한 목소리로 말하던 모습, 가지런히 모은 손끝에서 반짝이던 핑크빛 손톱들……

춘천에 찾아갔던 날 문선생이 내게 들려준 엘리사벳의 이야기는 이러했다. 서울 변두리의 한 성당 앞에 버려진 아기가 있었다. 나이든

신도가 새벽 기도를 나왔다가 발견해 아기는 가까스로 목숨을 구하게 됐다. 아기를 꽁꽁 둘러싸고 있던 푸른 이불 속에는 엘리사벳이라는 세례명이 새겨진 목걸이와 하얀 편지 봉투가 들어 있었다. 편지를 꺼내 읽은 젊은 보좌신부는 추측되는 바가 있어 수소문을 해 아기의 부모를 찾았다. 아기는 부모의 품으로 되돌아갔다. 아기의 부모는 다른 사람들의 도움을 받아 근방에 정착했다.

은혜로운 시절은 오래가지 않았다. 부부는 이사하기로 했다. 이삿짐을 실은 트럭은 중간에 멈췄고, 다섯 살 된 아이는 보육원에 맡겨졌다. 아이는 잘 울 줄도, 시원하게 웃을 줄도 몰랐다. 부모는 얼마 못 가 갈라섰고, 아이는 아홉 살이 되던 해 다른 가정의 양딸로 들어가게 된다.

문선생은 지연이 자신과의 인연으로 연극을 처음 접했다는 것에 책임감을 느끼는 듯했다.

"〈중독〉은 어두운 모험으로 가득차 있지. 마고는 2막을 열며 밤의 여왕처럼 등장하네. 비록 뒷골목의 여왕이긴 하지만. 우리가 비극에 압도되지만은 않을 거라는 예감을, 작가가 거기 심어뒀네. 자네는 담요 이야기를 하며 슬쩍 웃었어. 그 웃음은 질문과도 같지. 극장에 들어서는 사람들은 항상 무대 너머에 있는 뭔가를 본다네. 간절히 찾는 게 있는 사람이라면 더욱. 그 연극이 사람들의 마음에 해방구가 됐다는 것은 아프고도 고마운 일이네."

문선생은 그렇게 말했다.

10

어렸을 적에 무릎을 덮는 하얀색 원피스가 두 벌 있었어요. 입양돼 처음으로 가족사진을 찍던 날 그 옷을 입었어요. 새로 생긴 식구들이 좋아했으니까 나도 좋아했어요. 나는 내가 좋아하는 것에 대해 헷갈리기 시작했는데, 누가 뭘 좋아하느냐고 물으면 더 듬거리며 눈치를 보는 애가 됐죠. 키가 훌쩍 자라나 해가 갈수록 치맛단이 점점 무릎 위로 올라왔지만, 여전히 그 옷은 어떤 기념일 같은 것이었어요. 고이 걸어두고 감사하는 마음을 갖는 거죠. 그러다 어느 날 친엄마를 만났어요. 학교 운동장을 가로질러 걸어가는데 교문 앞에 손바닥으로 얼굴을 가린 여자가 서 있더라고요. 따스한 봄 햇살 아래 겨울 외투를 입고서. 엄마라는 걸 금세 알아챘어요. 울더라고요. 목에 아무것도 두르지 않았는데, 눈물 한줄기가 볼을 타고 목까지 흘러내려왔어요. 나는 잠자코 엄마를 뒤따라갔어요. 우리는 간판도 내걸지 않은 조그만 식당에서 국수를 사 먹었죠. 시끄러운 곳이어서 크게 말해야 했는데, 큰 소리로 할 말이 많지 않았어요. 국그릇으로 쏟아져내릴 것만 같은 복잡한 감정들을 국수 가락들과 함께 억지로 삼켜버렸어요. 그날 밤에는 속이 뒤틀려서 응급실로 실려가야 했어요. 내가 아픈 이유를 아무도 제대로 알지 못한다는 게 그 와중에도 마음이 놓였던 거 있죠. 친엄마는 재혼을, 그니까 두번째 인생을 시작했다고 하면서, 이제 다시는 나를 찾아올 수 없다고 했어요. 나는 누군가의 처음인 채로 웃었어요. 생각하면 그때 웃지 말았어야 했어요. 그러면 그렇게까지 속을 게워내지 않았을지도 몰라요. 그해 여름에 가출을 했어요. 엿새 동안 밖을 떠돌다가 돌아왔죠. 달리 갈데가 없더라고요. 그 사실만으로도 호되게 벌을 받은 기분이었는데, 집에 들어서자마자 아저씨에게 따귀부터 맞았어요. 세 번을 내려치더라고요. 안간힘을 써서 버텼지만, 속으로 셋을 헤아리고 났을 때는 눈앞에 별이 돌았어요. 난 아저씨를 끝내 아빠라고 부르지 못했는데, 그 일 때문만은 아니었어요. 하여간 난 그때 휘청대며 바닥에 주저앉았어요. 아저씨는 내가 비뚤어질까봐 겁을 먹었던 것 같아요. 난 나한테 겁먹는 사람은 내 보호자가 될 자격이 없다고 생각했어요. 그 생각 때문에 얼굴이 붉어지고 다리가 후들거렸고요. 그런데 그 교만한 사람은 내게 얼마나 교훈적이었던지요. 그 사람은 나를 보고 이제는 지퍼가 반쯤밖에 안 잠기는 그 하얀 원피스를 입고 거실 구석에 가서 손들고 앉아 있으라고 했어요. 모욕적이었지만 저항할 수 없었어요. 바닥에 닿아 빨갛게 된 무릎을 내려다보고 있으려니 비참해지더라고요. 게다가 자

기 허벅지가 그렇게 무방비 상태로 훤히 드러나 있는 걸 보고 있
으면 얼마나 수치스러운데요. 그 사람은 끝없이 훈계를 하더라고
요. 꼭 취한 사람처럼, 미친 사람처럼요. 나는 그저 하얀색은 더
럽혀지기 쉬운 색이란 생각만 계속 했어요. 그 생각이 얼마나 불
안했던지, 그날 밤에는 하얀색으로만 할 수 있는 것들을 찾아내
야만 했죠. 하얀 도화지에 하얀색 그림을 그리면 나만 알아볼 수
있는 그림이 됐어요. 어떤 그림은 시간이 지나가면 무엇을 그리
려던 것인지 기억해내기 힘들었지만 나는 차츰 그런 걸 즐기는
애가 됐어요. 그게 시작인 것 같아요. 존재의 첫 장면 같은 것. 당
신에게 줄게요. 나는 이제 다른 믿음이 필요치 않고, 당신은 아마
도 새로운 기억이 필요할지 모르니까요. 당신을 느끼며, 일요일
정오의 바보 같은 리사가.

지연은 우리의 짧거나 긴 만남 뒤엔 항상 견딜 수 없이 막막한 시간
이 남는다고 했다. 그래서 편지를 써 보내는 것으로 여운을 지속시켜
보려는 듯했다. 내 편에서 배려라고 이름 붙인 것들이, 이를테면 그애
의 질문에 동요하지 않거나 그애의 정황과 감정에 고개를 끄덕이고서
아무것도 캐묻지 않고 돌아서는 태도가 나도 모르는 사이 점점 내 기
술이 되어갔다. 우리가 항상 게임을 벌이고 있었던 것처럼 생각되는
건 아마도 그 때문일 것이다. 지연은 기분에 따라 나를 당신, 마고, 언
니라고 불렀다. 편지의 마지막 줄에는 항상 사인을 남겼다. 상황에 따
라 그 사인의 주인은 단정한 필체의 지연일 때도, 멋을 들여 쓴 엘리
사벳일 때도, 꼬리를 단 음표처럼 날아가는 리사일 때도 있었다. 방

굿 웃었다가, 또 울먹였다가, 다시 반짝 고개를 들어 손을 흔드는 매번 다른 얼굴들. 그 이름들 앞에는 항상 수식어가 붙었다. '바보 같은' '엄청나게 게걸스러운' '지루한 정비공처럼', 혹은 '미친 오빠의 잔소리를 들으며'라든가, '준비가 되어 있는' '조련 받는 원숭이처럼' '원망 없는 마음으로' '마지막 인사를 보내며'.

지연은 항상 먼 시공간에 있는 사람처럼 썼다. 내 답장은 예외 없이 그애의 편지보다 훨씬 짧았다. 다른 말이 생각나지 않았기 때문에, 나는 애를 먹거나 종종 쓰는 걸 포기했다. 나는 이메일을 사용했다. '잘 받았어. 좋은 시간 보내' '너는 너 자신을 좀더 아끼는 법을 배워야 해' 혹은, '나처럼 변덕을 부리는 사람은 네 친구조차 될 수 없어. 너는 네 생각보다 좋은 사람이야'.

내 말은 거짓이 아니었지만, 내 진심보다는 항상 모자라거나 가벼웠다. 나는 오랜 시간 동안 내 두려움 근처에서 살아왔다. 그래서 아이러니하게도 그 밖의 모든 것에서 일면 자유로웠고, 그로써 이상한 전체가 되었다. 나는 지연과의 관계에 있어 예민해져야 할 순간에 거의 방어적으로 무감해졌던 것 같다. 그래서 그애가 자기 생을 유리 접시에 담아 걸어오는 것처럼 아슬아슬하게 느껴졌는데도 용케 잘 피하고 있다고 착각했던 것 같다. 아니면, 힘든 생은 이미 다 지나갔다고 생각하고 싶었는지도 모른다. 그래서 그애에게 첫 편지를 받고 망설임 없이 신속하게 답신을 타이핑해 보냈다.

난 이제 유년의 기억을 더듬지 않아. 더 늙었을 때 꺼내 보기 위함이지. 교훈적인 밤의 선생, 마고.

그렇게 감정의 맥이 뚝 끊겨나간 자리를 다른 밤들이 비집고 들어왔다. 어느 봄밤, 머스크 향의 향수를 뿌려둔 내 침대 가까이에서, 나는 연기하듯이 이야기하는 지연을 바라보고 있었다. 내 시폰 블라우스는 하얀색, 그애의 면 티셔츠는 옅은 하늘색이었다. 지연의 이마를 타고 내려온 가느다란 머리칼 몇 가닥이 매끄러운 한쪽 볼을 살짝 덮었다. 지연이 그걸 귀 뒤로 넘기다 동작을 잠시 멈추었다. 무언가 생각이 난 듯이. 그리고 작은 탄성 "아!"와 함께 도로 흘러내리던 머리칼, 분절되는 단어들. 내 치마는 검었고, 마음은 청량했다. 그애의 입술은 붉었다. 지연이 웅얼거렸다.

"그땐 너무 멀었잖아요. 그렇죠?"

나는 그만 꾸벅 졸다 깬 사람처럼 맥락을 놓쳐버리고 말았다. 지연은 계속 말했다.

"이젠 아무렇지 않아요."

그 말은 마고를 향한 리사의 목소리인 것처럼 들렸다. 드라마틱한 다음 순간을 고대하고 숨죽이는. 나는 잠자코 있었다. 동작이 굼뜬 노인처럼, 수염이 난 과묵한 형처럼, 커다란 손을 단정히 모으고 선 집사처럼, 입이 무거운 하인처럼. 그러자 지연은 새침해졌고, 싸늘해졌고, 다시금 샐쭉한 표정으로 눈을 흘겼다가는 히스테릭하게 웃었다. 그 모든 손짓과 몸짓과 눈짓이, 변덕스러운 마음과 그 마음이 연기하는 갈증과 안타까움이, 사랑하는 사람끼리의 거의 모든 밀어라 해도 이상할 건 없을 것이다. 하지만 그 생각은 내게 무거워서 오래 붙들고 있기 힘들었다.

"난 이유가 필요해요. 발걸음 하나를 옮기는 데도 이유가 있었으면 좋겠어요. 그리고 세상이 좀더 내게 친절하고, 나는 훨씬 여유롭고요. 내가 웃으면 주변이 함께 밝아지고, 또 화가 날 땐 일시에 같이 암전되면 좋겠어요. 그럼 좋을 것 같아, 다 괜찮아질 것만 같아. 언니는 어때요?"

나는 전보다 더 무뚝뚝한 목소리, 짓궂은 표정으로 뒷걸음질쳤다.

"무대가 그런 데잖아. 그러니 나 말고 다른 극장을 찾아가보시지요."

"장난으로 한 말은 아닌데, 흘려듣고 있었나보네요."

"아냐, 듣고 있어."

"아뇨. 잡지 뒤적이는 것처럼 성의가 없잖아요. 꼭 오다가다 가게 들르는 손님들처럼 그러잖아요, 지금."

지연은 잠시 창밖을 향해 서서 길게 한숨을 내쉬었다. 고의로 나 들으라고, 느끼라고, 사무치라고.

"내 숨통을 틔워준 사람이 날 구속해줬으면 좋겠어. 다른 건 바라지 않아요."

지연이 다가와 내게 기대섰다. 밤공기가 부드러웠다. 그애의 손길도. 거친 건 오직 마음의 파도. 의심 없이 어딘가로 노를 저어 나아가듯이 인생을 항해하리라 생각했던 시간의 저편이 우뚝 솟아오르는 소리. 나는 지연의 손길을 느끼며 그대로 잠시 나를 세워두었다. 호응도, 칭찬도, 고마움의 표시도 아니었고, 감탄을 참아내는 것도 아니었다. 그저 그렇게, 밤의 고요가 우리를 감싸안는 기분 속에 머물러보았던 것이다. 내가 지연의 어깨에 손을 얹자 지연은 내 허리에 팔을 둘렀다. 우리는 잠시 침묵을 지켰다. 그러다 내가 먼저, 그리고 그애가 나중에 팔을 거두었다.

"데려다줄게."

나는 잠투정하는 아이를 제 방 침대로 데려다주려는 유모처럼, 성실하고 믿음직한 보모처럼 미소를 지었다. '내가 너에게 마음이 쓰이는 이유, 눈길이 따뜻해지는 이유는 용케 혼란을 버티며 평정을 유지해온 내 삶이 오랜만에 따사롭고 편안하게 느껴져서인지 모른다. 그게 고마워서. 그러니 나만 정돈되면 될 것이다.' 나는 스스로를 그렇게 오해했고, 그 오해를 지연도 이해하고 있다고 또 한번 오해했다. 그리고 두번째 편지가 도착했다.

마음이 불편하지만 참지 못할 정도는 아니에요. 저, 사실 얼마 전에 문선생님을 뵈었어요. 서울에 있는 대학병원에서 정밀검사를 받았다고 하시더라고요. 결과를 묻지는 못했어요. 답이 두려운 질문들은 꺼내지 못하겠어요. 문선생님 같은 어른을 다시 만날 수 있을 것 같지 않아요. 선생님이 언니를 만나게 해주신 걸 감사해야죠. 감사해야 할 일을 깊이 감사하는 것 외에 진심이라는 건 달리 쓸 데가 없어요. 지금 저한테는 그래요. 문선생님이 언니가 제 이야기를 궁금해했다고 하시던데요. 춘천까지 찾아왔었다고요. 선생님은 좀 과장하는 데가 있으시긴 하지만 불필요한 말을 꾸며내는 분은 아니에요. 정말이지 뭣하러 그러겠어요? 하지만 언니가 그 일을 감추고 싶어한다면 거기에는 이유들이 있겠지요. 말이 되지 못한 것들은 항상 흔적을 남겨요. 지금의 나는 내 흔적들에 불과해요. 저녁에 컵케이크를 다섯 개나 먹어치웠어요. 언니와 헤어지고 나니 허기가 졌어요. 거지처럼, 정말 거지같이. 엄청나게 게걸스러운 지연.

두번째 편지는 첫번째 편지보다 짧았지만, 천천히 두 번 읽었다. 닫아놓은 방문 안쪽 침대에 걸터앉아 한 번, 활짝 열어놓은 거실 창문가에 서서 한 번. '정말이지 뭣하러 그러겠어요?'와 '엄청나게'라는 평범한 문장과 단어가 나를 머뭇거리게 했다. 정말이지, 뭣하러, 엄청나게…… 두번째로 편지를 읽고 난 후, 나는 창을 등지고서 벽에 기대섰다. 편지 끄트머리에 뭔가 붉은 게 묻어 있는 게 눈에 들어왔는데, 그게 뭔지 정확히 알 수 없었다. 피? 컵케이크 위의 딸기 과육? 립스틱? 편지지에 고개를 묻고 접힌 자국을 코끝으로 따라가보았다. 인공 나무 향이 나는 것 같았다. 편지지를 멀리 떨어뜨려보았다. 이유들이 있겠지요. 그 자리. 이유들이 있겠지요. 추측의 자리, 기대의 자리, 불안의 자리, 질문을 머뭇거리는 자리. 묘하게 설레며 가슴이 뛰었다. 나는 몸을 꽉 죄는 옷을 벗으려는 사람처럼, 피부를 간질이는 솔기를 뜯어내려는 사람처럼, 몸을 틀며 고개를 흔들었다. 마음의 방향을 틀었다. 이 모든 게 환절기의 무드라는 걸 확인하겠다는 이유. 이유 같지 않은 이유. 내적 알리바이. 나는 늦은 오후, 혹은 한밤에 지연과 몇 차례 드라이브를 했다. 변덕스러운 봄기운에 몸을 맡기고 내 속의 다양한 기질을 불러일으켜보려 했다. 다행히 아무 일도 없구나, 하는 짧은 안도와 함께 깊은 데를 찔린 듯한 아픈 실망감이 찾아왔다. 비가 흩뿌리는 도심을 가로질러 남산 꼭대기에 올랐던 날, 지연과 나는 중년 남자와 어린 여자 커플이 벤치에 앉아 있는 모습을 멀찍이서 지켜 보았다. 지연은 한낮에 근무지를 빠져나와 날이 저물도록 몰래 불륜 을 즐기는 회사원들의 비밀 연애 같은 걸 떠올리곤 귓속말로 내게 말 했다.

"아무래도 부녀지간은 아닌 것 같죠? 얼마나 된 커플 같아요? 남자 가 쩔쩔매는 거 같아. 여자가 더 권위 있어 보이는 건 다른 장소에서 는 그 반대이기 때문일까요? 회사원일까요? 같은 회사에 다니는 걸 까?"

"너, 아침 드라마를 많이 본 건 아니니? 그냥 일행을 놓친 관광객들 일지도 모르지."

"아, 금세 시시해졌다."

"이제 그만 내려갈까?"

이쪽에서 저쪽이 어떻게 보이는지, 또 반대로 저쪽에서는 이쪽을 뭐 라고 짐작할지, 그런 대화를 이어가게 될 게 예상돼 불편해져서였을 것이다. 나는 그 화젯거리로부터 슬며시 발을 뺐다. 이번 생에 내가 감 당할 수 있는 드라마는 한정돼 있고, 그건 이미 오래전에 끝나버렸다 는 자각. 생이 경솔함과 무지로 뒤엉킨 시행착오의 굴레나 가시덤불같 이 느껴져 나는 부끄러워졌다. 그러면서도 한편으로는 어느 날 지연이 나 없는 곳에서 돌연 크게 다치기라도 하면 어떡하나, 계단에서 구르 거나 오토바이에 치이기라도 한다면, 스스로를 망치게 된다면, 아무것 도 되돌릴 수 없는 순간으로 치닫게 된다면 나는 어떻게 해야 하나, 더 이상 누구에게 무엇일 수가 있을까 하는 두려움이 생겨났다.

비탈과 터널과 도로를 미끄러지며 드라이브를 마치고 난 후, 나는 지연의 집 근처 카페 윙스 앞에 지연을 내려주었다. 지연은 머뭇거리다 뒤돌아섰다. 나는 핸들을 틀면서 문득 예감했다. 그 밤의 여운, 맺지 못한 말줄임표는 그 다음다음 날, 혹은 그다음 주 이른 아침에 내 집의 우편함 속으로 미끄러져 들어올 것이라고. 그러나 실제는 달랐다. 집으로 돌아와 내 쪽에서 지연에게 전화를 걸었으니까. 마치 드라이브가 아직 끝나지 않은 것처럼. 단조로운 기계음이 세 번, 네 번, 다섯 번 울렸고, 이어 지연이 전화를 받았다.

"네, 저예요."

"잘 들어갔니?"

"네, 그럼요. 웬일로요?"

"내가 문선생님에 관해 이야기 안 한 거, 오해가 있을까봐."

"아하, 전에 보낸 편지 때문에 그래요? 있을까봐? 뭐가 그렇게 있을까봐?"

지연이 내 말의 꼬리를 쥐고 깨물었다. 짓궂게 비죽이 웃으며 내 심사를 건드리려고. 그 표정이 보이는 듯해 신경이 예민해졌지만, 티 내지는 않았다.

"문선생님이 네가 연기에 꽤 소질이 있었다고 하셨거든."

"아, 그거요. 문선생님이 여자아이들을 너무 좋게만 보시는 거?"

"그게 무슨 말이야?"

"문선생님도 남자라고요. 그런 말이죠."

나는 그 말을 흘려들었다. 농담할 기분이 아니었다.

"소질만 갖고 하는 게 아니라고 하신 분도 문선생님인걸요. 그리고 그만할 때 여자애들은 마음만 먹으면 뭐든 할 수 있어요. 난 문선생님 마음에 들어야 할 이유가 있었어요."

"듣기 영 불편하네."

"알아요. 마고가 할 만한 대사죠. 그래서 제가 마고를 좋아하잖아요. 언니가 나를 왜 끊어내지 못하나 생각해보세요. 그것도 비슷한 이유일걸요."

"내가 너를 끊어낸다고?"

"네."

"내가 너의 뭐를 끊어낸다는 거야? 우리가 어디에 엮여 있는데?"

"와아, 이제 진짜 화났나보네요."

나는 그만 전화를 끊으려 했다.

"내가 왜 이러는지 모르겠어요? 정말 그래요?"

전화기에서 튕겨져나오던 날 선 목소리.

"뭘 더 알아야 되니, 내가?"

"당신이 너그러운 체한다는 거요."

나는 그만 말을 잃고 입을 다물었다. 당신. 너그러운 체.

"아주 여유로운 체하고 있어요, 가증스럽게도. 난 그런 게 진짜 징글징글하거든요. 원래 그런 애예요, 내가."

지연이 먼저 전화를 끊었다. 나는 휴대폰을 손에 쥔 채로 그대로 침대에 엎어져 까마득한 잠 속으로 떨어지고 말았다. 그리고 다음날 아침은 놀랍게도 전보다 활기 있게 시작되었다. 그애의 화난 음성을 듣고 난 뒤로 슬픔과 기쁨이 어떤 힘있는 형상이 되어 내 주위를 에워싸고 도는 것 같았다. 나는 어떤 의미에서 죽어 있었으므로, 죽은듯이 살았으므로, 내가 두려워하는 것들이 나를 뒤흔들 것이라 예감했으면서도, 궁극적으로 괜찮았다. 괜찮다는 기분에 사로잡혔다. 그리고 무언가에 사로잡혔다는 그 느낌에 다시 한번 사로잡히고자 했다. 뜨거운 물을 받아놓은 욕조에 하반신을 담갔다. 머리부터 발끝까지 혈액이 도는 걸 느끼며 그 상태를 유지하려고 애쓰는 한편, 내 안에서 출렁이고 있는 그것이 행여 어딘가로 다 쏟아져내려 바닥을 적시고 끝장나버리는 건 아닐까 겁먹은 채로 조심조심 행동했다. 조용조용 말했다. 그리고 어느새 다음 편지를 기다리고 있었다.

지난번엔 미안했어요. 부담스럽겠죠. 난 다른 사람에게 부담스런 존재가 되긴 싫어요. 내가 좋아하는 사람한테는 더요. 그래서 더욱 참을 수 없었나봐요. 언니가 다신 나를 안 보겠다고 해도 할말이 없어요. 하지만 모든 일에 마지막 기회란 게 주어진다면 세상이 훨씬 좋아지지 않을까. 내게도 한 번만 더 기회를 주세요. 많은 것에 이유 없이 너그러워지는 날, 내게도 아무렇지 않게 무심코 다정해지면 좋겠어요. 다시 고개를 끄덕여 인사해주세요. 마음이 괜찮다면, 내가 끔찍하고 성가시지 않다면, 다음에 만나요. 만나서 같이 오래 걸어봐요. 좋은 생각이 많이 떠오를 거예요. 그러면 그게 마지막이라도 정말 괜찮을 거 같아요. 정말요. 원망 없는 마음으로, 지연.

나는 세번째와 네번째 편지 사이에서 지연과 두번째로 잤다. 내 침대로 함께 이동하기까지 어떤 합의나 합의를 흉내낸 서툰 제스처, 의식 같은 것은 없었다. 나는 트레이닝복 차림으로 지연을 맞았고, 그애는 문을 열고 들어서자마자 쓰러지듯 내게 안겨 눈물을 쏟았다. 그리고 집 안쪽으로 긴 산책로가 이어졌다. 나는 지연의 눈물로 가슴팍 부분이 축축해진 상의를 벗고 양 손바닥을 비벼 온기를 만들어낸 뒤 눈물로 얼룩진 그애의 얼굴을 닦아주었다. 그애는 계속 울었다. 무력감에 압도돼 나는 아무것도 묻지 못했다.

"미안해. 내 문제야. 네 잘못이 아니야."

나는 손으로 내 가슴을 쿡쿡 치면서 중얼거렸다. 우는 그애를 보는 게 아팠다. 환부가 아프고도 감미로웠다. 그 안타까움을 어루만지는 것만으로도 귓속이 뜨거워지는 것만 같았다.

나는 지연을 일으켜세워 침대로 데려갔다. 청바지의 단추를 풀고 티셔츠 안쪽으로 손을 집어넣어 브래지어를 끌러주었다. 내 무의식이 그 동작을 아주 매끄럽게 해냈다는 느낌이 들었다. 나는 약간 목쉰 소리를 냈다.

"심호흡해, 크게."

지연이 몇 번 숨을 깊게 들이쉬었다 내쉬고는 조금 진정이 되었다.

"사정 얘기는 나중에 하고 우선 편안히 좀 쉬어."

그러자 지연이 누운 채로 내 오른팔을 잡아당겨 제 겨드랑이 사이에 껴넣었다. 힘을 주었다. 시계 초침 소리가 뒤통수 쪽에서 계속 딸깍대고 있는 듯했다.

"가지 말아요. 나 때려줘요, 아무 생각도 안 나게."

나는 지연의 머리칼을, 뺨을, 천천히 어루만졌다.

"아무것도 생각하지 마, 지금은. 아무것도."

"아뇨. 차라리 맞을래요. 그러고 나면 괜찮아질 거 같아요, 정말로."

순간적으로 그 앞에 엎드려 순응하려던 내 속의 내가 어떤 나인지 짐작할 수 없어 잠시 고통스러웠다.

"당신이 내 유일한 고통이면 좋겠어요. 그러면 다른 건 다 괜찮아질 거야. 이제 그만 평화로워지고 싶어요. 그러고 싶어."

나는 지연을 내려다보며 고개를 가로저었다.

"이러지 마."

지연이 몸을 좌우로 흔들더니 제 손으로 제 뺨을 때렸다. 한 번, 두 번, 세 번. 그러고는 침대 머리맡으로 기어올라가 쿵쿵 머리를 부딪쳤다. 나는 지연을 아래쪽으로 끌어내리려다가 그애의 힘에 밀려나 침대 밑으로 떨어졌다. 자리에서 일어나 지연이 몸부림치는 걸 가쁘게 지켜보았다.

"정신 차려."

무섭게 화내고 싶었지만 내 목소리는 애원에 가까웠다. 나는 침대로 올라가 그애의 허리를 두 무릎으로 조이고 뺨을 내리쳤다. 지연이 움찔하며 그제야 동작을 멈추었다. 내가 왼손으로 지연의 머리를 받쳐들자 그애의 입이 벌어졌다. 나는 그 입술에 키스했다. 혀로 그 너머의 통증을 맛보듯이. 짭짤하고도 달짝지근한, 축축하면서도 바스락대는 감각들이 뒤섞였다. 지연이 내 몸 아래서 흐느꼈다. 내가 지연을 쓸어안으며 옆자리에 눕자 지연이 눈을 맞추며 숫자를 헤아렸다. 하나, 둘, 셋…… 우리의 심장이 연결되어 있다는 것처럼. ……아홉, 열, 열하나…… 나는 눈을 감았다. 지연이 내 속옷을 벗겨 내리는 걸 느끼며 눈을 가늘게 떴다. 화장이 지워진 지연의 말간 얼굴이 보였다.

흔들렸다. 그 얼굴은 처음에는 아픈 것처럼, 우는 것처럼 보이다가, 나중에는 입술을 반쯤 벌리고 무언가를 요구하는 것처럼 보이기 시작했다. 나는 다시 눈을 감았다 떴다. 그리고 또 한번 천천히 감았다 떴다. 가슴과 배, 허벅지 안쪽이 따뜻했다. 점점 뜨거워지고 미끌미끌해졌다.

지연은 전보다 훨씬 능숙하고 집요했다. 우리가 함께 보낸 지난 밤이 의미 있는 질문일 수 있는지 묻는 듯이. 나는 쫓기는 사람처럼 땀에 젖어 헐떡였고, 완전히 탈진한 채 항복했다. 그리고 붙잡힌 데서 번번이 한없이 미끄러지는 듯한 기분을 느꼈다. 고의로 그런 건 아니었다. 그래서 나도 내 대답을 들었다. 아니야, 나는 여자를 사랑할 수 있는 사람이 아니야. 아니, 다시 사랑을 할 수 있는 사람이 아니야. 다르게 숨쉬는 법을 간신히 배우고 있어. 친구로서 안아줄게. 네가 가진 모든 반짝거림을 나는 이만큼, 이만큼, 이만큼, 이만큼 고마워하지만, 미안해, 나는, 나로서는, 이게 다야.

혼란 속에서 세번째, 네번째, 다섯번째 밀회가 이어졌다. 한 번은 야외에서, 한 번은 욕조에서, 또 한번은 아침녘의 소파, 우리를 내려다보는 죽은 내 옛 애인의 그림 아래서. 혹시 내가, 아니면 네가 뭔가 크게 잘못한 게 있는 건 아닌지, 그럼 여기서 멈출 수 있지 않을까 하며, 매번 다르게 시작했다. 그러고 나면 놀랍게도 세상 모든 기적이 새롭게 느껴졌다. 나는 이제 막 다시 눈을 뜨고 맞은 소박한 아침빛이 우리에게 무엇을 이야기하는 것인지 읽어내려는 사람처럼, 그애의 편지를 펼쳐 들어야만 했다.

*

　지연과 내가 서 있던 자리. 숨죽인 쉼표들이 단조로운 음계들 사이에서 깜박이는 찰나들. 평범한 계이름으로 위장한 폭풍 전야. 항상 다음 장에서 위태로운 조바꿈을 맞게 될 불온한 세계. 돌연 검붉게 일어날 희미한 주황.

　나의 내면과 이면에는 그애의 숨결과 발자국으로 이어지는 방들이 생겨났다. 동시에 지연에게는 입구에 '마고'라는 이름이 붙은 숲이 우거졌다. 지연은 매번 다른 시도로 거기 들어서서 발밑을 헤치거나 두드려보며 자기 흔적을 남겼다. 여러 겹의 우정과 친애, 수많은 결을 지닌 사랑과 애착, 그리고 그걸 포용하고 허락하는 영겁의 시간을 열렬히 기원하느라 그 숲길들은 때로 빛나는 표식들로 불붙은 듯 훤해졌다.

*

　봄밤이 간혹 여름처럼 타오르기 시작할 무렵, 나는 몇 가지 생각에 사로잡히게 됐다. 지연은 그저 호기심이 많은 이십대이며, 이 관계에서 내가 감당해야 할 건 아무것도 없다는 생각. 자연스레 새로운 지혜가 각자의 앞길에 놓이고 그리로 따로따로 걸어들어가면 되리라는 예측. 나는 아마도 몇 년 정도 더 그런대로 살아나가게 되지 않을까? 최악의 시절을 통과했을 때도 그랬으니까, 해볼 수 있을 것이었다. 새 직장을 구한 뒤 동료들과 점심 메뉴, 주말 계획이나 캠핑장 정보를 교

환하고, 월요일이면 해치워야 할 일들에 우선순위를 매기고서 담당자와 고객들에게 전화를 돌리거나 발주서를 작성할 수도 있을 것이다. 어쩌면 의붓아버지가 말한 그 수학 교사와 맞선을 보고 그의 친구들과의 저녁 모임 자리에 새 옷을 차려입고 나가는 일도 가능할지 몰랐다. 무대에 섰던 짧은 이력을 수줍게 화제에 올리고, 요리학원에 다니기 시작한 엄마의 활기에 대해 감탄조로 이야기하며 내가 얼마나 정상인지 스스로와 타인들에게 증명해 보이리라. 그러면 이 돌연한 오늘들을 아득한 과거로 남겨놓을 수 있으며……

한편 다른 생각들도 내 혈관을 가시덩굴처럼 싸고돌았다. 강렬한 그 감각은 이전의 생각보다 명료하고 짜릿했다. 이 순간의 광휘가 오랜 고통을 마쳐시키고 있다는 생각. 그러니 내 앞의 이것이 진짜이고, 다른 것들은 완전히 가짜라는 생각.

우유부단과 속수무책 속에서 번번이 결말은 유예됐다. 탐미의 순간들이 땀구멍처럼 열리기 시작했다. 감각을 즐기는 감각들이 생겨났다. 화장실의 타일과 매끄러운 욕조 바닥을 오가며 발과 다리로만 엉키는 것, 희롱하는 것, 부케 향이 나는 입욕제 거품 아래쪽의 온기, 남들의 집 담벼락과 담벼락 사이에서 목덜미와 귀를 핥고 깨무는 것, 찰박거리는 욕망과 감질나게 충족되는 갈증, 혼자 있을 때도 둘이 함께 있는 것처럼 젖어 있는 눈길. 나는 그런 것들로 내 피를 채우고, 다른 방식으로도 양분을 취했다. 심야 극장에서 초콜릿 볼 한 움큼을 서로의 무릎 위에 쏟아놓고 체조선수처럼 다리근육을 긴장시켰다. 초콜릿 볼을 바닥으로 떨어뜨리면 엄벌에 처함. 어둠 속에서 지연이 내 무릎 위를, 내가 지연의 무릎 위를 더듬어 초콜릿 볼을 혀끝으로 녹여 먹었다. 혹은 브런치 카페의 한구석, 공들인 조명 장식 아래 자리잡고 앉아 가장 값비싼 음식이나 제일 긴 이름의 요리를 시키고서 한 사람만이 온전히 그 맛을 음미하기도 했다. 음식을 먹는 사람은 천천히 움직여야 하고 할 수 있는 한 우아해야 함. 음식들을 천천히 씹어 삼키며 식재료들의 질감과 식감, 향과 맛을 만끽하되 입가에 부스러기를 묻혀서는 안 되었다. 아무것도 먹지 않는 쪽이 상대의 모습을 고스란히 눈으로 지켜봤다. 동작과 동작 사이의 쉼표와 늘임표까지 암기하듯이, 새 노래의 악보를 애태우며 읽어내듯이, 혀 안쪽으로부터 목구멍과 위장, 혈액으로 흘러드는 감각을 눈길로 샅샅이 훔쳐내듯이. 인내 뒤에 주어지는 열매, 그다음 시간과 공간은 굶주린 자의 것이 되었다. 방금 배를 채운 이의 심장과 피부와 혈관을 깊숙이 탐험하며 목덜미와 늑골, 겨드랑이를 핥았다. 탐욕스런 미식가처럼 한 손으로는 다음 요리를 덥히면서.

  늦은 저녁의 공원 산책과 서울 근교 드라이브, 공원에서 두 다리로 힘있게 땅을 딛고 올라 공중을 한 바퀴 돈 뒤 착지하는 일, 반쯤 균형을 잃은 채 서로를 재빨리 찾아 눈을 맞추는 일, 같은 브랜드의 운동화나 하이힐을 신고 쇼핑몰을 돌아다니며 과일과 견과류를 장바구니에 골라 담거나 서로의 속옷 사이즈를 맞혀보는 것, 골라주는 것, 입혀주는 것, 벗겨주는 것, 손수건 한 장으로 할 수 있는 갖가지 포즈들을 말로, 또 실제로 구현하는 일. 나는 지연에 대해서 조금씩 더 알아갔다. 내가 알기 원했던 것도, 그렇지 않았던 것도 있었다. 만일 내가 마고의 옷을 입고서 리사의 이야기를 전언해볼 수 있다면, 그럴 수만 있다면, 조명이 머리 위에 떨어지는 순간 이 이야기의 모험에 관객을 초대하기 위해 이렇게 내뱉어볼 수 있으리라.

　'그애를, 우리의 리사를 만나야 한다면, 신들의 극장으로 오세요. 갓난애들의 머리맡에 향초를 밝히고서 문밖으로 나와요. 셔츠 안에는 뜨거운 심장만을 숨겨둔 채 공들여 구두에 광을 내세요. 막과 막 사이에서 아직 끝나지 않은 것들의 끈을 쥐고서 서성여봐야 하지요. 언제나 충분히 잠들어야 하고, 또 매 순간 깨어 있어야 해요.'

11

엘리사벳은 히브리어로 '하느님은 나의 맹세'라는 의미라고 한다. 성서에서 엘리사벳이 차지하는 비중은 미미한 편인 데 비해, 이 진중한 메시지를 지닌 히브리어는 오랜 시간 동안 지연의 마음을 강하게 잡아끌었다. 변성기에 과묵해지는 어떤 소년들처럼 열네 살의 리사는 학기초부터 누구하고도 아무런 이야기도 하지 않은 채로 두 달 가까이 지냈다. 고개를 가로젓거나 끄덕이는 행동, 깜짝 놀라 뒤로 물러서거나 가슴을 쓸어내리는 동작, 땅바닥에서 무언가를 발견해 주워 올리려는 것처럼 가만가만 쭈그려앉는 정도 외에는 자기표현이 거의 없는데다 지나치게 공손했으며, 수업 시간에는 낙서, 방과후에는 청소에 열중했다. 누구의 눈길도 끌지 않으려는 듯 고개를 푹 수그리고 사뿐사뿐 복도를 걸어다니는 이 정물 같은 소녀에게 열성 어린 교생 하나가 '교육적으로' 관심을 기울였다.

"넌 뭘 좋아하니?"

고개를 들이밀고 눈을 맞추며 건넨 이 평범하고 형식적인 질문에 리사는 귀까지 빨개진 채 돌처럼 굳어 있다가, 며칠 뒤 교생을 찾아가 배우가 되고 싶다고 조심스럽게 밝혔다. 교생은 이미 자신이 한 말을 잊은 상태였지만, 어린 학생의 애쓰는 듯한 응답에 감동을 느꼈다. 그랬기에, 다음날 청소년 연극제의 티켓 두 장을 리사에게 선물하게 된다.

"친구랑 같이 와. 우리집 막내도 무대에 올라."

리사는 미소를 띠며 티켓을 가방 안에 챙겨넣었지만, 연극제 기간 내내 나타나지 않았다. 그 대신 객석에는 리사와 지난해 같은 반이었던 다른 학생 둘이 모습을 드러냈다. 교생은 그 학생들과 이야기를 나누다가 그들이 리사에 관해 말하는 걸 들었다.

"걔네 집이 좀 엄해요."

그 대답의 끝에서 익숙한 이미지들이 늘어서다가 뭉개졌다. 조심스런 움직임, 속삭이는 듯한 말투, 고개를 수그리고 가만히 경청하는 자세…… 교생은 리사의 평소 모습에 대한 그럴싸한 근거가 아이들의 대답에 모두 함축되어 있다고 생각하게 된다. 그리고 '그럴 만도 하다. 이 소녀에게 특이한 건 없다' 하고는 잊어버린다.

특이한 것들은 대체로 안쪽으로 굽어 있었다. 여름방학이 시작되자 리사는 꾸준히 성당에 다녔다. 매일 밤 천국의 문 가까이에 다가가는 상상을 하며 기도를 했던 충실한 시간이었다.

"꺼내주세요. 삶에서 날 꺼내가주세요."

리사는 심판의 날에 관한 환상을 품었다. 심해가 갈라지고 그 속으로 모든 것이 빨려들어가거나, 하늘이 갈라지며 사람들이 까마귀떼처럼 위로 떠오르거나, 토네이도가 도시를 휩쓸어가는 종류의 상상들이었다. 태양이 사라지고 밤이 계속되는 날들, 혹은 엄청난 불길이 일어난 뒤에 끝없이 비가 내리는 날들. 폭우 속에서도 꺼지지 않은 마지막 불길이 젖은 도시를 희미하게 밝히며 연기와 닫힌 창문들, 아우성과 빗소리가 뒤섞이는 혼곤함 속에서 리사는 숨을 고르고 서 있는 자신의 이미지를 보기도 했다. 그리고 간혹은 불충분한 잠 속에 마지막날에 관한 다른 꿈이 깃들어 번지는 때도 있었다. 실제를 집어삼킬 만큼 힘이 센 이미지였다. 그 속에서 리사는 끝없이 펼쳐진 길 위에 오른다. 작열하는 태양에 온몸이 점점 뜨거워진다. 등판과 목덜미에 따끔따끔한 통증을 느끼며 쉼없이 걷는다. 뒤를 돌아보면 눈이 멀 수도 있다는 생각 때문에 앞만을 바라보며, 그러니까 앞이라고 생각되는 먼 곳을 바라보며.

다른 사람들도 끝없이 앞으로 나아가고 있었다. 다들 모자를 눌러쓰고 있어서 얼굴을 제대로 알아볼 수는 없었다. 서로 알은체를 하는 게 금기가 아닐까 하고 리사는 생각한다. 발바닥에 물집이 잡히고, 터지고, 등이 빨갛게 데고, 짓무르고, 정수리는 불타오르는 듯했다. 얼굴이 익었다. 빨갛게 탄 콧등은 점차 까매지고, 초록의 평원에 도달할 때쯤 두 다리는 감각을 잃었다. 주저앉아 다음 일을 기다리는 것 외에는 아무것도 할 수가 없었다. 사람들이 하늘 높이 두 팔을 들어 중얼중얼 기도문을 읊었다. 전혀 들어본 적 없는 기도문이었다. 리사도 따라서 해보려고 하지만 이내 포기하고 만다. 팔이 너무 무거웠다. 외마디소리조차 입 밖으로 낼 수 없었다. 눈물이 쏟아질 것만 같아서, 몸이 무너질 것 같아서, 고개가 힘없이 뒤로 꺾일 것만 같아서 초조해졌다. 그때 저편에서 바람이 크게 일어나 평원을 휩쓸며 빠른 속도로 다가왔다. 초록의 물결이 일제히 일어났다가 누웠다. 사람들의 모자가 공중에 떠올랐다. 바람에 실려온 색색의 모자들이 리사의 얼굴을 때리고서 멀리 뒤편으로 사라졌다. 자꾸만 눈이 감겼다.

"너희는 잘 들어라."

먼 데서 우렁우렁 소리가 울려 나왔다. 하지만 무엇을 잘 들어야 하는가? 갑자기 하늘에서 커다란 해파리들이 끝없이 내려오기 시작했다. 몸에 검은 점들이 박혀 있는 투명한 하늘색 해파리들이었다. 해파리들이 다리로 사람들의 목과 팔다리를 휘감았다. 사람들이 하늘로 떠올라 멀어져갔다. 수많은 검은 점들이 되어 사라졌다.

"보아라. 모든 게 이루어졌다."

그리고 소리는 소멸되었다. 사람들이 한꺼번에 사라져버린 초록의 평원에 어둠이 희미하게 스며든다. 리사는 해파리가 자기 목을 감지 않은 것이 슬퍼 눈물을 흘린다. 그러다 기묘하게도 한순간 모든 것이 다행스러워진다. 바짓단의 모래와 먼지를 털어내고 일어선다. 길은 계속된다.

'거긴 태양이 지지 않는 땅 위의 낙원. 하늘이 꽃나무 어루만지고. 초록빛 들 위 한 도시. 모든 이 향해 빛나네…… 새 세계에서 혈색과 지위는 전혀 상관이 없어요.'

청소년들이 생활성가를 부르도록 한 것은 새로 부임한 신부의 결정이었다. 초록빛 들 위 한 도시, 새로운 참 세계의 비전. 이층 성가대 자리에 늘어선 청소년 그룹은 흰 티셔츠에 청바지를 입고 있었다. 기타와 피아노 반주. 리사는 이마의 여드름을 앞 머리칼로 가린 채 소심하게 성당 안으로 들어서면서 그 노래를 음미했다. 성수를 찍어 묻힌 손끝으로 성호를 그으며 성부와 성자와 성신의 이름으로 아멘, 하고 읊조리고는 앞으로 나아갔다. 성가대 단원들을 우러르듯이 본 뒤, 예수의 고난과 부활의 장면들을 구현한 스테인드글라스 작품들을 천천히 훑으며 성모상과 십자가에 이르렀다. 촛불, 제단, 커다란 십자가로 이어지는 이 여정은 일면 성스러웠다.

"성모님, 예수님, 안녕하세요. 저 왔어요. 할말이 있으면 해주세요."

침묵. 긴 침묵.

"그럼 안녕히 계세요, 저 가요."

화살처럼 쏘아올린 소소한 기도를 두어 번 거두어준 것 외에, 신이 존재를 행사한 일은 없었다. 하지만 리사는 그 정도로 족했다. 받아들일 만한 슬픔, 비껴간 행복, 숨쉴 구멍을 찾아 버티는 일과 그 일을 위무하려는 다른 노력들.

"제게 어울리는 미소와 지혜를 주세요."

리사는 그렇게 빌면서 소망의 내용들을 차츰 형식과 맞바꾸었다. 목메게 바라고 구하고 원하는 자 되어 무릎을 꿇고 눈물을 흘리는 과정을, 그 고양된 감정과 정화의 단계들을, 일종의 신의 응답이라 생각하게 된 것이다. 동시에 한편에서는 전혀 다른 일들이 벌어진다. 십대의 어느 날들은 말도 안 되는 기원들로 채워지기도 했는데, 그중에는 개미가 되어 코끼리에게 밟혀 죽고 싶다는 것도 있었다. 스스로에게 내리는 마음의 형벌. 그런 것들로 환치되는 정들지 못한 삶. 리사는 성가대와 스테인드글라스와 제단, 십자가를 우러러보던 순결한 눈동자로 밤의 무릎 아래 머리를 괴고 누워 악마의 노트를 쓰는 일도 사랑했는데, 페이지를 수놓은 색색의 글귀들 중에는 이런 것도 있었다.

'미덕: 삶이라는 헝클어진 머리카락에 중화제를 바르는 것. 산화시키는 것. 아름답게 보이기 위함이지만 일단은 인공적인 냄새를 지워내야 함.'

'간절했던 시간들이 나를 집어삼켰어요. 내가 얼마나 노력했는가는 중요치 않아요. 인생은 짧으니까 내 마음대로 하기로 했어요.'

누군가 마이크를 들이댄다면, 리사는 그렇게 대답하려고 했다. 되바라진 자신을 상상하는 일은 잠시나마 해방감을 주었는데, 실제로는 영원히 마이크도 질문도 없을 것이기 때문이었다.

리사의 양부모는 평판이 괜찮은 사람들이었다. 입양 과정도 비교적 덜 까다로웠다. 양부의 친가 쪽에서는 반대가 있었지만, 그 외의 지인들은 대체로 부부의 선택을 조심스럽게 존중했다. 리사 위로는 큰오빠 한수와 작은오빠 웅수가 있었다. 각기 리사보다 네 살, 두 살 많았다. 아이를 입양하기 전 부모는 어린 아들들에게 상황을 미리 이해시키려 노력했다. 한수는 나이답지 않게 여동생을 잘 보살펴주겠다고 자진해 나서며 부모를 기쁘게 했다. 웅수는 별 반응을 보이지 않았다. 웅수는 발육이 더딘 것 외에도 유별난 데가 있었다. 불자동차나 권총 장난감보다는 여자 인형을 시리즈로 모으는 데 관심을 쏟았고, 애교스러운 한편 지나치게 고집이 셌다. 그러나 정작 식구가 늘자 가장 활기를 띤 사람은 웅수였다. 웅수는 새로 생긴 여동생이 마치 제 인형들

중에서 가장 흥미로운 인형이기라도 한 것처럼 항상 리사의 곁에서 시간을 보냈다. 브러시로 긴 머리칼을 빗기고, 리본을 달아주고, 장난감 썰매에 태워 끌고 다니고, 밤에 불 밝힌 손전등을 턱밑에 갖다 댄 채로 무서운 이야기를 해주었다. 리사는 웅수가 사인펜으로 실제 입술보다 크게 그려준 화장 때문에 코밑부터 턱까지 따끔거리는 걸 참아내며 무서운 이야기를 들었다. 웅수가 아이다운 상상력으로 잡풀과 열매를 물에 넣고 끓여 만든 '마법의 약'을 받아 마시고 잠들었다가 아침에 온몸이 퉁퉁 부어오른 적도 있었다.

음식, 옷, 이부자리, 책상과 의자, 학원 가방과 필기구 세트, 예방주사, 새해 덕담, 규율과 예절, 체벌…… 양부모는 어떤 부분에서건 아이를 차별 없이 키우고자 했다. 리사가 웃는 것, 말하는 것, 의자를 잡아 빼고 앉는 모양, 신발이나 머리끈을 정리하는 방식 등에 매번 새롭게 감탄하면서.

"여자아이는 정말 남자아이들하고는 다른가봐요. 저 조그만 애가 벌써부터 저러는 것 좀 봐요. 오, 이러는 것 좀 봐요."

그러다 웅수 나이 열네 살 여름날에 사고가 일어났다. 웅수가 또래들과 다투다가 펜에 눈이 찔려서 오른쪽 눈의 시력을 완전히 잃게 됐던 것이다. 웅수는 이후 간헐적으로 혼절하거나 말을 더듬거리는 증상에도 시달렸다. 위험이 닥칠지 모른다는 예감만으로도 숨이 차오르고 말을 더듬게 되는 악순환이 곧 그의 성격의 중요한 일부가 됐다. 양의와 한의의 의학적인 소견에 따라 한껏 노력을 기울여도 봤지만, 시간이 흐른 뒤 부모에게 남은 교훈은 그 모든 노력과 인내의 방식들이 생의 '어쩔 수 없는' 측면을 받아들이는 과정이 되었을 뿐이라는 것이었다.

대다수의 다른 가정들과 마찬가지로, 이 가정도 따뜻한 조명등과 잔잔한 벽지 무늬 아래서 많은 것들이 달라져갔다. 휴일의 익숙한 풍경 중 하나는 이런 것이었다. 웅수는 제 방 문을 잠그고 온종일 긴 잠 속으로 빠져들고, 가족들은 살금살금 소리 죽여 거실이나 화장실을 오간다. 한수는 그에 항의하듯 제 물건들 중에서 망가뜨려도 좋은 것들을 마당으로 가지고 나가 훼손하기 시작한다. 찢고 부수고 태워버리는 일에 골몰하다가 제자리로 돌아온 뒤에는 말짱한 얼굴로 어마어마한 식욕을 불태운다.

리사의 양부모는 예전이라면 서로 머리를 맞대고 의견을 나눴을 화젯거리들에 더 방어적이 됐다. 수시로 갈등을 벌이는 이 부부 사이를, 리사는 늘 뭐라도 하는 시늉을 하며 배회하곤 했다.

"여기 두신 거 쓰레기 맞아요? 치울까요? 버릴까요? 아, 그냥 여기 놓아둘까요?"

리사에게 양부모는 해를 거듭할수록 알 수 없는 사람이 되어갔다. 온화하던 첫인상은 퇴색되었다. 특히 양부의 변화가 리사에게는 좀더 난감했다. 그는 자기 노모의 기우를 구태의연한 미신이라고 치부해왔던 사람이었는데, 어느새 그것에 동의하고 있는 것처럼 보였다.

"근본 없는 사람을 함부로 자식으로 들이는 게 아니다. 더러운 운수까지 끌고 들어오는 업둥이들도 있다. 내가 봤다."

양부는 자기 노모의 주장을 리사에게 똑같이 전한 적은 없었다. 다만 다른 방식으로 리사에게 경고등을 깜박였다. 오빠들과 너는 다르다, 너는 다른 사람들에게 좀더 상냥해야 한다, 착실해야 한다, 노력해야 한다…… 리사는 순순히 '사랑'의 매나 벌을 받아들였다. 훈육이 끝나면 포옹의 시간이 찾아왔다. 안긴 채로 대답해야 했다. '아빠가 너무했니? 너무하다고 생각했니? 이러는 덴 이유가 다 있는 거라고 이해했니? 이해가 됐니? 내가 왜 이러는지, 그러니까 우리가 한 가족이라는 걸 충분히 이해했니?' 리사는 울었다. 그마저도 용서를 받는 기분이어서. 그러다 포옹이 길어지는 게 싫어서. 발육이 빨랐던 리사가 양부 품에 안긴 채로 애처럼 훌쩍여야 했던 것을 생각하면 그 헝클어진 감정이 조금은 이해되기도 한다. 리사는 벌받아야 할 일들로 인해 양부 앞에 서게 되면, 자신의 바탕을 채 다 헤아리거나 이해하지도 못한 채로 전적으로 싫어하게끔 됐다.

결과적으로 리사는 새 생활에 뿌리내리지도, 튕겨져나가 탈선과 방황의 길로 빠지지도 못했다. 선량하거나 나약해서라기보다는 제 잘못 때문이 아니라는 걸 증명해 보이고 싶고 그로써 인정받고 싶다는 욕구 때문이었다. 리사는 세상 모든 고통의 숨은 뜻이 보다 숭고한 데에 있다고 생각하기에 이르렀다가, 그만큼이나 자주 그 생각을 다른 어두운 생각의 구멍 속으로 집어던져버렸다. 태어난 지 얼마 안 되어 버려지고, 누군가에게 발견되고, 또다시 버려지고, 방치되고, 도망가고, 붙잡히고, 다시 새 생활을 시작하고, 짐을 풀고, 그리고 한 걸음 내디뎠다고 믿게 되는 순간에 가장 가까운 사람들에게 부정되곤 했던 경험은 보이지 않는 상처에 불타는 낙인이 됐다. 자신과 비슷한 처지에 있던 사람들 모두가 똑같은 전철을 밟는 건 아니라는 걸 말해주는 긍정적인 사례들, 조금만 더 힘을 내보라는 분별없는 위로들로부터 오는 통증이 너무나도 분명했기에 잔인하고 나쁘게까지 느껴졌다.

"비를 맞고 무작정 걸었던 적이 있어요. 뭐가 어때. 다 괜찮아. 내가 여기 있고, 세상도 어디 안 가. 그러면서 나도 모르게 돌아가야 할 곳으로부터 점점 멀어지는 거죠. 물을 먹어 무거워진 바지를 질질 끌고 다니다보면 문득 나는 낯선 데 혼자 있고, 사방은 캄캄하고, 비로소 천천히 깨닫게 되는 거예요. 아, 나는 너그럽게 미쳐가고 있구나."

어쨌거나 시간은 모두에게 공평하게 흘러갈 것이었다. 지금이 아니더라도 다음 어느 때에 병들고 늙어가다 무덤으로 걸어들어갈 것이었다. 리사는 그 사실에 습관적으로 골똘해지면서, 새로운 계절의 문을 열게 된다.

리사는 고등학교에 들어가면서 소개팅 계획을 열렬히 실천했다. 삼 개월 이상 꾸준히 만난 남자는 없었지만, 만났던 남자들의 프로필을 파일에 정리해두면서 자랑삼았다. 의학백과, 식물도감, 환상동화, 여행기, 문고판 소설, 잠언과 시편을 손으로 옮겨 적어본 적 있었다. 행운의 편지를 각기 다른 글씨체로 적어 사진 찍은 뒤 일곱 사람에게 전송한 적도 있었다. 텔레비전이나 라디오 프로그램에서 흘러나오는 이야기들을 빠른 속도로 받아 적어내려가면서 무엇을 놓쳤는지 체크해보기도 했다. 심리적으로 거부감이 드는 목소리나, 그와는 반대로 음색이 풍부하고 매력적인 목소리가 실어오는 말들을 자주 놓쳤다. 목소리가 특색 있는 사람. 말보다 목소리. 리사는 자기 취향을 그렇게 정리했다. 성적은 보통 수준이었지만, 과외도 받지 않고 학원에도 다니지 않은 것치고는 괜찮았다. 하지만 다른 데서 움트고 있는 것들, 그중에서도 아주 사소한 것들을 주목해보는 일이 좀더 흥미로웠다. 이를테면 리사는 7이나 8, 9를 쓰는 데 개성을 불어넣는 갖가지 방법들을 연습해본 적이 있었다. 어느 날은 7을 날렵하게, 8을 귀엽게, 9를 의뭉스럽게 써보기도 하고, 또 어떤 날은 9를 귀엽게, 8을 멋을 부리듯 꼬아서 마치 음표인 것처럼, 7을 강직하게 써보기도 했다. 고등학교 시절의 이 이 년 남짓한 동안은 리사 인생의 가장 자유로운 시기였다. 리사가 양모의 사촌 집에 떠맡겨져 있었던 때였다. 양모의 여자 사촌은 당시 삼십대 후반으로, 줄담배를 피우면서도 건강을 염려하여 하루 한 시간씩은 뒷산을 따라 걸으며 맑은 공기를 들이마시는 규칙을 세웠다. 그녀가 스스로에 대해 자조적으로 말하길, 당시 텔레비전 외화 시리즈로 육 개월간 방영된 〈로의 추리극장〉 속편은 바로 자신의 인생을 모티브로 삼았어야 한다고 했다. 추리에 실패하는 사례로 적합할 것이란 의미에서였다. 그녀는 한창나이에 자궁을 들어내는 수술을 받았는데, 거기 스스로가 이해하기 합당했던 이유는 없었다고 했다. 수술 전에 퇴직금 대신 받은 주식이 그 이듬해에 주가가 급등한 것은 그녀와 주변 사람 누구도 예상치 못했던 일이었다. 돈이 불러들이는 새 친구들이 있었다. 소문과 정보를 물어오는 사람들과 침묵 속에서 끈덕지게 제 의지를 관철시키려는 사람들. 불만이 많은 장교 출신 사업가, 부업으로 가라오케를 운영하는 보험설계사, 유학생들 셋과 동시에 만나고 있는 미래의 현모양처, 멘사 회원증을 지닌 바텐더와 각기 다른 가발을 쓰고 두 편의 텔레비전 시사 프로그램에 출연중인 강사. 양모의 사촌은 위험부담이 있는 투자 정보를 수집하면서도, 최종적으로 모험을 즐기지는 않았다. 신중을 기할 때 그녀는 손을 특별히 오래 닦으며 화장실의 거울 앞에서 혼잣말로 허공에 질문하곤 했다.

"이래갖고 되겠어?"

그리고 자답했다.

"안 되지, 안 돼. 돈이 배신하나, 사람이 배신하지."

리사는 그녀를 상지 이모라고 불렀다. 신상지. 사람 이름이라기보다는 못이나 토지명 같은 이름을 지닌 그녀는 그 시절의 리사에게는 더없이 적합한 상대였다. 상지 이모는 리사가 어떻게 행동하고 말하든 간에 크게 개의치 않았고, 리사의 일거수일투족을 리사의 양부모와 공유하려 들지도 않았다. 무심한 이모에게 그만큼 섬세한 조카는 흔치 않을 것이므로, 리사는 이 관계에서는 자기 자리가 있다고 생각했다. 그 생각이 가능하게 하는 즐거움들이 있었다. 이모 아닌 이모의 기분을 맞추는 일, 자잘한 세금고지서를 들고 은행에 가는 일, 밥과 반찬을 만들고 청소기나 세탁기를 돌리는 일들을 했다. 처리한다는 기분으로 기꺼이 해치웠다. 그러다 이모의 남동생이 수시로 집을 들락거리며 리사를 하대하는 일이 잦아지면서, 리사는 자연스럽게 떠날 시간이 왔다고 받아들이게 된다. 양부모와의 관계는 그 이 년 남짓한 기간 동안 한층 더 소원해져서 집으로 돌아가는 일은 서로에게 못할 짓이 되었다. 이후 아는 관계, 알 만한 관계, 알아가면 좋을 관계를 찾아 철새처럼 떠돌아다녔다. 그러다 대학에 들어가며 기숙사 생활을 했고, 그 시기에 동헌을 만났다. 그와는 고등학교 시절에 몇 차례 연이 닿았다 끊겼었다. 재회에 의미가 있으리라고 생각하고 싶었고, 그 생각이 주는 안정감이 필요했다.

나와 다른 남들의 시간, 그 속의 외진 골목과 아늑한 평원, 위험한

활주로 들을 종횡하는 일은 나 같은 사람의 특기는 아니라고 생각해왔다. 그러나 기꺼이 〈중독〉의 마고로 분해 무대에 섰던 나는 오래도록 내 본질을 오독해왔던 건지도 모르겠다. 나는 매 순간 지연의 이야기를 듣기 좋은 자세에 관해 의식했다. 언제나 충분히 부담을 덜어내고 들을 수 있어야 했다. 시소를 타는 것처럼 내 무게로 한 자리를 지켜내면서 오르락내리락 장단을 맞춰주는 것이 최선이었을지 모른다. 하지만 나는 점점 균형을 잃어갔다. 지연이 가라앉아 있으면 나도 그리로 떨어져내렸다. 내가 뻗대며 뒤로 물러나면, 지연의 존재, 그에 얽힌 사물과 소리들이 내게로 와르르 쏟아져내렸다. 도망가지 않은 것이 내 실책이자 애착의 지점이 되었다. 특별한 의미들로 뭉뚱그려진 길고 매끄러운 복도나 계단, 난간 같은 데를 구석구석 닦는 것과도 같다. 나는 지연이 내 집의 소파 팔걸이에 두 무릎을 걸치고서 드러누운 채로 다리를 흔들대며 재잘거리는 모습을 좋아했다. 나는 듣고 그애는 말하는 순간, 그 순간의 풍경. 지연은 가끔씩 아리송한 질문들을 던지기도 했다. 내게 귀중한 힌트라도 내주려는 듯이 목소리와 눈빛을 바꾸며 턱끝을 비스듬히 틀고는 이렇게 은근하게 물어보곤 했다.

"보세요, 저 지금 보이지 않는 페달을 밟고 있어요. 이렇게 움직여서 어딘가로 가는 중이에요. 그러니까 맞혀보세요. 내가 시야에서 사라진다면, 어디서 절 찾아내시겠어요?"

12

4월을 넘기며, 비로소 그달이 온통 기념일이었다는 걸 깨달았다. 5월의 하루하루가 지난 기념일들을 추억하는 습관들로 채워져가리라는 예감도 함께 찾아왔다. 나는 지연이 느끼는 희열, 슬픔, 절망, 불온한 희망의 내용들을 모두 내 내면의 표정으로 가져와 영원히 향유하게 되기를 바랐다. 달리 말하자면, 모든 시작들이 바스러지며 날아가게 될 끝자리가 잘 보였다. 나는 아마도 선량한 악인, 신중한 비겁자, 병자나 노약자로서 이 친밀한 관계에서 퇴장하게 되기 쉬웠다. 그걸 너무 아파하지도, 지연을 아프게 하지도 않을 작정이었다. 그런데 그건 가능한 결심일까.

5월 둘째 주 금요일이었다. 아침 일찍 지연이 내게 전화를 걸어왔다.

"저녁 약속 취소하려고 해요."

지연은 묘하게도 마치 나처럼 말했다. 용건부터 간단히.

"그래, 알았어. 그러자. 무슨 일인지 물어봐도 되니?"

"혼자 있고 싶어요."

"……"

"생각할 시간이 필요해서요."

"……그럼 내가 내일 아침에 전화할까?"

"왜요? 왜 그래야 하죠?"

"……"

"잘 지내요. 끊을게요."

인사말 끝에 잠깐의 침묵이 찾아왔고, 전화는 이내 툭 끊어졌다. 나는 '생각할 시간'의 의미를 묻지 않았다.

이틀은 그럭저럭 견딜 만했다. 사흘째 낮은 속수무책이었고, 저녁 무렵이 되자 슬프고 겁이 났다. 소민에게 전화를 걸어 넌지시 지연의 안부를 물어보기로 했다. 지연이 잘 지내고 있는지, 요 며칠간 어떤 모습으로 보이는지 대략이라도 소식을 전해 듣고 나면 마음을 추슬러 볼 수 있을 것 같아서였다. 그런데 소민은 전화를 받자마자 대뜸 지연이 이틀 전부터 나오지 않고 있다는 이야기를 끄집어냈다. 개인적인 사정 때문에 당분간 일을 쉬겠다고 양해를 구했다는 것이었다.

"너한테는 뭐라고 그러디?"

"나는……"

나 역시 그 이상은 아는 게 없다고 둘러대면서, 텅 빈 존재가 됐다. 무슨 말을 하고 또 듣고 있는 건지 인지하지 못하는 채로 소민과 몇 마디 더 주고받다가 전화를 끊었다. 그 개인적인 사정이란 게 뭘까? 나와 우리? 아니면 다른 문제? 내게 많은 것을 말하고 싶어했으면서도 정작 말하지 않은 게 있는 거라면……

차가운 미네랄워터 일 리터, 최선의 식단과 산책이면 컨디션을 회복할 수 있지 않을까. 나는 되도록 차분히 건강 일지를 뒤적여가며 그간 기록해온 메모들을 살폈다. 그러면서 내게서 멀어져간 사람들에 대해서 생각했다.

몇몇 지인들에게 짧은 안부 메시지를 보냈다. 모두의 답신을 기다린 건 아니었다. 한 사람 정도면 족했다. 한때 같은 직장에 다녔던 동갑내기 남자 동료가 적당할 듯했다. 나는 그가 최근 전주에 머물고 있다는 사실을 알고 있었지만, 때마침 서울에 와 있다는 답신을 받게 되길 헛되이 바랐다. 가능하다면 마주앉아 테니스에 관해 이야기할 요량이었다. 사내 동호회에서 테니스를 치던 때가 눈앞에 그려졌다. 코트에 발을 내디뎠을 때처럼 팔과 손아귀, 귓가, 다리의 감각이 살아났다. 공을 때릴 때의 기분, 상대편에서 타이밍을 놓치지 않고 내 공을 맞받아칠 때 전해져오던 기분좋은 긴장감이 되살아났다. 전임자가 인수인계를 제대로 하지 않고 떠나간 자리에 다급히 충원되었을 때, 각 부서 사람들의 도움이 필요했던 나는 서먹한 관계들 속으로 라켓을 들고 뛰어들었다. 단순한 규칙 속에서 날쌔게 뛰어다니며 상대편의 공을 받아치고 나면, 이제 더는 헛수고를 하지 않고도 뭐든 손쉽게 받아쳐낼 수 있을 것 같다는 자신감이 생겨났고, 그걸 에너지 삼아 책상머리의 일로 이어갈 수 있었다. 그때의 내가 그리워진 걸까. 아니면 지금 내게 필요한 감각 하나가 나를 보호하고 구하려고 지난 기억들 어느 한편에서 깨어나고 있나.

밤새 뒤척이다 아침을 맞았다. 머리맡에 두었던 휴대폰을 바지 주머니 속에 집어넣고 집안에 있는 지연의 물건들을 찾아다녔다. 내 공간으로 하나둘씩 끼어들어와 어느새 한 자리를 차지하고 있는 그것들을. 옷장에는 흰색 티셔츠 두 장과 회색 카디건 하나, 가슴팍 부분에 푸른 별이 그려진 잠옷 한 벌이, 화장실의 수납함 맨 아래 칸 한편에는 지연의 세안용품과 새 속옷 몇 장이 들어 있었다. 주방의 냉장고 상단에는 꽃, 우산, 곰, 신발, 전기기타 모양의 아기자기한 마그네틱 자석 여섯 개가 붙어 있었는데, 그중 빨간색 전기기타 두 개는 카페 윙스에서 벼룩시장이 열렸을 때 둘이서 함께 골라온 거였다. 나는 냉장고 앞에 멈춰 서서 빨간색 기타들의 위치를 이리저리 바꾸어보았다. 꽃과 우산 사이에 나란히, 곰과 신발 위편에 나란히, 맨 앞과 맨 뒤에 각기 하나씩. 그러고 나서 지연이 즐겨 앉던 소파로 가 한동안 가만히 앉아 있었다. 모든 게 지나가버리고 난 뒤, 이 시간을 막연히 '오래전'이라 부를 수 있을 어느 시기에, 지연이 누군가의 맞은편에 앉아 발끝을 까딱거리며 이렇게 회상하게 될지도 몰랐다.

'그 여자는 내가 원하고 필요로 할 때 두드릴 수 있는 특별한 문의 안쪽, 거기에 살았어요. 우리는 서로의 친구, 연인, 형제자매, 엄마와 딸, 사냥꾼과 포획물, 신랄한 독설가와 내성적인 관객, 꼿꼿한 삽자루, 헝클어진 뜨개질감, 얌전한 서랍장, 찢어진 스피커, 끓는 주전자, 챙이 넓은 모자, 그 무엇이든 다 돼볼 수 있었어요. 그리고 어느 날 더는 서로에게 아무것도 되지 않기로 했어요.'

주머니 속에서 휴대폰이 울렸다. 발신자를 확인하며 실망감에 무너지지 않으려 호흡을 가다듬었다. 아직은, 지연이 아니다.

"응, 소민아."

벽시계를 보니 어느새 열한시를 향해 가고 있었다.

192

"바빠?"

"괜찮아."

내 대답은 내 귀에조차 신통치 않게 들렸다. '괜찮아'라는 말이 메아리가 되어 가슴 안쪽을 휘젓고 맴돌며 아린 감각을 자아냈다. 하지만 소민은 내 말을 믿었다. 아니면, 믿고 싶어했다. 소민은 중경의 담임과 면담하는 자리에 남편과 동행하기로 한 정황을 늘어놓고는, 그일로 모데라토를 비우게 됐으니 반나절만 대신 자리를 지켜줬으면 좋겠다고 부탁해왔다. 지연의 빈자리를 집요하게 의식하고 헤아리는 내게 가장 친한 친구가 혹독한 주문을 해오다니. 나는 이참에 하루이틀 정도 문을 닫는 게 낫지 않겠냐고 권했는데, 소민이 뜻밖의 이야기를 꺼냈다. 지연이 사전에 저 대신 일할 사람을 연결해주고 갔다는 것이었다.

"내가 어제 그 말은 안 했니? 지연이가 믿을 만한 사람이라고 하면서 전화번호를 하나 주고 갔어. 저 없는 동안 일손이 부족하면 편하게 부탁해도 된다면서. 그새 사람 새로 구할 일이 뭐가 있겠나 싶었는데, 내가 다급하니 어쩌겠어. 아까 전화해서 한 일주일만 일해달라고 부탁해봤더니 다행히 그럴 수 있다고 하더라. 한 시간쯤 후면 도착할 거야. 근데 아무리 그래도 오늘 처음 보는 사람한테 가게를 통으로 맡길 수야 있니. 어떻게 좀 안 될까?"

나는 처음과는 다른 이유에서 대답을 망설였다. 누구지? 내가 모르는 누구?

"그럴 새가 다 있었나보네……"

"웬걸. 한바탕 난리 쳤어."

"아니, 지연이 말이야."

"둘이 서로 잘 아는 사이라고 하더라고."

"그렇대?"

"그렇대."

"얼마나?"

"어? 어휴 얘, 나 요새 제정신 아니었어. 애들 아빠랑 다시 합칠까 고민중이야. 머리가 터질 것 같아."

나는 모데라토로 가겠다고 대꾸하면서 방으로 가 옷장을 뒤적였다. 하얀색 블라우스, 검정색 정장 바지와 검정색 페도라……

전화를 끊고서 골라낸 옷들을 매치해보았다. 앞 머리카락을 자연스럽게 흘러내려오게 하여 한쪽 눈을 가렸다. 마음의 혼란이 두 눈에 훤히 다 드러날 것 같아서였다. 지연을 어떻게, 얼마만큼 아는 사람인지 가늠이 되지도 않았지만, 내 눈이 불안한 짐승처럼 빛나고 있는 걸 느꼈고, 나조차 그게 두려웠다.

모데라토에서 가까운 공영 주차장이 만석이라 주변을 맴도느라고 약속 시각 한시에서 이십 분을 넘겨버리고 말았다. 모데라토에서 좀 떨어진 곳에 위치한 사설 주차장에 차를 세워두고서 허둥지둥 빠져나오며 등줄기에 땀이 흘러내리는 걸 느꼈다. 스스로에게 물어야 했다. 지금 나를 잡아당기고 있는 건 지연인가, 죽은 옛사랑의 그림자인가. 나는 무엇에 더 끔찍이 매여 있는가. 삶? 죽음? 사랑? 애욕? 횡단보도 저편에서 사람들이 신호가 바뀌기를 기다리며 서 있는 게 보였다. 나는 그들의 맞은편 보도에 멈춰 섰다. 한 남자가 눈길을 끌었다. 구부정한 어깨, 풍성한 머리칼, 호리호리한 몸매에 타이트한 재킷과 바지.

신호가 바뀌자 남자가 내 쪽으로 걸어왔다. 나는 눈을 깜박이지 않으려 미간에 힘을 주며 걸어나갔다. 가는 입매와 서늘한 눈빛, 칼귀. 모든 게 죽은 그와 닮았다. 하지만 남자가 나를 스치며 지나쳐갈 때, 내 지각이 구부러진 스푼처럼 망가졌다는 걸 깨달았다. 냄새가 다르다. 아니, 모든 게 다르다. 돌아보니 뒷모습조차 완전히 다르다. 시야가 뿌예졌다. 눈물이 흘러내릴까봐 고개를 들었다. 허리를 세우고 다리를 곧게 내뻗어 모데라토로 향했다. 거기서 대면해야 하는 현실이 무엇이든 간에 지레 먼저 비틀거리는 모습을 보일 수는 없었다.

가게 앞에 다다라 쇼윈도 안쪽을 들여다보니 소민은 이미 자리를 뜬 모양이었다. 긴장하며 온 탓에 뒷목과 어깨, 눈자위가 다 뻐근했다. 고개를 천천히 가로저어 뭉친 근육을 풀어주고서 옷매무새를 가다듬은 후 문을 열었다. 딸랑. 출입문에 매달린 종이 울리자, 이십대 후반쯤으로 보이는 여자가 돌아서며 미소 지었다.

"어서 오세요."

중저음의 허스키한 목소리였다. 내 어깨에서 가방끈이 흘러내려왔다. 나는 그게 내 마음의 균형이 허물어졌다는 신호로 보이지 않기를 바랐다.

"소민이가 얘기하고 갔죠?"

"네에? 아! 안녕하세요?"

나는 카운터로 다가가 가방을 내려놓았다. 여자가 곁에 따라붙었다. 희미한 향이 느껴졌다. 민트, 레몬, 버베나.

"여기, 이거요."

여자가 손끝으로 카운터의 귀퉁이를 가리켰다. 거기에 노란 포스트 잇이 붙어 있었다. '늦을지 몰라. 끝나면 알아서 정리해줘.' 나는 페도라를 벗어 들면서 내 이름을 말했고, 여자에게도 이름을 물었다. 해령이라는 대답이 돌아왔다.

"은혜 할 때 혜 아니고요. 아, 이, 예요, 아, 이, 해."

여자가 그렇게 말하고는 어색하게 웃었다.

"해, 안 해, 못해, 할 때 그 해요?"

분위기를 풀려고 던진 농담이었는데, 자연스럽게 해내지 못한 것 같았다. 해령이 미소를 거두었다.

"지연이한테 얘기 많이 들었어요. 잘해주신다고……"

해령이 말끝을 흐리며 손을 길게 뻗어 내 팔꿈치에 슬며시 댔다가 뗐다. '많이'라면, 얼마나 많이? 나는 그녀를 조심스레 바라보았다. 가르마가 선명히 드러나는 흑발, 짙은 눈썹, 도드라진 광대뼈, 검정 블라우스와 검붉은 H형 스커트. 진하고 또렷한 인상 때문에 은근한 암시를 즐기는 취향일 거라고는 짐작되지 않았다. 그저 내게 조금 더 정감 있게 인사하고 싶었던 것뿐인지도 몰랐다. 나는 뒤돌아서서 전신 거울 앞으로 다가갔다. 거울 모서리 한쪽에 페도라를 걸쳐두고 그 앞에 서서 내 매무새를 살폈다.

"지연이는 지금 동헌씨랑 있대요. 그렇게 전해달라고 하던데요. 저도 방금 전에야 알았어요. 둘이 여행 가려나봐요. 서울역이라던데."

해령이 내가 마주한 거울의 상 안으로 발을 들여놓으며 말했다. 순간 이상하리만치 마음이 차분하게 가라앉았다. 포기와 낙담, 체념, 그 어느 것도 내 감정을 온전히 설명할 수 있는 단어는 아니었지만, 나는 포기와 낙담과 체념 뒤에 이어지기 마련인 긴 수궁의 터널로 터덜터덜 걸어들어갔다. 판단력을 잃었던가보다. 나에게만 너의 문이 열리고, 너의 시간이 펼쳐진 것처럼, 마치 내가 너의 유일한 사람인 것처럼, 무언가가 나를 뒤흔들어놓고 말았구나.

"공과 사는 구분하는 친군 줄 알았는데, 무슨 일이래요?"

나는 제법 야무진 체했지만, 무슨 말이라도 주워듣기를 바라며 서 있는 스스로가 안쓰러워질 지경이었다. 그나마 내 질문은 대답을 들을 수 있는 기회로 이어지지도 못했다. 그때 손님들 넷이 가게 안으로 막 들어섰기 때문이었다.

"어서 오세요!"

해령이 재빠르게 손님들을 향해 갔다. 여자 네 명이 각기 둘씩 팔짱을 끼고서 내부를 쓱 훑어보더니, 본격적으로 옷들을 둘러보기 시작했다. 그들은 요란스럽게 떠들면서 치마 길이와 네크라인, 소재들의 감촉을 비교하며 품평했고, 뭐가 좋다는 이유로, 또 뭐가 나쁘다는 이유로 소리 높여 깔깔거렸다. 나는 해령에게 같은 질문을 다시 꺼내볼 수 있을 것 같지가 않아서 이 상황이 불쾌하게까지 느껴졌다.

해령이 손님들을 따라다니며 신상품들에 대한 정보를 읊었다. 그리고 "천천히 둘러보세요" 하더니 도로 제자리로 와 내 귓가에 대고 나지막이 읊조렸다.

"저, 아까 하신 말씀이요……"

나는 듣고 있다는 표시로 고개를 한번 끄덕였다.

"이해를 좀 해주셨으면 좋겠는 게…… 지연이가 요새 좀 많이 복잡했어야죠."

나는 그 말의 여운 속에 잠시 굳은 듯 서 있었다.

따뜻한 차 한 잔이 필요했다. 전기 주전자에 생수를 넣고 물이 끓기를 기다리는 동안, 손님들 중 바짝 마른 중년 여자가 다가와 전신 거울에 걸쳐뒀던 내 검정 페도라를 집어 올렸다.

"이야, 이거 내 스타일인데!"

여자가 페도라 챙을 거의 움켜쥐고 흔들며 거울 앞으로 다가섰다. 나는 타이르듯 말했다.

"파는 게 아니에요. 제 겁니다."

"그래? 보기엔 새거처럼 보이는데. 괜찮으니까 나한테 팔아. 얼만데?"

"사연이 있는 물건이라서 안 되겠네요."

그러나 여자는 아랑곳하지 않고 거울 앞에 서서 페도라를 쓴 자기 모습을 감상했다. 할말을 잃은 채 해령 쪽을 돌아보니 해령은 다른 일행들을 주시하는 중이었다. 무엇이 문제인가 싶어 나도 그 시선을 뒤따랐다. 그러자 일행 중 한 사람이 내 시야를 가로막으며 앞으로 튀어나와 외쳤다.

"어휴, 엄마! 딴거 다 놔두고 왜 또 그걸 갖고 그래?"

한껏 톤이 높은 그 '또'라는 말이 두통을 일으켰다. 무례한 일들을 몇 번이고 되풀이할 수 있는 사람들이 오늘의 첫 손님이라면, 전력을 다해 사양하고 싶었다. 해령이 민첩하게 움직여 그들에게로 다가섰다.

"이봐요!"

잰 동작에 비해 느리고 묵직하게 울려 나온 해령의 목소리에는 경고의 의사가 담겨 있었다. 모두가 일시에 동작을 멈추고 해령을 주시

했다. 짧은 사이. 그리고 다시 이어지는 소요. 저쪽에서 점점 더 큰 소리로 대응하는 것을 지켜보면서, 나도 비로소 무슨 일이 벌어지고 있던 것인지 알아채게 됐다.

"그 가방하고 여기 이 점퍼 오픈해요!"

해령이 출입문을 막아서면서 그들에게 명령했다.

험한 소리가 몇 차례 오갔지만, 상황이 정리되는 데까지 오랜 시간이 걸리지는 않았다. 해령이 지목한 가방과 점퍼의 지퍼를 열자 드레스와 재킷이 드러났다. 나는 그들의 대담함과 기민함에 놀랐다. 그 옷들이 진열돼 있던 자리에는 얼룩덜룩한 낡은 니트 조끼와 더러운 손수건 한 장이 널브러져 있었다. 자기들 것을 던져두고 새것을 챙겨가는 시간을 벌기 위해 내 페도라가 소품으로 쓰였던가보았다. 해령은 옷들을 제자리로 돌려놓도록 시키면서, 다시 이곳에 발을 들이지 않겠다는 대답까지 받아냈다. 그들은 끝까지 뻔뻔하게 굴었지만, 서로 몸을 부딪쳐가며 서둘러 밖으로 몰려나갔다.

출입문이 닫히고 나서야 해령이 내 쪽으로 돌아서서는 고개를 가로저으며 한숨을 길게 내쉬었다. 무슨 말이든 먼저 건네야 할 것 같았다.

"여기서 이런 일은 처음 당해보네요."

"저 사람들, 옷 몇 벌 집어가려고 모이진 않았을걸요."

"……아는 사람들?"

"그냥 느낌에 그렇다고요. 간 보고 간 거 같지 않아요?"

"간을 본다고요?"

"네. 여기서 손발 맞춰보고 진짜는 딴 데 가서 크게 한판 제대로……"

헛웃음이 새나왔다.

그사이 물이 식어버려 다시 끓였다. 찻잔 두 개에 각기 다른 향의 허브 티백을 넣고 뜨거운 물을 부어 차를 우려냈다. 실 끝에 연두색 라벨이 달린 라임 향을 해령의 것으로, 갈색 라벨의 아몬드 향을 내 몫으로 골랐다.

해령이 찻잔을 조심스럽게 받아들고 카운터 뒤편의 벤치형 의자로 가 앉았다. 나는 해령으로부터 들어야 할 말들이 더 남아 있었지만, 서둘지는 말아야지 싶었다. 임시로 온 자리에서 번잡한 일들을 막 치러낸 사람에 대한 예의이기도 했고, 또 나로서도 짧게나마 해령의 입장에서 이 상황을 헤아려보는 일이 필요할 듯했다. 가정사로 골머리를 앓는 옷가게 주인, 어설프게 합을 맞추고 간 사 인조 도둑, 주인 대신 자리를 지키고 있는 주인의 동창. 아마도 나는 이제 웃을 수 있어야 할 것이었다. 할 수 있는 한 부드럽게.

"지연이 말이……"

해령이 운을 뗐다. 나는 아몬드 향이 도는 차 한 모금을 입안에 머금고서 이어지는 해령의 말에 귀기울였다.

"정말 걔 말이 맞나봐요."

나는 입속에서 미지근해진 찻물을 목구멍으로 천천히 흘려보내고서 물었다.

"무슨 말을 하던가요?"

"평소엔 잘 참던 건데 이젠 잘 안 되는 이유, 역시 애 때문인 거 같아요."

"애요?"

"제가 이제 임신 이 개월째거든요."

해령이 배에 한 손을 갖다 댔다.

"아!…… 조심해야겠네요."

"안 그래도 좋은 것만 보려고 노력하는데, 그러다보니 부작용이라고 해야 할까, 전보다 나쁜 게 훨씬 더 잘 거슬려갖고요. 아까 그 사람들이 모녀 행세하면서 속을 긁어놓는 데는 그만 정신 줄 놓고 욕할 뻔했어요."

"그러게요. 그 사람들 참 막무가내로……"

"것보다는 개수작을 부리니까요."

해령이 또렷한 발음으로 싫은 감정을 토해냈다.

"해령씨 아니었으면 난 당하고도 몰랐을 거예요. 좋은 옷 많다고 소문이라도 잘 나 있어서 그런 거면 좋겠는데…… 어쨌든 이미 벌어진 일을 어쩌겠어요. 다친 사람 없고 잃어버린 물건 없으니까 다행이라고 생각하고 넘겨야죠. 그래, 차는 어때요? 괜찮아요? 잔이 많이 뜨겁진 않죠?"

평상시의 나답지 않은 너스레. 해령은 그제야 긴장이 풀렸는지 천천히 자세를 고쳐서 편히 앉았다.

"네. 근데 커피 끊으니까 커피 생각도 더 많이 나갖고요…… 아휴, 아이는 저랑 다른 걸 좋아했으면 좋겠어요."

"아무래도 바라는 게 많이 생기죠?"

"것보다도…… 저 같지는 말아야죠."

그 말에는 적절히 응수하기가 어려웠다. 해령이 눈치껏 말길을 다른 데로 돌렸다.

"애 키우려면 공기정화기 하나는 있어야 하겠죠? 지금 사는 데가 좀 좁고 습한데……"

"글쎄, 난 아이가 없어서 조언해줄 게 그다지 없어요. 지연이가 그 얘긴 안 하던가요?"

나는 개수작을 벌이고 있다는 인상을 풍기지 않기 위해서라도 해령이 알고 있는 내가 누구인지 파악해야 했다. 해령의 태도와 말에 비추어보자면, '해령이 아는 나'는 일단 친절했다. 사려 깊은 편이며, 지연이 일하는 매장 주인의 오랜 친구로서 여자들 간의 우애가 무엇인지 잘 아는 사람이었고, 무엇보다 지연에게 일자리를 소개해준 고마운 사람이었다. 그러고 보니 초면에 내 팔꿈치에 슬며시 손을 갖다 대던 저편의 호감과 호의가 이해될 듯도 했다.

"한번은 크게 아프셨다면서요? 쓰러지신 적이 있다던데."

"그런 말을 다 했어요?"

"네."

"지연이랑 각별한 사인가보네요."

내가 감탄하는 표정으로 화제를 바꾸자 해령이 눈웃음을 지었다. 마치 그런 때 혼자 헤아리게 되는 생의 기쁨이 따로 있다는 것처럼.

"바쁘다는 핑계로 잘 못 보고 사는 형편이라 그렇게 말하긴 좀 뭣한데…… 그래도 좋은 일이나 나쁜 일이나, 무슨 일이 생기면 탁 떠오르는 첫번째 사람이 개이긴 해요."

"부러워라!"

내 조그만 탄성이 부적절했던가. 해령이 찻잔을 양손으로 감싸든 채로 나를 빤히 쳐다보았다. 나는 살면서 익힌 요령대로 이런 순간에 자연스럽게 늘어놓을 대사가 있었다.

"나는 여태 누구하고도 오래 그래보지를 못했네요."

"무슨요. 제가 다 들은 게 있는데요."

나는 잠시 생각에 잠겼다.

"보육원에 있었던 거 사회에서 만난 사람한테 말하는 게, 생각하시는 거보다 힘든 일이에요. 직장이 걸려 있으면 더 그렇고요. 제가 겪은 게 있어서 지연이보고는 그러지 말라고 단단히 일러뒀어요. 근데도 그런 얘기까지 했다니까, 뭔지는 몰라도 그럴 만한 이유가 있나보다, 저는 그렇게 보는 거죠."

날카로운 날이 가슴을 휙 긋고 간 듯했다. 자책 때문은 아니었다. 그보다는 더 깊숙이 아팠고 아스라이 슬퍼졌다. 지연이 내게서 멀어지자마자 그렇게 쉽사리 내가 모르는 사람들의 말 속에 갇혀버릴 수 있다는 것이. 내가 그애를 더이상 만질 수 없다는 것이. 나 역시 내 고통을 은밀히 가둬야 했다. 오래된 벽에서 떨어진 페인트 조각 같은 걸 나라고 가정해보면서. 공기중으로 새나온 내 목소리는 물기 없이 바스락거렸다.

"요새 힘들었다는 건 몰랐어요. 내색을 전혀 않던데."

그러자 해령은 고개를 가로저었다.

"아는 것도 모르는 것도, 전 그러려니 해왔어요. 지연이가 안정됐으면 좋겠으니까, 그렇게 될 거야, 되겠지, 하면서. 근데 아까 전화 받고 나니까 좀…… 지연이가 동헌씨 집에서 점점 딸 겸 예비 며느리 겸 그렇게 돼가는 거 같거든요. 동헌씨 부모님은 아들 마음잡는 데 당장은 그게 도움이 된다고 생각하는 모양인데, 그 뭐라고 해야 하나

요? 다 같이 있는 그림을 가만히 그려보면, 막 축복해주고 싶고 그런
게 아닌 거예요. 왜 그런 거 있잖아요? 어릴 때 보면 잠자리 잡아서
예쁘다고 손안에 쥐고 있다가 바스러뜨려 죽이고 마는 그런 남자애
들. 그것밖에는 몰라서 움켜쥐고만 있는 사람들. 그 틈바구니에 지연
이가 있는 거 같다고 하면, 이해가 되실까요?"

　비로소 알게 된 엄청난 사실은 아니었지만, 손아귀 속 잠자리라는
표현에는 조금 놀랐다. 내게 무슨 해결책을 바라는 게 아니라면, 지연
의 문제가 내 문제와 맞닿아 있다고 짐작하는 것이 아니라면, 이 말들
은 무엇을 기대하는 고백일까. 해령의 진의가 무엇이든 간에 내가 보
탤 수 있는 말은 없을 듯했고, 그러고 싶지도 않았다. 지연이 이 문제
로 괴로웠던 거라면, 그래서 지금 이 자리에 없는 거라면, 더욱 무너
지고 싶지 않았다. 나는 마고가 되어야 했다.

　"뭐 어쩌겠어요."

　"네?"

　"다른 사람이 뭘 어쩔 수 있겠어요. 다 본인이 알아서 해야 할 일이
죠."

　나는 그렇게 뱉어놓고는 미안하다는 듯 미소를 흘리며 여지를 남기
고자 했다.

　"나한테 연락처 좀 알려줄 수 있어요?"

　해령은 약간 당황한 듯 보였다.

　"누구, 제 거요?"

　"네."

　"사장님이 알고 계시긴 한데……"

휴대폰을 건네자, 해령이 연락처를 입력했다. 나는 '솔직히'라는 단어를 좋아해본 적도, 그런 말을 하는 사람들을 솔직하다고 생각해본 적도 없지만, 그 순간 그 단어를 사용했다. 솔직히 말해서 사정이 어떻든 지연은 젊고, 난 언제나 그애의 행운을 빈다고. 나는 그토록 엉성한 응원의 가락을 남의 삶에 대고 두드려본 적이 없었다. 해령의 말대로 지연이 지금도 또 앞으로도 동헌과 함께일지 모른다는 생각이 들었다. 내게 말을 하지 않은 것은 그럴 필요가 없었기 때문일지 몰랐다. 미래를 기약하며 오늘을 붙잡는 사람들이 모여 있는 곳. 내가 상실한 영토. 어쩌면 지연을 다시는 볼 수 없을지 모른다는 예감의 극단에서 내 존재가 점멸하고 있는 듯했다. 나는 내면의 힘을 그러모았다. 지연과 전에 나누었던 대화들이 나를 할퀴며 일어나 더 과민한 내 안의 다른 표적들을 향해 가고 있는 것처럼 느껴져 고통스러웠다. 하지만 내가 처한 곤경을 들키면 안 되었다.

"그렇게 말씀하시다니 의외인데요. 지연이 말로는……"

해령이 내 눈치를 살폈다.

"무슨 말을 했는지는 모르겠지만, 크게 괘념치는 마세요. 그 나이엔 그 나이에 보이는 걸 볼 뿐이죠. 지연이는 나를 잘 알지 못해요."

나조차도 그 말을 내뱉은 뒤에야 알았다. 그게 내가 해령의 편에 지연에게 보내는 전언이라는 것을. 나는 자리에서 일어섰다.

손님이 들었지만, 영업을 하지 않고 돌려보냈다. 해령에게 가게 안에 걸려 있는 옷들 중에서 세 벌을 고르도록 하고 내가 대신 값을 치르게 해달라고 했다. 해령은 어리둥절해하면서도 거절하지는 않았다. 나는 모데라토의 오후 수익으로 기록될 세 벌의 옷값으로 우리 노동의 의무를 면제했다. 내 친구의 임신부 임시 직원을 고객 자리에 앉히고 우대하는 일, 세상의 모든 말 못할 인연들을 위한 친교, 일종의 작은 흥정과 각성, 잘 보이려는 일, 잘 봐달라고 미리 부탁하는 일, 혹시 내가 스스로도 알지 못하는 실수를 범했더라도 아직은 만회할 기회가 남아 있고 그럴 의지도 있는 것처럼 구는 일.

"배가 점점 불러올 텐데, 이런 게 필요할까 싶기도 한데요."

해령이 옷가지를 몸에 대고 거울에 비춰 보더니 나를 돌아보고는 말했다. 웃을까 말까 망설이는 듯한 표정이었다.

"예쁜 엄마는 모든 아이들의 복이라잖아요."

"아, 그래요?"

"그냥 내 말이 그래요."

내가 웃음을 흘리자 해령이 따라 웃었다. 내가 이 순간 진심이라는 것을, 적어도 진심인 데가 있다는 것을 그녀가 느꼈으면 했다. 한편으로는 지연과 해령이 어느 어둡고 추운 밤 가벼운 포옹과 입맞춤 이상의 것을 나누었을지도 모른다는 상상과, 그렇더라도 이 여자 해령에게 지금 가장 중요한 존재는 뱃속의 아이와 아이의 아빠일 것이라는 추측 사이를 짧게 배회했다.

"애를 낳으면……"

해령이 새로 골라 든 블레이저의 칼라 모양을 잡으면서 말했다.

"지연이가 대모를 서주기로 했었거든요. 옛날에, 우리 다 어릴 적에요. 세례 받는 아기들이 좋아 보여서요."

해령이 옛 추억을 떠올린 것인지 거울을 보며 빙긋 웃다가는 고개를 가로저었다. 이럴 때는 지연과 닮은 데가 있구나 싶었다.

"절에 다녀요, 전. 개종할 마음은 없고요. 근데 세례명이 되게 예쁘고 좋은 거예요. 아가다, 모니카, 마리아. 예쁘고 좋은 게 좋더라고요. 갖고 싶고 하고 싶은 거 없는 사람처럼 살면 정말 그렇게 되더라고요. 이제 애 때문에라도 제가 좀 귀해져봐야지 싶은데…… 마음뿐이고 그렇죠."

해령은 남편이 작은 개인 사무실을 꾸려 컴퓨터 수리와 임대를 한다고 했다. 손재주가 좋고, 귀염성 있는 생김새에, 무엇보다 성실하므로, 언젠가는 행운이 그의 편일 그런 인물이라고. 해령은 검정색 블레이저와 체크무늬 스커트, 빨간색 후드 베스트를 골라 옷걸이째 조심스레 쇼핑백에 담았다.

"제가 쓸데없이 걱정만 끼친 건 아닌가 모르겠네요. 지연이 괜찮을 거예요. 괜찮아질 때도 됐죠."

해령은 이제 무슨 부탁이든, 어떤 질문이든 들을 준비가 되어 있다는 듯이 다소곳하게 앉아 내 말을 기다렸다. 고맙습니다. 저도 값을 할 게 있다면 그렇게 하지요, 하는 듯이. 나는 창밖으로 고개를 돌리고 잠시 숨을 골랐다. 말들을 기다리는 침묵, 고요를 헤아리는 고요가 우리 둘 사이에 잠시 가로놓였다. 어느 순간 우리는 시선이 부딪쳤다. 해령과 나는 서로의 얼굴을 마주 바라보았다. 나는 하루 일과를 마치고 집으로 향해 갈 때 좀더 지혜롭고 여유로워 보이는 나이든 사람들을 떠올려보고자 했다. 더는 궁금한 것도, 바랄 것도 없다는 듯한 표정으로 느릿느릿 제자리로 걸어가 오직 자신과 함께 있기를 바라는 사람들을. 온화한 영혼을 지닌 사람처럼 비치고 싶다는 욕망을 고무하여 평정심이 무너지려는 찰나를 가까스로 참아 넘겼다. 순간 해령의 눈동자가 흔들렸다. 나는 내가 이곳으로 가지고 들어온 질문을 상대의 영역으로 쳐 넘겨야 하는 순간이라고 여겼다. 테니스코트 위의 선수처럼, 번득이며 적시에 뛰어올라 라켓을 휘두르듯이.

'그 여자는 어떤 사람이야? 하는 그 질문을, 돌아가서 당신이 지연에게 해야 합니다. 그래주세요.'

나는 내 고요한 의지를 눈빛에 담아 온전히 전할 수 있어야 했고, 또 꼭 그렇게 해낸 것만 같았다.

"정리는 내가 할 테니까 먼저 들어가요."

나는 천천히 말했다.

"네? 그래도 될지……"

"네, 그렇게 하세요."

해령은 머뭇거리다가는, 이내 가방을 챙겨들고 밖으로 나섰다.

모데라토의 출입문이 딸랑 소리를 내며 닫혔다. 나는 눈을 감았다. 하나, 둘, 셋, 넷…… 백만, 천만, 억. 영겁의 파도가 나를 씻고, 씻고, 또 씻어 먼 데로 데려가주었으면.

세 시간쯤 후 소민에게 전화를 걸었다. 연결음이 울리는 동안, 소민에게 전할 말들을 머릿속으로 빠르게 정리해보았다. 오늘 하루 모데라토는 별문제 없이 돌아갔고, 해령은 성실히 일한 뒤 퇴근했고, 어떤 옷을 팔았는가 하는 이야기들을. 소민의 한낮이 전투적이었더라도, 여기 다른 일상은 평탄하게 굴러가고 있었다는 게 소민에게 위로가 될 듯해서였다. 그러나 소민은 아무 말도 듣고자 하지 않았다.

"속상해 죽겠다, 정말."

소민이 아이들 문제로 만사 의욕이 없어졌다며 흐느꼈다.

"네 말대로 좀 쉬어야겠어. 나도 사람이란 걸 손톱의 때만큼도 알아주지 않아. 가까운 인간들이 더해. 지독한 것들."

나는 그때 휴대폰을 들고 선 내 모습이 거울에 쓸쓸하게 비친 것을 보았고, 곧 외면했다.

*

내 인내심은 바닥나지 않았다. 걱정과 후회, 연민과 기원으로 포기와 대기 상태를 오가면서 잠을 설치곤 했지만 놀라운 치유력으로 아침을 맞았다. 나는 빠르게 많은 것들을 해치웠다.

새 일거리를 찾아보았다. 번역 업체 세 곳에 이력서를 넣고 그중 한 곳에서 테스트용 번역거리들을 받아왔다. 나 정도의 노동력은 최선의 노력을 최대치로 뽑아내 값싸게 제공하는 경우에만 효용 가치가 생겨났으나 그 문제에 불만을 가질 여력은 없었다. 내 자의식은 다른 영역에서 훨씬 분주해졌다. 나는 지연과 만난 후 일어났던 일들과 이어져온 약속들, 그애의 표정과 고백들을 되짚어보았다. 지연에게 어쩌면 급박한 일들이 일어나고 있을지 모른다는 예감이 위태롭게 부풀어오를 때도 있었다. 그러면 철분제를 삼키고서 내가 방금 목구멍으로 넘긴 것은 진정제나 수면제라는 최면을 걸었다. 내게 당장은 필요치 않고 사소한 정보들이라도 다른 누군가 열광하고 있는 것이라면 분별없이 수집했다. 조립식 가구나 도자기 페인팅에 관한 사이트들과 오프라인 판매처, 갖가지 조명 기기들을 판매하는 전문 상가 밀집 지역, 유기농 식재료로 잼을 만들고 보관하는 방법, 유명인들을 본떠 만든 밀랍 인형 전시회 소식, 각종 물비누와 피부보습제의 유해 성분의 유무 같은 시시콜콜한 것들을. 그러면서 한편으로는 은밀하게 다른 모험의 샛길로 접어들었다. 지연이 선망의 눈길로 나를 바라보곤 했던 무대를 떠올리며 그애와 나를 닮은 환영들을 그리로 데려가보곤 했던 것이다. 〈에쿠우스〉의 알렌 역을 연기하는 소녀 시절의 지연을 그려보면서 상대역인 다이사트의 대사들을 소리 내어 연기해보았다. 말발굽 소리, 달밤, 땀에 젖은 말과 알렌, 소년이 아닌 소녀 알렌, 하늘 아래 거칠 것 없이 질주하는 야성, 누구도 거기 재갈을 물릴 수 없는 희열.

나는 헝클어진 발걸음으로 신 앞으로 걸어나가는 자의 내면에 대해서도 그려보았다. 내 안에 웅크리고 있는 열망들을 흔들어 밖으로 끌어내보려 노력했고, 그것들에도 이야기의 주인공들처럼 구원이 필요하다고 스스로에게 주장해보았다. 실제로 술을 마신 상태에서 내뱉는 말과, 그저 빈 술병을 들고 취한 시늉을 하며 녹음한 대사를 비교해보는 시간도 가졌다. 소파와 식탁과 침대 위로 수많은 유령들과 가상의 등장인물들, 이제는 만날 수 없게 된 사람들, 예고 없이 일어났던 이별과 감당하기 벅찼던 사랑과 원망의 감정들이 초대되었다가 사라졌다. 저녁식사를 거른 상태로 알코올이 위를 자극하도록 내버려두고서 아무렇지 않게 이대로 미쳐갈 수 있다면 그러고 싶다는 염원을 갖기도 했다. 그러나 이튿날이 되면 내가 멀쩡히 제정신으로 깨어나리란 걸 알았다. 밤시간에 분열하며 에너지를 소진하고, 한낮의 거짓 활력을 진짜인 것처럼 고양하여 밤의 양분으로 도로 가져오는 일의 반복. 나는 이런 내가 안심이 되기도 했고, 환멸스럽기도 했다. 자신을 위와 아래, 혹은 좌와 우로 나누어 반 토막만 데리고 다니고 싶었다. 전체가 아닌 부분을 나라고 주장하며 전시하는 게 지금으로서는 합당한 일 같았다.

그런 지경이다보니 가까운 관계들로부터는 한 걸음 뒤로 물러나 있게끔 됐다. 나를 신경쓰거나 또는 신경 쓰이게 하거나, 서로의 표정과 사소한 언행에서도 기분의 온도 차를 가늠할 수 있을 정도의 관계는 스트레스가 되었다. 번역거리들을 붙잡고 씨름하고 있다는 과장 어린 푸념 뒤에서 숨어 지내는 동안, 내 오랜 친구는 내게 그럴 만한 다른 이유가 있으리라고 짐작한 것 같았다. 나 역시 소민의 문제에 진심으로 귀를 기울일 형편이 못 되었기에 그에 관해 아무런 질문도 꺼내지 않았다. 하지만 미진한 감정을 뭉뚱그려 서로의 등뒤로 던져놓음으로써 가까운 관계에 벽이 쌓이게 되는 일들을 내가 얼마나 버텨낼 수 있었겠는가. 이미 그로써 잃은 것이 있다는 자각이 일 때마다 나는 감정적으로도 실제로도 목이 마르고 탔다.

너무 늦기 전에 모데라토로 가봐야 할 것 같았다. 이를테면 해령의 마지막 근무일을 놓쳐버린다면, 그러면 너무 늦어버리는 것 아닐까. 나는 지연이 자취를 감춘 지 열흘째 되는 날, 공들여 화장을 하고 집 밖으로 나섰다. 담담하고 태연하게, 절도 있고 냉정하게, 꿈꾸듯이 나른하게, 노래하듯 유연하게. 내 마음의 악보 위에 갖은 문구들을 썼다 지웠다가 하면서 그런 스스로를 온전히 누려보려고 했다. 그럴 수 있다고 믿으면서. 그러나 점점 다른 감정들은 다 지워지고 지연의 기약 없는 퇴장이 기정사실로 굳어지는 곳이 내가 도착해야 하는 단 하나의 무대일지 모른다는 두려움만이 남았다.

모데라토는 평온하고 고요해 보였다. 해령은 보이지 않았고, 소민이 카운터 뒤쪽에서 찻잔을 들고 일어났다.

"어이구야, 웬일로 텔레파시가 다 통했나보네."

소민은 내게 마침 전화를 하려던 참이라며 기뻐했다. 나는 초라하게 변명했다.

"근방에 인사할 데가 있어서 들렀다 왔어. 일거리 좀 가져왔는데, 괜찮지?"

내가 몸을 틀어서 둘러메고 온 가방을 내보이자 소민이 "그럼" 하고 짧게 대꾸하며 가방을 받아주었다.

"해령씨는?"

"야아, 너 이름을 다 기억하네?"

소민이 말꼬리를 장난스럽게 올렸다.

"그 친구는 닷새도 다 못 채우고 관뒀어. 손님이 내내 별로 없었어. 사장이 성실하지 않으니까 직원이 성실할 필요가 없어."

나는 그만 팔다리에서 힘이 빠져나가는 듯했다.

"괜찮은 사람 같던데."

"글쎄, 내가 좀 까다롭게 군 거 같기도 해서 기분이 좀 그러네. 나도 이러는 내가 당황스러워. 지연이 때문에 기준이 달라져버린 건지 뭔지."

소민이 한숨을 쉬더니 도리질을 했다.

"지연이 돌아오면 말이야, 돈을 얼마라도 좀 올려줄까 생각하고 있어. 사장이 직원한테 말로만 사정 봐달라고 하는 거 얼마나 재수없었겠니? 그러니까 아직 연락도 없지. 너한테도 없지?"

"그게 이유는 아닐 거야."

"아수라장으로 끌어들인 게 잘못이야. 나 같은 친구 둔 탓에 네 이미지만 망쳤다. 야. 어떡하니."

소민은 열띠게 수다를 늘어놓았다. 바쁜 게 차라리 낫다. 그러니 의욕을 갖고 해보려 한다. 직원 셋을 둘 만큼은 벌이가 괜찮아지면 좋겠다. 남들 이야기 들어보니 중경이 승경이가 특별한 게 아니라 애들은 다들 한창 속썩일 때가 있다더라. 일찌감치 철들어 효자 효녀 노릇한다는 남의 자식들 자랑만 곧이곧대로 믿고서 괜히 내 아이들만 잡았다. 애들이 무슨 잘못이냐. 애들 아빠도 나도 방황을 좀 하긴 했지만 다시 잘해볼 여지가 전혀 없는 건 아니니 두고 보기로 했다. 물론 두고 보는 일은 항상 마음 같지만은 않으니 너한테도 행여 무슨 실수를 할까봐 연락하는 게 편치가 않더라만……

그런 소민의 모습이 전보다는 확실히 나아 보여서 다행스러웠다. 이야기를 듣고 있는 동안만큼은 얼마간 내 근심도 묻혔다. 나는 벤치형 의자에 앉아 팔걸이 안쪽의 독서대를 꺼내 펼치고는 노트북을 올려뒀다. 그리고 챙겨온 인쇄물을 들여다보기 시작했다. 소비자의 라이프 스타일과 욕구를 파악하라. 브랜드 가치 창출과 차별화 전략으로 승부하라. 정서적으로 접근하라. 커뮤니티를 활용하라. 나는 영어로 적힌 그 문장들을 한글로 타이핑했다. 당장은 무엇에도 내 전체를 내어주기는 힘들 것이었다. 그러니 이런 구호 같은 글귀들 속으로라도 일단 피신해보려는 것이다. 소민이 곁으로 다가와 모니터를 빤히 쳐다보다가는, "다양한 라이프 스타일과 욕구가 존중되는 세상에서 살고 있는가 하는 질문을 먼저 하지 않을 수가 없네" 하고는 도로 멀어졌다.

　손님이 몇 차례 드나들었다. 별 소득은 없었다. 때늦은 점심식사라도 해결하고 돌아오는 게 어떨까 소민과 이야기하던 차에 예닐곱 살되어 보이는 여자아이와 아이의 엄마로 보이는 젊은 여자가 실내로들어섰다. 소민과 내가 노트북과 인쇄물들을 사이에 놓고 이야기하던와중이라, 아이디어 회의라도 하는 의욕적인 창업자들처럼 보였을지모른다. 여자는 근처에 자주 들르는 공방이 있다면서 거기서 모데라토 이야기를 들었다고 했다.

　"직접 만드시기도 한다고 들었는데, 맞나요?"

　"네, 아직 본격적으로 하는 건 아니지만요."

　소민이 발 빠르게 옷 몇 벌을 꺼내와 여자에게 보여주었다.

　"반응을 체크하는 중이라 손해 보지 않을 정도로만 가격을 매겼어요."

　소민의 말에 여자는 가격표를 확인하고는 한마디 했다.

　"생각보다는 꽤 하는데요."

　"디자인은 파격적인 것도, 타협적인 것도 있지만, 원단은 그런 거없어요. 좋은 게 좋은 거예요. 다른 옷들도 천천히 둘러보세요."

　여자는 옷감을 어루만지고 뒤집어본 후 아이의 손을 잡고 가게 안을 한 바퀴 둘러보았다. 소민은 멀찍이 떨어져 선 채로 잠자코 그들을기다렸다가 모녀가 다가오자 의자로 이끌어 앉혔다.

　"사진을 좀 가져와봤는데……"

　여자가 가방을 뒤적여 종이 몇 장을 꺼내더니 소민에게 건네며 말을 이었다.

214

"괜찮은 화보들로 몇 장 골랐어요. 딸애 걸로 두 벌 만들어 입힐까 하는데, 하나는 이런 어두운 느낌으로 고급스러운 정장 스타일이었으면 하고, 또하나는 여름날 잔디밭 색깔로 하늘하늘하고 자유로운 느낌이면 좋겠는데요. 어떨 거 같아요?"

"어디 보자. 잔디밭 사진은 안 가져오셨나보네요."

소민이 웃으며 농담을 하자, 여자는 정색하며 대꾸했다.

"지금 막 떠올린 그런 계열 컬러들이 있지 않나요? 그중에서 우리 애 피부색이 돋보일 만한 걸로 알아서 잘해주세요. 마음에 들면 나중에 몇 벌 더 맡기려고 하는데, 가능하죠?"

흥정을 할 줄 아는 사람이었다. 소민은 흥분을 감추고 있는 게 분명했지만, 적절한 때 선불금을 제시할 만큼은 이성적이었다.

"마음에 드실 거예요."

소민이 그렇게 장담하며 줄자로 아이 몸 치수를 쟀다. 아이가 장난스럽게 웃으며 뒷걸음쳤다가는 다시 엄마 손에 이끌려 얌전히 자세를 취했다.

"특별한 날에 입을 거라면 언제, 어떤 장소에서 입을 건지 저한테 알려주시는 게 좋아요."

소민이 아이와 눈을 맞추면서 아이 엄마를 향해 부드럽게 말했다.

"오디션이 있어요. 애가 연기에 소질이 있다니 할 수 있는 건 다 해봐야 되지 않겠어요?"

"아! 저희 매장을 찾은 세번째 배우네요. 이 친구도 배우예요."

나는 화들짝 놀랐지만 소민의 기대에 부응하고자 어정쩡하게 웃어보였다. 도움이 된다면 뭐라도 거들어야지 어쩌겠나 싶었다.

"그러고 보니 낯이 익은데요. 어디선가 분명히 봤는데……"

여자가 고개를 갸웃하며 미간을 찡그렸다. 나는 그녀를 수고롭게 하고 싶지 않아서 한마디 거들고 나섰다.

"생각하시는 그 사람은 제가 아닐 거예요. 전 요새 활동을 안 하거든요."

"아아아, 생각났다! 맞다, 맞아, 그 연극! 그 불타 죽은 여자가 쓴 거, 거기 나온 분 아니세요?"

이번에는 미소를 유지하기 어려웠다. 막을 내린 연극을 기억하고 있는 사람을 만났다는 사실보다는 그 '불타 죽은 여자가 쓴'이라는 표현 때문이었다. 아이가 호기심 가득한 눈으로 나를 바라보았다.

"중독이란 제목으로 올라갔었죠."

나는 순순히 제목을 일러주었다. 중독이라는 제목의 무게가 분별없이 자극적인 방향으로만 번져나갈 여자의 연상을 흩뜨려놓기를 기대했기 때문이었다. 이야기가 거기서 대충 정리될 줄 알았는데, 여자는 오히려 대단히 반가워했다.

"오디션 관련 정보들을 죄다 꼼꼼히 뒤져보고 있거든요. 기사건 광고건 다. 그 연극은 볼 기회를 놓쳤지만, 잡지에서 기사 봤어요. 분명히 기억나요. 알아요. 떠들썩했잖아요. 세상에, 이런 일이 다 있네!"

여자는 내 역할이 무엇이었는지는 몰랐으면서도, 기사에 실렸던 내 사진만은 생생히 기억난다고 주장했다. 그리고 연극의 뒷이야기가 모두 사실이냐고 묻더니, 어머니가 전노아의 팬이라 그 영향으로 자기도 어려서부터 영화와 드라마를 꽤 많이 보고 자랐다면서, 딸아이가 그 피를 물려받은 것 같다고 자부했다.

"공개 오디션이었잖아요? 거기서 되신 거 맞죠? 어떻게? 왜? 좀 찜찜하진 않으셨어요? 아무리 좋은 기회라도 좀 그렇잖아요, 누가 그렇게 끔찍하게 죽었다는 게."

여자는 끔찍한 이야기를 좋아하는 걸까? 오늘 귀가 후에 불에 타 죽는 연기를 딸아이에게 시켜볼 것인가? 나는 여자의 호기심과 모성과 열성 그 어느 것에도 흔쾌히 마음이 열리지가 않았고, 대신에 그 반동으로 내 안의 가장 어두운 문이 저절로 열려버렸다.

"끔찍한 죽음, 그게 바로 제 전공이거든요."

그 순간 나를 향한 소민의 눈길을, 나는 굳이 확인하지 않아도 느낄 수 있었다. 나를 만류하고, 다독이고, 가로막고 싶으면서도, 그 마음을 절제하고 있는 내 오랜 친구의 안타까움을.

"무슨 뜻이죠? 의대라도 나오신 건가?"

여자가 몸을 뒤로 조금 빼면서 의혹 어린 눈초리로 물었다.

"어릴 때부터 공포 영화를 미치게 좋아했는데, 그 덕을 많이 봤어요. 오디션장에서 갖가지 버전으로 비명 지르는 연기를 해서 합격을 했으니까. 저는 소품으로 장난감 총도 준비해가서 '날 뽑지 않으면 당신들 다 죽여버리겠어'라고 협박도 했어요. 절박한 마음을 독특한 유머로 승화시켰다고 자신만만했는데, 나중에 들어보니까 이전 참가자들 중에도 그러고 간 사람이 두 명이나 있었다고 하더라고요. 그래도 연출자가 좋게 봤으니 다행이었죠."

여자는 내 헛소리에 당황한 듯 웃음을 흘리면서도, 거짓말을 늘어놓고 있다는 의심은 하지 않는 듯했다. 이런 것을 좋은 정보라고 여길 만큼 문외한은 아니겠지만, 특이한 사례로 메모는 해두지 않을까 싶

었다. 돌아보니 소민은 입을 벌린 채 나를 쳐다보고 있다가 눈이 마주
치자 얼굴을 돌려버렸다.

"다음에 옷 찾으러 올 때 대화를 좀더 나눌 수 있을까요? 저희한테
도움이 될 만한 분을 소개해주실 수도 있을 것 같은데, 초면에 제가
무리한 부탁을 하나요?"

여자는 혹시 모를 가능성을 신경쓰는 듯 반듯하게 예를 갖추어 물
었다. 전노아를 염두에 두고 한 말이라는 걸 알아들었지만, 나는 의례
상 주고받는 인사말처럼 대수롭지 않게 받아넘겼다.

"네네, 그럼요. 그러세요."

여자는 딸아이의 연기 선생을 통해서도 소개받기로 한 사람이 있
다며 특별한 부탁을 한 건 아니라는 뉘앙스를 풍겼다. 그리고 다시 소
민과 디자인에 대한 이야기를 이어나갔다. 아이가 지루했던 모양인지
제 엄마 곁에서 몸을 꼬고 서 있다가는 슬며시 내 눈치를 보면서 가까
이로 다가와 섰다.

"사인도 있어요?"

아이는 허공에 글씨 쓰는 시늉을 하면서 속삭이듯 말했다. 나는 고
개를 가로저었다. 아이가 싱긋 웃었다.

"난 있는데."

"그래?"

아이에게 종이와 펜을 건네자, 아이는 늘어난 용수철 위에 리본을
매달아놓은 듯한 모양의 낙서를 해서 내게 건네주었다.

"신기하구나."

아이가 종이 한 귀퉁이를 손가락으로 콕콕 찍으며 말했다.

"여기다 이름 적어요."

"나?"

아이가 고개를 끄덕였다. 나는 푸른색 펜을 골라 들고 아이의 검정색 사인 옆에 조그맣게 '마고'라고 적었다. 아이가 손가락으로 벽면을 가리키더니 내 귀에 대고 소곤거렸다.

"사각사각 말랑말랑…… 알겠죠?"

아이가 장난스런 표정으로 뒷걸음질쳐가며 나를 쳐다보았다. 나는 아이가 가리킨 벽면을 쳐다봤다. 전노아의 사인이 붙어 있는 자리였다. 나는 그 옆자리를 가리키며 고개를 끄떡해 보였다. 아이가 엄마 곁에 다가서서는 검지를 제 입가에 댔다가 뗐다. 그게 저와 나만의 비밀스런 신호나 약속이라도 되는 것처럼. 나는 손을 가슴 앞에 모으며 맹세하는 시늉을 해 보였다. 그러자 아이는 그게 마음에 들었는지 쿡쿡 웃었다.

그날 밤 집으로 돌아와 다시 혼자가 되었을 때, 최근 내 앞에 펼쳐졌던 두 무대, '중독'과 '모데라토'란 이름의 무대에 조명이 전부 꺼져버린 듯했다. 내 새 배역의 이름은 아마도 어둠일 것이었다. 실내의 불을 전부 끄고 거실 바닥에 누웠다. 오랫동안 모든 것과 아무것도 아닌 것 간의 경계가 뚜렷하지 않은 내 세계에서 아슬아슬하게 살아왔다. 그 대가를 치르게 되려나보다고 생각했다.

초인종이 울렸다. 이어 요란하게 문 두드리는 소리가 들려왔다. 환청인가?

소리가 멈추었다가 다시 시작됐다. 신경질적으로 벨을 울리는 소리, 거세게 문을 두드려대는 소리. 나는 서늘한 예감으로 자리에서 일어났다. 매정한 시간이 어떤 모습으로 이 집 문턱을 넘어와 나를 후려치려는가.

인터폰을 확인하고서야 정신이 번쩍 들었다. 문밖에서 애타게 나를 찾던 사람은 지연도, 소민도, 해령도 아니었다. 동헌이었다. 나는 그를 안으로 들이며 거실에 환하게 불을 밝혔다. 그는 신발도 벗지 않은 채로 나를 앞질러 나가 망자의 그림 앞에 섰다. 붉은 소파와 카나리아의 그림 앞에.

"직접 들으러 왔어요."

동헌은 두 주먹을 꽉 쥔 채로 꼿꼿이 서서 내 눈을 들여다보았다.

"그래요, 그래요."

나는 무슨 상황이 벌어지는지 모르는 채, 그저 스스로를 내려놓는 기분으로 고개를 끄덕끄덕하며 그의 다음 말을 기다렸다.

동헌이 떨고 있었던 건지 내가 떨고 있었던 건지 모르겠다. 우리 사이에 흔들리는 막 같은 게 가로놓인 느낌이었다. 그는 내게 질문해야 할 게 무엇인지 정확히 모르는 듯했다. 어떻게 물어야 하는 건지도. 마치 그게 말문을 여는 주문이라도 되는 것처럼 주먹 쥔 한 손으로 이마를 몇 차례 가볍게 두드리다가는 이내 팔을 툭 떨어뜨리고 고개를 가로저었다.

"아아아아!"

그는 소리를 내지르며 제자리를 왔다갔다했다. 분개하는 동시에 창백해져갔다.

잠시 후 소파로 이끌어 앉힌 뒤 물을 한 잔 갖다주자, 동헌은 단숨에 들이켰다. 그리고 내가 자기를 회유하려 들 것이라 착각한 모양인지 돌연히 태도를 바꾸었다. 그는 내가 그의 말을 깊이 새겨들어야 할 것이라며 큰소리쳤다.

"그래요."

나는 이번에도 순순히 응했다.

그는 의외로 풀죽은 모습으로 이야기를 시작했다. 그러다 중간중간 비아냥거리며 화를 냈고, 잠시나마 짧게 웃기도 했다. 정말 웃기는 일이라고, 못 말리는 일이라고, 정신 빠진 짓이라고도. 그리고 아마도 스스로 많은 시간을 무용하게 지체했다고 인식했던지 억울해했고, 갑자기 차분해졌다. 그는 고개를 가로저으며 중얼거렸다. 지연에게 무슨 일이 이미 생겼거나, 조만간 생기게 될지 모른다고. 그러면 그건 모두 다 내 탓이라고, 천벌을 받게 될 것이라고. 나는 그 말에는 바로 대답할 수 있었다.

"그럴 리 없어요."

그런 확신은 이전에는 한 번도 가져보지 못했던 것이었다. 이상했다. 마치 내게만 보이는 불길 속에서 작은 불씨 하나를 꺼내 그의 앞에 얌전히 내려놓고 있는 기분이었다.

"그럴 리 없어요. 지연이가 나를 그렇게 만들 리가 없어요. 우리한테는 그저 시간이 좀 필요해요. 그러니 조금만 기다려봐요."

나는 대답했고, 동헌은 넋이 나간 사람처럼 멍하니 나를 바라보았다.

13

　지연은 기약 없이 사라진 후 나흘간을 동헌과 함께 대전에서 보냈
다. 이후 동헌은 혼자 서울로 올라와 이틀을 망설이다 내 집 문을 두
드렸다고 했다. 나는 나중에 두 사람 모두에게서 이 여정에 대해 전
해 들었다. 지연의 이야기는 같은 날, 같은 일에 관한 것이더라도 그
걸 말하던 때의 그애의 기분과 상태에 따라 더 좋거나 더 나쁜 쪽으로
심화되었다. 동헌의 이야기들은 내용보다도 심술궂은 그의 태도와 투
박한 언어 때문에 나를 자극하는 데가 있었다. 그는 나에게, 혹은 스
스로에게 화가 나 있는 상태였는데, 그래서 끝내 솔직할 수 없는 부분
들이 있었을 것이다. 두 사람의 기억은 당연히 한데 포개지지 않았다.
그러니 나 역시 나란 사람의 한계 속에서 그날들을 묘사할 수밖에 없
으리란 생각이 든다.
　나는 지연을 영영 놓쳐버릴 수도 있었던 어느 모퉁이나 교차로들에
대해 상상해보듯이 그들의 이야기를 내 안에서 그려보았다. 그리고

지연과 나, 리사와 마고의 재회에 의미를 불어넣을 연료로 삼았다. 그로써 이 여정은 지연과 동헌에게보다 내게 더 선명한, 내 식의 이야기로 남았다.

월요일 오후 한시경, 지연은 해령에게서 모데라토에 일을 하러 나와 있다는 내용의 전화를 받았고, 곧 내가 모데라토로 오리란 사실도 전해 들을 수 있었다. 어쩐지 가슴이 뛰기 시작했는데, 그게 어떤 종류의 흥분감인지 가늠할 수가 없었다. 기쁘면서도 슬프고, 용서를 구하고 싶은 마음인 채로 화가 났다. 지연은 해령에게 동헌과 함께 서울역에 와 있다고 말을 꺼냈으나, 이미 대전행 기차표를 끊은 상태인데도 불구하고 행선지를 밝히지는 않았다.

지연이 전화를 끊고서 동헌을 돌아보았을 때, 그는 막 자판기에서 뽑은 캔 콜라 두 개 중 한 개를 지연에게 건네며 억지 미소를 짓는 중이었다. 동헌은 지연의 기분을 맞춰주려고 평소보다 살뜰하게 굴고 있었다. 역까지 오는 길에 사소한 일로 공연히 길바닥에서 서로 언성을 높이게 됐던 걸 후회하고 있었기 때문이었다. 지연은 내내 시무룩해 보였는데, 그때는 그의 마음을 받아주는 것처럼 희미하게나마 웃음을 지어 보였다. 동헌은 기차 출발 시각이 거의 다 되었다고 말하고는 탑승구를 확인했다. 그들은 바닥에 내려두었던 짐들을 챙겨서 에스컬레이터를 타고 아래쪽으로 내려갔다.

지연은 필수품을 담은 배낭 외에 종이 쇼핑백을 하나 더 들고 있었다. 거기에는 내 옷장과 신발장에서 챙겨가지고 온 밤색 스커트와 웨스턴 부츠가 들어 있었다. 동헌은 15인치 은색 하드 캐리어를 끌었고,

왼쪽 어깨에 검정색 더플백을 멘 채였다. 그는 이 여정이 사흘 정도 될 것이라 생각했지만, 지연이 변덕을 부릴지도 모른다는 점을 감안해 이것저것 많이 꾸려넣었다. 일정이 길어지면 길어지는 대로, 행선지가 바뀌면 바뀌는 대로 불편한 일 없이 즐거워야 할 것이라 생각했다.

"우리는 남들이 말하는 것보다는 서로에 대해 훨씬 많이 알았어요. 이건 내 말이 아니에요, 지연이 말이지."

동헌은 지연이 예민할 수 있는 상황이라는 것을 자신도 알고는 있었다고 했다. 하지만 그 때문에라도 동행하는 제 마음이 편치만은 않았을 거 아니냐며 자기 입장도 고려해야 한다고 주장했다. 그는 컨디션이 좋지 않으면 오래전에 부상당했던 오른쪽 어깨의 통증이 도지곤 했는데, 그 때문에 병원을 들락거리며 종류가 다른 소염 진통제와 근육 이완제를 처방받아온 게 그때 전부 합쳐서 한 달분 정도가 되었다. 그는 그것들을 통째로 비닐봉투에 싸서 가방에 넣었다. 그리고 평상복과 트레이닝복, 구두 한 켤레와 정장 한 벌도 챙긴 후, 온라인 쇼핑몰에서 구입한 거짓말 탐지기도 재미 삼아 가져가기로 했다. 상품 설명서에는 진실이면 효과음이 나고, 거짓일 때는 전기 충격이 가해지며, 버튼으로 강도를 조절할 수 있다는 내용과 함께 판독 결과는 정확하지 않을 수 있으며, 단체 모임에서 친목 도모용으로 사용하면 좋다고 적혀 있었다.

"그런 걸 싸갖고 가면 지연이가 나를 미친놈 보듯 하며 어이없어할 게 뻔했지. 난 짓궂은 일을 찾아 하는 데는 절대로 게으르지 않으니까 걔가 지루할 틈은 없었어요. 당신이 나타나기 전까지 우린 괜찮았다고요."

두 사람은 기차의 허리쯤에 해당하는 7호실의 좌석에 나란히 앉았다. 기차가 나아가는 방향을 등진 자리였다. 창밖 풍경은 크게 눈여겨볼 것이 없었지만, 동헌은 두 시간이 채 못 되는 여정이나마 온전히 둘만의 공간에서 뒤로 미끄러져가는 듯한 기분을 즐긴다는 게 좋았다. 그는 오랜만에 떠나는 이 여행에서 지연이 온전히 자기만을 바라보게 되리라고 기대하고 있었다. 그런데 지연은 착석하자마자 이어폰을 끼고서 눈을 감아버렸다. 지연은 같은 순간을 이렇게 묘사했다.

"다른 때 같았으면 약이 올라 씩씩댔을 사람이 곰같이 참고 있으니까 초조했어요. 어쩌면 크게 싸우고 되돌아오는 편을 내가 속으로 바랐던가봐요. 음악을 들으려던 건 아니었어요. 음악은 없었어요. 그냥 그런 행동으로 벽을 친 거예요. 둘이면서도 혼자인 기분이니까, 둘인 체하지 않겠다는 선언 같은 거. 오빠가 내 팔을 잡아 흔들면서 말했어요. 도착하면 방 잡고 일단 먹자. 어때? 응? 우리한테는 앞으로 아주 단순한 선택들만이 놓여 있을 뿐이라는 것처럼. 난 큰 결심이 필요한 일들을 떠올렸어요. 완전히 돌아오지 않을 수도 있고, 모든 걸 끝내버릴 수도 있다고. 그 생각 때문에 피곤했던가봐요. 그만 잠이 들어버렸으니까."

지연과 동헌은 대전에 내려서 약국부터 들러야 했다. 지연이 역에 발을 내딛자마자 다리에 힘이 풀리며 넘어졌기 때문이었다. 청바지 무릎께에 피가 배어났다. 두 사람은 소독약과 반창고를 구입한 후 역 근처의 모텔을 찾아 들어갔다. 동헌은 지연이 방이 마음에 들지 않는다고 까탈을 부리면 어떡하나 하고 눈치를 보았지만, 지연은 방에 관해서는 가타부타 말하지 않았다. 그냥 화장실을 한 번 둘러본 후에 소독약과 반창고, 트레이닝 바지를 챙겨들어 그리로 들어갔고, 잠시 후 트레이닝 바지로 갈아입고서 밖으로 나왔다. 지연은 동헌에게 상처는 다행히 심하지 않은 것 같다고 전했다.

"좋은 게 좋아. 너한테 좋은 게 나한테도 좋다고. 난 항상 그래."

동헌이 출입문에 한쪽 어깨를 기대고 선 채 말했다. 지연은 챙겨온 옷들 중 일부를 꺼내서 구김이 가지 않도록 옷걸이에 걸어두고는 가방에서 휴대폰을 꺼내 부재중 전화 기록이 있는지 확인했다. 동헌은 어서 밖으로 나가 식사부터 할 요량이었으므로 그대로 출입문에 기대선 채로 지연에게 무슨 소식이 있냐고 물었다. 지연은 "별로"라고 대꾸하며 고개를 가로저었다.

"내년에는 우리 먼 데 가자. 아주 먼 데. 유럽이나 아프리카?"

동헌은 지연의 기분을 북돋기 위해서라기보다는 분위기를 돋우려고 그렇게 말했다.

이후 두 사람은 밖으로 나가 가까운 곳에 위치한 백화점의 식당가로 들어갔다. 지연이 앉은 곳은 상품권 안내 부스가 눈에 들어오는 자리였다. 유니폼을 입은 여자 둘이 정면을 바라보고 앉아 있었고, 그들 앞에 대기하고 선 손님은 없었다.

"오빠는 우리가 잘될 거 같아?"

지연이 멍한 표정으로 질문하자 동헌은 그 기회를 놓칠세라 얼른 대꾸했다.

"그럼. 안 될 게 뭐가 있어?"

지연이 다시 고쳐 물었다.

"나는 우리가……"

"두고 봐. 사나흘이면 싹 다 교통정리가 될걸. 아빠는 내가 사고라도 칠까봐 오늘내일 중으로 너한테 먼저 전화를 걸 거야. 그럼 그때 네가 다 잘하겠다고 해. 내가 여기서 명식이랑 명식이 선배 만나서 뭔가 꿍꿍이가 있는 것 같은데 너는 잘 모르겠다고. 괜한 짓 저지르지 않도록 잘 타일러서 같이 서울 올라가겠다고 해. 그다음은 내가 알아서 할 테니까."

명식과 명식의 선배는 이 여행과는 아무런 상관이 없는 인물이었다. 그럼에도 동헌이 그 이름을 들먹인 데는 그렇게 하는 것이 제 아버지의 결단을 빨리 끌어내는 효과적인 방법이라는 나름의 계산이 있었기 때문이었다. 제멋대로 인생을 망칠 요량인 아들을 안정적인 삶으로 끌어 앉히고자 하는 아버지의 욕망을 자극할 요량이었고, 그래서 아버지가 위협적으로 보는 인물들을 환기하려 했다. 동헌은 두 해전 겨울에 명식과 명식의 선배와 어울려 술을 진탕 마시다가 옆 테이블의 중년 남자들과 싸움을 벌인 적이 있었다. 동헌의 아버지는 그 일로 명식과 명식의 선배를 경찰서에서 처음으로 대면했다. 명식은 주눅이 들어 있는 왜소한 체구의 지방대학 자퇴생이었고, 명식의 선배는 어깨가 떡 벌어진, 타이트한 양복 차림의 삼십대 중반 사내로 스스로를 유통관리사라고 소개했다. 그는 소란스러운 상황 속에서도 동헌의 아버지에게 악수를 청하며 '고생이 많으시다'고 인사치레를 했을 정도로 유들유들한 데가 있었다. 동헌의 아버지는 이내 그 덩치 크고 넉살 좋은 남자가 폭력 전과를 지닌데다 후배들에게 합의금을 떠넘겨야 할 만큼 카드빚에 쪼들리고 있는 형편이라는 사실도 알게 되었다.

"아빠가 경찰서에서 나오면서 꼭 급소를 얻어맞기라도 한 사람처럼 휘청하데요. 그걸 눈으로 확인한 게 나도 되게 속상했지. 한참 어린 후배한테 자식 인생을 휘어잡혀봤던 양반이라 그런 것만 같았거든. 내가 수영선수로 앞날이 창창할 거라는 말에 홀딱 넘어가 한 살림 쏟아부었지만, 완전 보람 없게 됐으니까요 뭐. 오죽하면 지금 돌들을 다 모으고 있겠어? 확실히 사람보다는 돌이 나은 데가 있기도 해요. 그렇잖아요?"

동헌의 아버지는 실제로 그날의 일이 가까운 앞날의 삶을 후려칠 불행의 서곡 같은 게 아닐까 노심초사했던 모양이었다. 그는 당시 친구와 동거하며 청년 창업 대출 정보에 관해 알아보고 다니던 동헌을 닦달하여 곧장 집으로 불러들였다. 동헌은 아버지의 발 빠르고 열성 어린 조처에 순순히 따르면서, 명식과 명식의 선배를 자기 일에 얽고 섞는 시늉만으로도 아버지를 포박할 수 있겠구나 하고 판단했다. 겁에 질린 사람들은 어째서 지레 허둥지둥 도망치면서도 모든 것을 분명히 알아봤다고 믿게 되는 것인지 흥미로울 따름이었다.

"그런데 웃긴 건, 아빠가 지연이한테는 보자마자 대문을 활짝 열어줬다는 그거! 내 허리춤을 쥐고 흔들 수 있는 사람은 명식이랑 명식이 선배가 아니라 바로 지연인데."

동헌은 그렇게 말하면서, 동시에 그 말로 내 허리춤도 쥐고 흔들 수 있는 건지 확인하고 싶어했다. 그는 비죽이 웃으며 나를 자극하려 들었다.

"이런 이야기 좋아하죠? 인간 조건이 어떻다느니, 운명 어쩌고 하면서 지연이랑 둘이서 한동안 재미났겠지."

그 말에는 지연과 나의 관계가 허황되고 과장된 것이라는 비아냥거

228

림이 실려 있었다. 나는 그것을 제대로 알아들었다. 진지하고 무용해 보이는 연극에 대해서도 그는 같은 표현으로 조소할 수 있었으리라. 하지만 나는 어쨌든 그의 다음 말, 그 다음다음 말들에도 나를 열어둘 수 있어야 했다. 나는 담담히 대꾸했다. '한동안'이라는 말이 의미 있게 들리는 걸 보니 내가 정말 중늙은이 같은 기분이 드는데, 어쩔 수 없는 노릇이라고.

동헌은 중학교 3학년 때 잇단 부상, 성적 부진으로 수영선수의 길을 포기했다. 대학은 재수 끝에 경영학과에 합격했다. 진로 전환이 빨랐던 것을 두고 '원래 머리가 좋았던 녀석'이라고 평하던 친척들이 있었지만 동헌은 주변의 평가에 무감각했다. 절망적인 혹평도, 희망적인 찬탄도 부질없었다. 어제는 지나갔고, 또 지나가고 있고, 이제 다른 목표는 없었으므로. 학사 경고를 받고도 그저 강의실 밖을 맴돌던 시기에 지연을 처음 만났다. 되바라진 여고생이었는데도 싫지 않았고 말이 잘 통한다는 느낌이 들었다. 근 일 년간 헤어졌다 만나기를 세 번 반복했고 종래엔 흐지부지 멀어지고 말았다. 군 제대 후 우연히 다시 만났을 때는 그들 앞에 미리 정해진 궤도가 있어서 외따로 원을 그리며 떠돌다가 적절한 시기가 되어 비로소 서로를 진지하게 마주보고 선 느낌이 들었다. 지연은 전보다 예뻐졌고, 또 전과는 달리 보호 본능을 불러일으키는 데가 있었다. 그는 그로부터 삼 개월 후에 지연을 집으로 데려오면서, 부모에게는 오갈 데 없게 된 아는 동생이라고 소개했다. 그저 '아는' 사이 정도로 소개해버린 것을 제하고는 진실이었다. 지연은 새 환경에 잘 적응했다. 동헌은 부모에게 이따금 이상한 말로 자신의 감동을 표현했다.

"내가 여동생 백 명을 택할 수 있다면, 난 백 명 다 지연이를 택할 거야."

동헌의 부모는 그 말의 진의가 무엇인가를 뚫어보려는 것처럼 지연과 동헌의 모습을 골똘히 바라보기도 했지만, 그렇더라도 되도록 우스운 농담처럼 받아들이고자 했다. 전보다 훨씬 활기차고 말수도 많아진 외아들의 변화가 반가웠던 때문이었다. 동헌이 친구를 데려와 몇 달씩 같이 지내는 게 그리 이상한 일도 아니었고, 여자가 지연이 처음인 것도 아니었다. 식구들 모두에게 상냥하고 다소곳한 지연을 집밖으로 내보내야 할 이유가 특별히 아무에게도 없는 채로 십오 개월이 흘렀다. 이런 십오 개월이 십오 년이 되어가는 데 필요한 모든 것이 인생의 다른 이름이라고 생각하지 말아야 할 이유가 무엇일까. 동헌은 이 질문에 다른 사람의 대답이 굳이 필요하다고는 생각지 않았지만, 시간이 확실히 다른 국면으로 접어들었다는 인상을 풍기고 싶었다.

"지연아, 일은 다 굴러갈 데로 저절로 굴러가게 되어 있다고. 복잡한 게 아냐. 내가 말한 대로만 해."

지연은 재미있지 않았다.

"난 아무것도 약속 못해."

지연은 주머니에서 휴대폰을 꺼내 테이블 위에 올려놓으며 고개를 한 번 가로저었다. 그러나 이내 그의 바람대로 동헌의 아버지와 통화하기로 했다.

"아빠, 저 지연이예요."

상냥한 딸처럼. 걱정을 끼치고 싶지 않은 상냥한 딸처럼.

"대전에 도착했어요. 동헌 오빠랑 같이요. 저는 혼자인 게 편한데, 오빠 고집 아시잖아요. 오빠가 여기 아는 사람들이 있다면서 마침 잘 되었다고 그러는 거예요. 근데 그냥 한 말은 아니었나봐요. 역에 내리자마자 어디 전화를 하더라고요. 명식이라고 부르던데, 아빠도 아세요?"

명식과 명식의 선배에 대한 이야기는 조금 살이 붙었다. 동헌이 오늘 저녁에 바로 만나기로 약속을 하는 것 같더라고.

"아뇨, 아뇨. 오빠는 기분좋아 보였는데요. 그럼 어떻게 할까요? 제가 따라나서볼까요?"

동헌의 아버지는 지연에게 진중하고 따뜻한 목소리로 물었다.

"넌 어떡할 거니? 네 친엄마, 그냥 보고만 오는 거냐? 약속은 확실히 잡아놓은 거 맞고?"

"……"

"혹시라도, 만에 하나라도 못 만나게 되거들랑, 세상일은 다 다음이라는 게 있는 거니까 다음을 생각하면서 동헌이랑 좋게 같이 잘 올라왔으면 한다. 네가 다 생각이 있겠지 싶다만."

지연은 그때 동헌보다 동헌의 아버지가 자신에 대해서 더 잘 알고 있다는 느낌이 들어 놀랐다. 그렇지만 마음을 가다듬으며 조금 전의 말들을 되새겨보고는, 무슨 심오한 경지에서 나온 말은 아닐 것이라고 판단했다.

"얼굴만 보고 올라가야지 않을까 저도 그렇게 생각하고 있어요. 이제 와 뭘 어쩌자는 의도 같은 건 저도 없고, 또 그분도 그런 게 있진 않을 거예요. 다들 힘들지 않은 방향으로 나아가야죠. 마음놓으세요.

놓으시라고 전화한 건데요. 제가 내일 아침 일찍 다시 전화드릴게요.
엄마한테도 인사 전해주세요."

지연이 통화를 마치자마자 동헌이 물었다.

"뭐라고 하셔?"

"친엄마 만나면 그다음엔 어떡할 거냐고. 기대했던 거랑 다른 일들
이 벌어지더라도 오빠랑 일단 잘 올라오라고. 세상일에는 늘 다음이
란 게 있는 거라고 그러셔. 내가 중심 잃지 않으면, 오빠는 사고 칠 일
없다고 생각하시는 것 같아."

동헌은 담배를 챙겨 자리에서 일어났다.

"잠깐 피우고 올게. 음식 나오면 먼저 먹고 있어."

"입맛이 없어."

"그래도 나오면 좀 먹어."

"식전에 담배 피우지 마."

"넌 잔소리 좀 하지 말고."

동헌은 담배를 챙겨들고 나갔지만 백화점 내에 따로 흡연 장소가
없다는 사실을 확인하고는 아래층으로 내려가 일없이 한 바퀴를 돌았
다. 매장 직원들이 그에게 찾는 물건이 있는가 묻자 그는 두 번은 아
니라며 고개를 가로젓고 지나쳤으나, 세번째는 따로 찾는 물건이 있
는 것처럼 신제품을 보여달라고 했다. 그러고는 직원이 북유럽풍 디
자인에 탈취 기능이 우수하다고 설명한 대형 냉장고 앞으로 다가서서
내부를 살펴보았다. 동헌은 제품의 에너지 효율이 높은 점, 냉장실이
충분한 것이 마음에 들지만 아내는 취향이 까다로우니 아내와 함께
다시 오겠다며 제품 카탈로그를 챙겨 나와 그것을 금세 휴지통에 버

렸다. 그는 에스컬레이터 부근에 놓인 고객용 소파에 앉아 손가락 사이에 담배를 끼운 듯한 포즈를 하고서 흡연하는 상상을 하며 혼자가 되었고, 그러자 필요한 생각들이 마치 담배 연기처럼 손가락 사이에서 새어나오는 것처럼 느껴졌다.

대전으로 내려오기 나흘 전에, 동헌은 지연에게서 친모와 오랜만에 연락이 닿았고 서로 만나기로 했다는 말을 전해 들었다. 그는 그 말을 믿었지만, 다른 것들이 영 미덥지 못했다. 요사이 지연은 무언가 변했다. 가까이 있을 때조차도 손이 미치지 않는 외딴 데에 혼자 있는 것처럼 보였고, 붙잡아주었으면 하는 인상을 풍길 때조차 빠져나갈 구멍을 미리 살피고 있는 것처럼 보였다. 말은 무엇을 전달하기 위해서라기보다 무언가를 교묘하게 숨기기 위해서 하는 듯했다. 그는 상황이 복잡해지는 것을 원치 않았다. 골치 아파질 일이 생겨나고 있는 거라면, 뒤통수를 맞는 방식으로는 아니어야 한다고 생각했다. 그는 다소 억울하다는 듯한 어조로 미간을 찌푸리며 당시의 심정이 어떠했는가를 이렇게 말했다.

"나는 효자였던 적도 없고, 그러고 싶은 마음 같은 거 눈곱만큼도 없는 사람이라고요. 지연이가 내 편이라면 우리 부모를 바보로 취급해도 괜찮아. 그딴 건 다 괜찮다고! 내 부모를 천사라고 생각하기로 했대도 마찬가지로 상관없어! 하지만 우리 둘 중 하나가 다른 마음을 품었다면 그건 완전히 다른 이야기지!"

그는 지연이 친모를 만나고 나면 좀더 분명해지는 것들이 있으리라 내다보았다. 동헌이 짐작하기로는 지연의 지난 인연들은 일종의 구덩이들이었다. 지연은 늘 그 이야기를 더 하려다 말았고 그는 좀 듣다가는 말았는데, 그 과정에 둘 다 기분이 상했던 걸 보면 더 알아보나 마나 뻔했다. 어둡고 축축하고 사방이 미덥지 못한 진창들. 그는 막연하게나마 지연에게 남아 있던 그리움, 혼란스러운 감정의 찌꺼기들이 이참에 그 구덩이 속으로 빨려들어가버릴 테니까 이제 진정한 새 출발을 도모하기에 좋은 때가 온 것인지도 모른다고 생각했다. 물론 당장 새살림을 꾸리기에는 밑천이 충분하지 않았지만, 조금 머리를 써서 주변 사람들, 우선 아버지에게서 받아낼 것이 있다면 그렇게 하리라는 용의가 있었다. 그는 말했다.

"나쁜 일은 아니죠, 모두한테요. 잘 풀어갈 수 있었어요."

그는 또 이 여행에서 지연이 결정적인 순간 제 곁을 지키고 있는 사람이 누구인지 확실히 깨닫게 되리라고 확신했다. 그 한 사람은 분명히 그 자신이었다. 적당한 때를 만나면 놓치지 않고 감동적인 청혼의 말을 전하려 계획해뒀다. '하나를 끝낸 자리에서 둘로 새로 시작하자.' 여행에 앞서 그가 마음속에 품은 말은 그랬다. '둘'과 '시작'을 강조하기 위해서 '하나'와 '끝'의 그림을 그려볼 것이었다. 유쾌하지 않은 모든 것을 한 꾸러미에 넣어 끈으로 단단히 동여맨 뒤에 '끝'이라고 적어두고 벼랑 끝으로 민다. 앞으로 나아간다. 간다. 간다……

그는 도로 자리에서 일어나 두 층을 더 내려갔고, 그때 아버지로부터 긴 문자 메시지를 받았다. 그는 아버지가 지나친 걱정과 배려로 점철된 긴 문장을 보내오는 일이 흔치 않다는 사실을 되짚어보며 흥미를 느꼈다. 지난날을 돌아볼 때 걱정을 앞세운 그 에두른 말들을 한 건 아들을 위해서라기보다는 예측 불가능한 돌발 사태들을 감당하고 싶지 않은 스스로를 보호하려는 본능 때문이었다고 보는 편이 맞았다. 그래서 그는 장문의 메시지를 대강 훑어본 뒤에 삭제했다.

　동헌이 다시 에스컬레이터를 타고 식당으로 올라갔을 때는 지연이 식사를 끝마친 뒤였다. 밥과 갈치조림을 약간 먹었을 뿐 다른 반찬엔 손도 대지 않은 것처럼 보였다. 동헌은 식어버린 찌개를 데워달라고 주문하고는 젓가락으로 갈치 살을 헤집었다. 지연은 친모에게 대전에 도착했다는 메시지를 보냈으나 아직 아무런 답을 듣지 못했다면서 풀이 죽은 표정을 지어 보였다.

　"막상 여기 오니까 불안하고 걱정이 돼. 신경쓸 일들 죄다 덜어내고 싶어. 그래서 나, 친엄마 만나게 돼도, 그 장소에는 오빠랑 동행 안 하려고. 나 혼자 가게 해줘. 부탁할게. 돌아올 때도 나 혼자. 이해할 수 있지?"

　동헌은 지연의 말에 고개를 여러 번 끄덕여주는 것으로 동의하는 시늉을 해 보였다. 숙고하며 진중하게 약속한다는 것처럼.

　두 사람은 그날 저녁 일찌감치 잠자리에 들었다. 지연은 피곤하다고 까칠하게 굴면서 잠자리를 따로 쓰고 싶다고 했고, 결국 그를 소파로 내몰았다. 그는 오랜만에 지연과 단둘이 보내는 오붓한 시간이라 격정적인 밤이 되지 않을까 기대하고 있던 터라 울컥 화가 치밀었다. 그러나 여행 첫날을 망치면 둘째, 셋째로 이어지는 밤들의 다른 가능성들을 영영 망치고 헝클어뜨리게 될지도 모르니 조심해야 한다는 것을 상기했다. 큰 숙제가 남았으니, 조급해지면 안 될 것이었다.

　다음날 이른 아침, 지연은 침대에 걸터앉은 채로 내게 전화를 걸까 말까 고민하며 한 시간을 흘려보냈다. 동헌은 소파 위에 곯아떨어져 큰 소리로 코를 골았다. 동헌을 좋아했던 때도 있었고 그걸 사랑이라고 믿고 싶었던 시기도 짧게나마 있었지만 이제는 아니었고 영원히 아닐 것이었다. 방안에 드는 햇빛과 함께 점점 밝고 선명해지는 그 지각 때문에 타지에서의 아침은 무척 외로웠고, 그로 인해 한순간에 위축되었다. 지연은 어쩌면 동헌 역시 자신만큼은 아니더라도 그 사실을 깨닫고 있으리라 여기며 소리 죽여 울었다. 친모를 만나러 간다는 말은 거짓이었다. 친모의 거처에 대해서는 아는 바 없었다. 대전에는 상지 이모가 있었다. 상지 이모와는 드물게 연락을 주고받기는 했으나 일정한 거리 밖에서 서로 환대하는 사이에 불과했다. 동헌에게서 멀어지고자 어디서 어떻게 지내는지도 모를 친모와 연락이 닿아 만나기로 했다고 둘러대고 났을 때, 그리고 동헌이 자기도 따라나서겠다며 결연히 굴었을 때, 지연은 받아들여야 했다. 거짓으로라도 홀가분히 돌아설 데도 나아갈 데도 더는 없다는 사실을. 지연은 나와 함께인 '오늘들' 속에서 숨쉬고 싶다는 욕망이 커졌기 때문에, 그 바람을 깨끗이 도려내버린다면 이제 자기의 시간을 어디에서 어디로 이어붙여가야 할 것인가를 알지 못했고, 또 누구에게 물을 수도 없었다. 얼굴을 감싸안은 손바닥으로 눈물이 떨어져 팔목을 타고 흘러내렸다.

동헌이 깨어난 기척이 느껴지자, 지연은 재빨리 침대에서 일어나 멀찌감치 떨어져 섰다. 동헌이 묻기도 전에 자기는 일찌감치 눈이 떠져서 조조영화를 보고 온 참이라고 말했다.

"아침에 혼자?"

동헌이 눈을 끔벅이며 물었다.

"……"

236

"울었냐? 슬픈 거였어?"

지연은 영화의 줄거리를 지어내 읊었다.

"미래에 전염병이 돌아서 도시 하나가 완전히 격리돼. 거기서 돌연변이 여자아이가 태어나거든. 아이는 특수 훈련을 받고 살인 무기로 키워져. 어느 날 두번째 살인에 실패해서 오른팔을 잃고 실험실에 갇히고 말아. 사흘 내로 빠져나가지 못하면 새로운 실험군이 돼야 하는데……"

두 사람은 오후 두시경이 되어서야 함께 밖으로 나섰다. 수목원으로 가 한동안 별말 없이 거닐었고, 야외 음악당에서 그날 오후 여섯시부터 공연이 있다는 홍보물을 접하고는 그리로 가는 버스에 올랐다. 운전기사가 틀어놓은 라디오에서 단순한 멜로디의 옛 가요가 흘러나오고 있었다. 봄이 가고 여름이 오고, 한 사람이 가고 또 한 사람이 온다는 가사가 느릿느릿 이어지는 중이었다. 지연은 가수가 흐느적흐느적 춤을 추는 가운데 얼굴만이 빠르게 휙휙 바뀌는 모습을 연상했다. 여자, 남자, 노인, 아이, 해와 달, 말과 새. 동헌은 지연의 친모에게서 어서 연락이 와야 이 맥빠진 기분을 털어낼 수 있겠다고 생각했다.

음악당에 도착한 건 오후 네시 반경이었다. 잔디밭 위에 마련된 특설 무대는 흰 단상 위에 흰 천막으로 지붕을 올린 모양새로 홍보 문구에 비하면 단출한 편이었으나, 잔디의 초록과 네 개의 야외 조각상들과 어우러져 나름 운치 있어 보이기도 했다. 지연은 벗은 남자 조각상 옆으로 가 저편의 공연 스태프들이 조명과 음향 장비들을 체크하는 모습을 바라보다가 동헌에게 말했다.

"모데라토에서는 나를 리사라고 불러."

동헌은 지연이 조각상 옆에서 괜히 폼을 잡는구나 싶어서 휴대폰을 꺼내 들었다. 그는 지연이 일하는 옷가게의 상호를 잊고 있었다. 리사에 대해서도 마찬가지였다. 그런 채로 지연과 주변 풍경을 휴대폰 카메라로 몇 장 찍었다.

공연이 시작되기까지는 한 시간여 여유가 있었기에 그들은 가까운 카페에 가 있기로 했다. 커피를 주문하고 습관대로 창가 자리로 가 앉자, 지연은 유리창에 가닥가닥 드리워져 있는 장식품이 꼬마전구들이 달린 전선들이란 걸 알게 됐다. 아마도 지난 크리스마스쯤 걸어두었던 걸 그대로 방치해둔 모양이었다. 지연은 동헌이 웃으면 웃는 대로, 떠들면 떠드는 대로 놓아두고서 간간이 창밖으로 고개를 돌렸으나 실은 아무것도 보고 있지 않았다. 꼬마전구가 불러일으킨 지난겨울의 감흥 속으로 빠져들어, 마고 분장을 하고 무대에 섰던 나를 그리고 또 지웠다. 불과 며칠 전의 시간들이 아스라이 느껴지는 데 슬펐고, 그 감정의 격랑을 조용히 억눌러야 했다.

"왜 그래?"

"뭐가?"

"떨고 있잖아."

"감기 기운이 있나봐."

"들어가서 쉴래?"

"모텔은 답답해서 싫어. 난 여기 있을게. 오빠 가서 봐. 보고 나중에 이야기해줘."

동헌은 부루퉁한 얼굴로 툴툴거리다가 공연 시각에 맞춰 밖으로 나갔다. 훗날 그는 이 순간을 가장 억울하게 돌아봤다. 그때 바로 이상한 낌새를 챘어야 했다면서.

"어처구니가 없죠. 걔가 여기 가만히 있는 당신 파수꾼 노릇 하느
라 애먼 데서 날 헤매 돌게 했다니!"

밤이 되어 동헌은 지연과 모텔에 드는 길에 술과 안줏거리들을 샀
다. 그는 지연이 친모를 만날 일을 두고 긴장하고 있다고 여겨 술자리
로 분위기를 풀어가려 했으나 지연의 심드렁한 태도에 결국 사온 걸
혼자 다 들이켰다. 이후 밖으로 나가 일본식 주점에서 사케 한 병을
더 비우고는 자정을 넘기고서 모텔로 돌아왔고, 잠들어 있던 지연의
곁에 웅크려 누웠다가 새벽 네시쯤에 찜찜한 꿈을 꾸고 깨어났다. 그
는 지연을 흔들어 깨운 뒤 너무 힘들다며 화를 냈다. 또 힘든 저를 위
해 뭐든 어떻게든 해달라고 애원하면서 지연을 끌어안았다가, 지연이
밀쳐내자 소리쳤다.

"너한테 누가 있니? 너한텐 아무도 없어!"

동헌은 악담을 내뱉고는 곧바로 방바닥으로 내려와 무릎을 꿇고서
눈물을 짜내기 시작했다. 뉘우쳤기 때문이 아니라 그런 말을 하고도
동정을 구할 수 있다고 확신했기 때문이었다. 지연은 꿇어앉은 그에
게 조곤조곤 말했다.

"말을 잘도 골라 하네. 화나지는 않아. 예전에는 이마저도 좋았으
니까. 감정이 다 드러나는 사람이란 게 부럽기도 했어. 근데 이제는
아냐."

동헌은 예상과는 다른 방향으로 뻗어가는 대화에 공연히 지연을 자
극하고 말았구나 하고 후회했다. 뒤로 물러나 벽에 기대앉고서는 고
개를 가로저었다. 이것저것 다 싫다거나, 모조리 틀렸다거나, 아무것

도 소용없다고 말하려는 참이었다. 그런데 지연이 먼저 나서 그를 다독이려 들었다. 그로서는 속뜻을 헤아릴 수 없는 말들이었다.

"할 이야기가 있어. 당장 이해해달라고는 안 할 거야. 못하겠어. 하지만 할 이야기가 있어."

"지친다. 내일 해."

동헌은 비틀대며 침대 위로 올라가 크게 한숨을 내쉬었고, 갈등이 악화되지 않고 일단락됐다는 데 안도했기에 얼마 안 가 깊이 잠이 들었다. 지연은 소파로 옮겨가 우두커니 앉은 채로 아침을 맞았다.

"모든 일에는 이유가 있다. 그 말, 맞기도 하고 틀리기도 하죠."

지연은 그 순간을 이렇게 회상했다.

"상지 이모를 만나봐야겠다는 생각이 들었어요. 한번 보고도 싶었거든요. 가끔 안부만 전했는데, 그게 맞는 거 같기도 하고, 또 좀 미안하기도 했어요. 나도 내 마음을 잘 몰랐고, 상지 이모 마음은 더 모르겠더라고요. 그런데 그때 그런 생각이 든 거예요. 모든 일에는 이유가 있는 거겠지. 상지 이모가 서울에서 대전으로 이사한 건 나랑은 상관없는 일이었지만, 내가 이곳을 택해 온 데는 나도 다 파악하지 못한 이유들이 있을지 몰라…… 사실 그 상황에서 나한테 필요한 생각을 발견했던 것뿐이죠. 하지만 그것만으로도 기분이 나아지면서 조금 설레기까지 하더라고요."

오전 아홉시경 지연은 동헌의 머리맡에 쪽지를 한 장 남기고 밖으로 나왔다. 비가 흩뿌려 얼른 편의점으로 들어가 검정색 장우산을 하나 샀는데, 곧 날이 개는 바람에 장우산은 거추장스러운 짐이 되고 말았다. 지연은 한동안 발길 닿는 대로 걸어다녔으나 그 와중에도 모데라토와 비슷한 규모의 옷가게들에 저절로 눈길이 가닿는 바람에 매장을 다섯 군데나 둘러보게 됐다. 모데라토의 조명 아래서 걸어다니며 부드러운 옷감들을 매만지고 있으면 그곳의 고양이가 된 것처럼 느껴지는 날들이 있었다. 특히 비가 오는 날. 하지만 이날은 어디에서도 그런 기분이 재연되지 않았다.

다섯번째로 들른 옷가게에서 리넨 소재의 하늘색 머플러를 발견했을 때 동헌이 '어디?'라는 짧은 문자 메시지를 보내왔다. 지연은 점원에게 그 머플러를 포장해달라고 하고는 '선물 골라서 이제 만나러 가는 중. 저녁때나 돌아갈 듯'이라 답신했다. 그리고 휴대폰의 연락처 목록을 열어 검색창에 시옷 자를 쳤다.

동헌은 모텔 침대 위에 드러누운 채로 지연이 남기고 간 쪽지를 구겨 휴지통에 던져넣었다. 친모와 다시 연락이 닿아 오늘 낮에 만나기로 했다는 내용이 담긴 거였다. 그는 마침 절묘한 타이밍에 일이 풀려가는구나 싶어 기뻤을 뿐 다른 의심은 품지 않았다. 지난밤 취하고 싶은 기분으로 들이켠 술, 새벽녘에 자기를 다독이려 한 지연, 피로와 숙취에서 빨리 깨어나는 건강한 제 신체에 만족스러웠다. 그는 일없이 침대 위를 뒹굴면서, 지연이 친모를 만나고 돌아와 울적해하거나 홀가분해하거나 또는 완전히 다른 사람이 된 것처럼 새로운 내일의 일들을 계획하는 모습들을 이렇게 저렇게 떠올려보고는, 어떤 경우라도 결국 대답은 자신이 쥐고 있다는 데 흡족해져 천장을 향해 희미하게 웃었다. 발끝을 까딱거리며 유행가를 흥얼거렸다.

지연은 상지 이모의 휴대폰으로 전화를 걸었다.

"아! 저예요. 지연이. 지금 바쁘세요?"

"괜찮아. 어쩐 일로?"

"학교 선배 결혼식이라 어제 친구들이랑 다 같이 여기 내려왔는데, 서울 올라가기 전에 두어 시간 쯤이 날 것 같아서 혹시나 하고 전화 한번 해봤어요."

상지 이모는 예상치 못한 일에 당황했다면서 어색한 웃음을 흘렸다. 그래도 한 시간 정도는 시간을 낼 수 있다고 하더니 "너답지 않게……" 하고 말끝을 흐리고는 전화를 뚝 끊어버렸다.

지연은 상지 이모에게 각인되어 있을 자신의 이미지를 빠르게 불러내보았다. 싹싹하게 굴 것, 이모가 예민하게 받아들일 만한 문제에는 뒤로 물러날 것, 경우에 따라 한껏 활달할 것, 다리를 뻗을 데와 움츠릴 데를 살필 것. 어려운 일들은 아니었다. 하지만 '너답지 않게'라고 말한 쪽의 현재 심중에 관해서는 아는 바가 없었다. 그러니 어떤 상황에서든 예를 갖추리라고 마음먹었다.

초행이라 헤매지 않을까 걱정했던 데 비해 약속 장소를 쉽게 찾아냈다. 약속 시각까지는 한 시간 정도 남아 있었다. 카페는 점심식사 후 커피를 테이크아웃해 가려는 직장인들로 붐볐다. 지연은 오렌지 주스 한 병 값을 치르고는 이층으로 올라가 자리를 잡았다. 테이블마다 허브식물이 담긴 작은 화분과 촛대가 하나씩 놓여 있는데다 좌석들이 모두 새하얀 천으로 덮여 있어서 어느 예식에라도 참석한 기분이었다. 여자 두 명이 옆 테이블로 와 앉더니 유치원 아이들의 급식에 관한 이야기를 주고받기 시작했다. 경력과 보너스, 출퇴근 시간 조정 등에 관해 서로 묻고 답하는 것으로 미루어보아 유치원장과 영양사의 면접 자리인 듯했다. 지연은 면접 장소로 이런 데를 활용하기도 한다는 걸 신선하게 받아들이면서, 어쩌면 상지 이모와의 재회 모습도 남들의 눈에는 고용주와의 면담처럼 비칠지도 모른다는 생각이 들었다. 또 그 시각 모데라토에 있을 해령이야말로 새로운 고용주와 대면중이겠구나 싶어서 해령에게 안부를 묻는 메시지를 보냈다. 얼마 후 전화가 왔다.

"어디야?"

지연은 해령의 질문에는 답하지 않고 해령 대신에 자기가 태몽을 꾼 것 같다면서 소곤거렸다. 꿈에 아기 사슴 한 마리를 봤는데, 눈이 예쁘게 빛났고, 다리가 길었고, 귀가 쫑긋 서 있었으며, 입을 오물거리고 있었다고. 해령은 별 호응 없이 가만히 듣고만 있다가 말했다.

"여기서 그 여자 봤다, 그저께."

"응?"

"네가 좋아하는 그 사람, 나 여기 온 첫날에 만났다고."

"내가 좋아하는?"

"나한텐 그렇게 들렸는데."

"……지내기는 괜찮아?"

"손님이 많지 않아서 편하기도 하고 불편하기도 하고 그러는 중. 네가 없어서인가?"

"많을 땐 또 많아. 지금 혼자 있나보네."

"응. 사장은 뭐 좀 산다고 잠깐 요 앞에 나갔어. 네 안부를 묻길래, 자세한 사정은 나도 모르니까 그냥 모른다고 했지."

"그래…… 동헌 오빠 온다. 내가 나중에 다시 전화할게."

"사슴 태몽 있잖아."

"응."

"그거 전에도 네가 한번 이야기했어."

"아!"

"잘 지내다 와."

지연은 전화를 끊고서 두 손으로 얼굴을 감싸고는 테이블에 엎드렸다.

상지 이모는 약속 시각보다 십여 분 일찍 카페에 나타났다. 청바지에 티셔츠 차림이었는데 멀리서 보았을 때는 젊어 보였으나 가까이 마주하고 보니 미간에 주름이 깊이 패어 있었고 전에 없이 사람을 위아래로 훑어보는 습관이 생겼다. 전체적으로 인상이 날카롭게 변한 듯했다. 지연은 나이보다 늙어 보이는 그 모습에 당황했다. 상지 이모와 비슷한 연령대인 나에 대해, 또 나와 함께였던 자신에 대해 떠올려보며 생각에 잠겼다가, 해령과 내가 무슨 말을 주고받았을까 추측해보느라 상지 이모의 질문을 자주 놓쳤다. 방금 했던 말이 무엇이었는지 조심스레 몇 번 되물어야 했다. 테이블 밑에서 손가락들을 만지작거리며 한껏 움츠러든 모습으로.

"돈 문제야?"

상지 이모가 불쑥 물었다.

"네?"

"우리 꽤 오랜만이지 않아?"

"네."

"돌려 말하지 말자. 돈 문제니?"

"……"

"너 안색이 많이 안 좋네. 갑자기 찾아온 적이 한 번도 없는데 안 그래도 이상하다 싶어서 걱정하면서 나왔어. 한데 어떡하지? 난 올 초에 보험을 세 개나 더 들어놨어. 암보험이랑 생명보험, 상해보험. 동생이 내 돈 빌려 택시회사 인수하려다가 사기당해서 한창 골치 썩 었는데 그 돈도 아직 회수가 안 됐어. 주변 보면 다들 난리야. 하긴 사 는 게 다 그렇다만. 웅수랑은 연락한 적 있니?"

"웅수 오빠요? 아뇨."

"웅수가 여기 잠깐 내려와 있어. 보고 가면 좋을 텐데, 너 이따 바 로 서울 간다고?"

"네, 친구들이 기다려서."

"그럼, 서울에서 언제 둘이 보면 되겠다. 웅수 연락처는 알아?"

"아뇨."

"불러줄게. 적어놔봐. 웅수가 그래도 착해."

지연은 상지 이모가 불러주는 웅수의 연락처를 휴대폰에 입력했다. 사는 일이 이렇게나 사납구나 하는 깨달음이 새삼스레 찾아들었지만 빠르게 평정을 찾아갔다. 아니면 어떤 체념이 주는 평화를.

"우리 그때 진짜 좋았는데…… 그죠?"

지연이 치아를 드러내며 활짝 웃어 보였다.

"나랑 이모랑 되게 자유로웠잖아요. 그때 만난 친구들이 다 잘됐어 요. 사귀었던 남자 하나는 지금 국가대표 수영선수예요. 시간 참 빨리 가네요. 그죠?"

상지 이모는 막 이층으로 올라온 젊은 남녀를 쓱 훑으며 대꾸했다.

"한창때니 많이 즐겨."

지연은 상지 이모가 떠나간 테이블에 한동안 더 앉아 있다가 장우산을 의자 옆에 세워둔 채 밖으로 나왔다.

모텔 방에 들어섰을 때, 실내등은 모두 밝혀져 있었고 텔레비전도 켜져 있었으나 동헌은 자리에 없었다. 지연은 멍한 표정으로 텔레비전을 보았다. 목재가 쌓여 있는 어느 시골집의 앞마당으로 눈이 내리고 있었고, 막 경운기 한 대가 들어서는 중이었다. 남자 목소리로 내레이션이 흘러나오기 시작했는데, 어떤 내용인지 주의를 기울이기는 힘들었다. 지연은 누군가 자기를 커다란 핀셋으로 집어 올려 큼지막한 유리잔 속으로 떨어뜨린 뒤에 거품이 나도록 휘젓고 있는 것 같았다. 거품은 부글거리며 잔 밖으로 부풀어오르다 이내 바닥으로 흘러내리며 폭삭 꺼질 것이었다.

지연은 가만히 침대 위로 올라가 양팔을 벌리고 드러누웠다. 한창 때니 많이 즐겨. 상지 이모의 목소리가 귓가에서 살아났다. 지연은 정말 이 혼란한 감정을 두고두고 기억하며 즐겨볼 수도 있을 것 같았다.

"말해주고 싶어요, 여기 있던 나를."

천장을 향해 그렇게 중얼거리고는 그 말이 내게로 가닿을 수 있었으면 좋겠다고 희망했다. 희망이라 말해볼 수 있는 건 그 순간 그 바람뿐이었다.

기척이 느껴져 눈을 떴을 때는 저녁 무렵이었다. 동헌이 돌아와 있었다.

"오, 마침 와 있었네?"

지연은 먹먹한 상태였는데, 그 와중에도 동헌의 짧은 질문 뒤에 웅크리고 있는 조바심과 기대감을 읽어낼 만큼은 감각이 열렸다. 그는 말쑥한 정장 차림새였고 폭이 좁은 푸른색 넥타이까지 매고 있었다.

"어디 다녀온 거야?"

"흐흐. 좋은 날이니까. 어땠어?"

"무슨 좋은 날?"

"너, 엄마 만난 날이잖아."

"그래서 빼입었다고?"

"응응."

동헌은 지연의 눈치를 살피면서 웃음을 흘렸다. 지연이 몸을 일으키자, 그는 뭐라고 말하려다 입을 다물었다. 마주선 지연의 표정이 알쏭달쏭했기 때문이었다. 지연은 그의 뒤편으로 시선을 미끄러뜨리고는 이내 등을 돌리고서 밖으로 나섰다. 동헌이 성마른 목소리로 지연을 불러댔다.

"야야, 너 왜 그러는데?"

지연은 편의점에 다녀오겠다고 하고는 모텔 밖으로 나왔고, 바로 해령에게 전화를 걸었다.

"아직 일하는 중이지?"

"괜찮아. 잠깐 나와서 받고 있어."

"아까 갑자기 전화 끊어서 미안했어."

"아냐. 괜찮아, 다."

해령은 그렇게 대꾸하고는 제가 먼저 내 이야기를 꺼냈다. 나를 만난 날 임신했다는 이야기를 털어놓았더니 그 이후로는 죽 편안한 시간이 이어졌다면서.

"임신부라고 밝히면 꺼릴 줄 알았더니만, 첫 대면에 옷을 막 챙겨주지 뭐야. 근무 시간도 단축해줘갖고 당황했는데, 그런 사람들한테는 임신이 배려받을 일이었구나 싶은 게 당연히 받아도 될 거 같고 그래가지고……"

지연은 그저 작은 소리로 짧게 웃었다.

"사양할 걸 그랬나?"

지연은 별문제가 없었다니 다행스럽다고 대답했다.

"골때리는 일이 있긴 했지."

해령은 임신부로서 좋지 않은 일을 겪게 된 데 대한 보상으로 선물을 받게 된 건지도 모르겠다면서, 모데라토에서 일을 시작한 첫날에 물건을 훔쳐가려던 사람들을 잡아낸 경험을 들려줬다. 지연은 저 대신 그런 일을 다 겪었다니 놀랐다고 말하면서 문득 고개를 쳐들었다가 모텔 창가에서 아래를 내려다보고 있는 동헌을 발견했다. 먼 거리에서도 그의 실망스러워하는 기색이 읽혔다. 동헌의 입술과 눈빛, 어깨와 가슴팍이 모두 그렇게 말하는 것만 같았다. 그는 곧 뒷걸음질쳐서 실내로 몸을 들여놓았다.

"어떤 사람이니?"

해령이 물었다.

"응?"

"그 사장 친구 말이야. 네 이야기 하니까 이상하게 선을 긋는 거 같아갖고. 네가 자기를 다 이해하지는 못할 거라던데, 그게 뭔 소리래? 좋은 사람 같던데, 아니니? 혹시 교묘하게 괴롭혀?"

"……"

"에이 나 봐, 오지않도."

"아냐, 고마워. 나한테 중요한 사람이야. 나중에 다 이야기할게."

지연은 전화를 끊고 잠시 밖을 서성였다. 제 빈자리가 내게 어려운 질문이 됐다는 걸 확인한 듯했고, 제 앞에도 새로운 질문이 놓였다는 걸 알았다. 그 밖에는 분명한 게 아무것도 없었지만, 한편으로는 그것만으로 이미 충분하기도 했다.

방문을 열고 들어서자마자 동헌이 큰 소리로 불러댔다. 동헌은 정장 차림 그대로 침대에 걸터앉은 채였다. 그는 엄마를 만난 이야기는 자기와 먼저 했으면 한다며 주먹 쥔 오른손으로 제 오른쪽 허벅지를 탁탁 쳤다. 지연은 기대했던 것과는 달리 형식적인 만남이었기에 입에 올리기 싫었다면서, 정장까지 갖춰 입고 기다리고 있던 그가 부담스러워서 자리를 피하고 싶었다고 대답했다. 두 사람은 약간의 실랑이 끝에 석연치 않은 감정으로 말로만 화해를 했다. 동헌이 저녁식사 예약을 해두었다고 운을 뗐을 때, 지연은 그럴 기분도 의지도 없다고 솔직하게 말할 수가 없었다.

지연은 동헌의 바람에 따라 갖춰 입고 나서야 했기에 내 옷장과 신발장에서 챙겨온 스커트와 부츠를 착용했다. 제 옷가지들은 별게 없었던데다 동헌에게 미안했기 때문에 그의 기분을 풀어주고 싶기도 했다. 모데라토에서 일하는 동안, 지연은 그곳의 신상품을 골라 입고 거리로 나선 적이 네 번 있었다. 몰래 옷을 입고 나설 때, 또 도로 말끔하게 손질해 그걸 가게의 진열대에 걸어둘 때 미묘한 기쁨을 느꼈다. 누군가가 그 옷을 사갈 때는 옷이 겪은 것과 겪어나갈 일들, 그러니까 옷의 일생 같은 것을 상상했다. 그런데 이번에는 제가 걸치고 신은 것들이 되돌아갈 곳과 거기서 새로 마주할 시간이 잘 그려지지 않았다.

지연이 동헌에게 이끌려 간 레스토랑은 평일인데도 손님들로 붐볐다. 직원이 안내해주는 테이블로 가 마주앉게 되었을 때 동헌은 갑자기 은근한 미소를 띠고 지연을 바라보았다. 그리고 연인 세트라 이름 붙은 스테이크 두 접시와 위스키 두 잔이 그들 사이에 놓였고, 지연이 그 자리에서 피하고 싶어했던 일이 일어났다.

"결혼하자. 새로 시작해."

동헌은 아주 호기로운 모습이었다.

"······"

"전혀 생각 안 해봤던 건 아니지? 나중이라고 더 좋은 때도 아니고."

"상상해본 적 있어. 내가 오빠를 망치고, 오빠는 나를 망치고, 우리가 우리 애를 망치면서 서로 정들어가는 거. 비꼬는 거 아냐. 막 웃으면서 상상했었어. 근데 이젠 아냐. 오빠가 무슨 그림을 그리고 있건 간에 난 거기 없을 거야."

동헌은 입속으로 막 집어넣으려던 스테이크 한 점을 포크째로 떨어뜨렸다가 얼른 다시 주웠다.

"애라고? 야, 너 신나게 앞서가는구나. 걱정할 거 없어. 아무튼 내가 다 잘할게. 그럼 되지?"

동헌은 너불너불 떠들고 쩝쩝거리면서 고기를 씹었다. 지연은 동헌이 그렇게 잘 차려입고서 주접스럽게 먹고 싶지는 않을 텐데 무안해서 그러는가보다 싶어 손끝으로 그의 손등을 톡톡 건드렸다. 이대로도 고맙고 더 바라는 건 없다고, 애쓰지 않아도 된다고 일러주고 싶었다. 그런데 무슨 말을 건네보기도 전에 동헌이 먼저 "알아"라고 운을 뗐다.

"알아, 알지. 내가 속없어 보이는 거 나도 아는데, 그래도 그냥 나 봐. 내가 수영강사 잠깐 했을 때 인기가 좋았어. 가르치는 데 소질도 있고. 지연아 너 말이야, 날 백 프로 활용하겠단 마음을 갖고 샅샅이 잘 봐봐야 돼. 알겠니? 너, 내가 운동하면 금세 몸에 탄력 붙는 거 알아, 몰라? 내가 강사로 다시 뛸 거야. 일단 그렇게 시작할 수 있어. 너, 나중에 내가 수강생들한테 인기 많은 걸 두고 시시콜콜 뭐라 그러기 시작하면 우리 둘 다 금세 힘들어진다. 기억해라. 그리고 아까 애 이야기가 나와서 말인데, 사주를 보면 나한테 애가 셋이라고 나오거든. 그니까 너도 어디 가서 점을 보면 자식이 셋이라고 딱 나올 거야. 너 이거 사주 봐보라고 하는 얘기 아니다. 이제부터 나만 보라고 하는 얘기다."

지연은 동헌의 말 어느 대목에서 웃음을 지어야 할지 갈피를 잡지 못했고, 스테이크를 더 먹을 수 있을 것 같지도 않았다. 그래도 동헌이 보라는 대로 그를 쳐다보고 있자니 결국에는 웃음이 났다.

"오늘 엄마 못 만났어. 만나자는 약속 한 적도 없어."

지연은 그 말을 웃으며 하게 될 줄 몰랐다. 동헌은 정황을 몰라 안절부절못하면서도 "상관없잖아" 하고 대꾸했다. 그리고 둘 사이에 정적이 찾아왔다.

밤에 모텔로 돌아와 실내등을 켰을 때, 동헌은 방이 이상하게 변했다는 걸 느꼈다. 모서리들이 활처럼 휘었다. 벽 거울의 상은 울렁거렸다. 바닥은 불룩하게 솟아올라 있었다. 불과 몇 시간 전과 같은 구조에 같은 색깔의 침대와 소파가 있었지만, 알 수 없는 타인들이 머물다 떠난 장소 같았다. 동헌은 밖으로 나와 호수를 확인했다. 변함없었다. 그는 도로 들어와 벽에 기대섰다. 지연이 속 모를 남 같았다. 점점 닿지 않는 데로 미끄러져간다 싶더니 이제는 무언가 선언하려는 사람처럼 보여 수상하기 짝이 없었다. 예감이 좋지 않았다. 술기운 탓만은 아닐 것이었다. 위스키 두 잔에 이렇게 취기가 확 올랐을 리 없었다.

무엇이 어그러져 잘못된 걸까. 계획한 것들을 말로 꺼내기 전에는 이곳 침대 위에서 유쾌하게 콧노래를 부를 수 있었다. 그러나 이제 생각해보니 앞일을 낙관하며 발을 까딱거리고 누워 있던 낮 동안의 그 남자는 허상처럼 느껴졌다. 그러니 그 남자의 계획도 허상일 것이었다. 동헌은 바닥에 널브러져 앉았다가 이내 누웠다. 욱여넣은 음식들이 뒤섞여 속이 더부룩했다.

잠시 후 지연이 씻어 말개진 얼굴과 트레이닝복 차림으로 동헌 앞에 와 앉았다.

"뭐냐? 왜 네 맘대로야? 내 말은 이제 뭣도 아냐?"

동헌은 그렇게 질문을 쏟아놓고는 상체를 일으켜 정장 재킷을 벗어 던졌다. 넥타이도 풀어 재킷 위에다 던져놓고 셔츠의 단추를 네 개 풀었다. 지연이 타이르듯 말했다.

"결혼 이야기는 오빠가 오빠 맘대로 한 거잖아."

"너, 나 중요하냐?"

동헌은 그렇게 말하면서 앉은 채로 엉덩이를 들썩여 바지를 벗더니 그걸 잘 개어 지연과 자신 사이에 놓았다. 지연은 바닥에 흐트러져 있

는 재킷과 넥타이, 그리고 얌전히 개켜진 바지를 옷걸이에 걸어두고
서 동헌의 벗은 다리 위에 트레이닝 바지를 떨어뜨렸다.

"취한 척하지 말고 얼른 입어."

동헌은 트레이닝 바지 속으로 두 다리를 집어넣고서 자리에서 일어
섰다. 그가 양손으로 허리춤을 한껏 끌어올리자 지연이 피식 웃음을
터뜨렸다.

"발레리노 같지?"

동헌이 장난스럽게 말했다. 그는 지연의 진심이 궁금하기도 했고
아예 무시하고 싶기도 했다. 그 표현을 하체에 하의를 밀착시키는 것
으로 해냈고 지연을 웃겼다는 데 잠깐 뿌듯했다.

"나는 지금 뭐 같아 보여?"

지연이 그렇게 묻고는 그를 가만히 바라보았다.

"무슨 말이 하고 싶어서 이러실까?"

"뿌리를 찾아서, 날개를 찾아서, 그런 거 하고 있는 거 같아? 아니
야. 그건 살아본 사람들한테나 어울리는 이야기지."

"그럼 네가 살았지, 죽었냐?"

"난 아직 태어나지도 못했다는 생각이 들어."

동헌은 두 손으로 지연의 양어깨를 잡고 흔들었다.

"야야, 너야말로 취한 척하지 마. 말도 안 되는 소리로 사람 속 터
지게 하고 있어. 너 네 생각, 네 기분, 그런 거 다 대단히 정말로 중요
한 진실 같지? 아니거든. 너 여기서 기다려봐."

동헌은 여행 가방을 뒤적여 검정색 비닐봉지를 끄집어냈다.

"너, 네 엄마랑 약속도 안 했고, 만나지도 않았고, 이제는 뭐 뿌리

고 날개고 어쩌고 하는데, 됐다 그래. 여기 앉아봐."

지연이 동헌을 따라 앉자 그가 비닐봉지에서 은색 물체를 꺼냈다. 지연은 텔레비전 오락프로그램에서 똑같이 생긴 물건을 본 적이 있었다. 오락용 거짓말탐지기. 멜로디가 울리면 거기 손이 묶인 사람은 안도를 하고, 찌릿 전류가 흐르면 놀라 비명을 질렀다. 주변 사람들은 박수를 치며 감탄하거나 소리 높여 깔깔거렸다. 지연은 고개를 들어 동헌의 눈을 들여다보았다. 그는 지금 무엇을 원하는가. 비명과 감탄의 내용, 그리고 종내엔 그게 어찌됐든 소리 높여 웃어넘기면서 생겨나는 안도, 그런 걸 원하는 건가. 그걸 나누자는 건가.

"이거 필요 없어. 듣고 싶은 게 있다면 그냥 말할게."

검정색 비닐봉지와 은빛 반구형 거짓말탐지기가 두 사람 사이에서 우스꽝스럽게 뒹굴었다. 동헌이 소리쳤다.

"웃기고 있네!"

"미안해. 이 이야기로 오빠를 웃길 수는 없을 거야."

"웃기시네."

"미안해."

"야! 너, 정말……"

"최근에 내가 어떤 연극에 미쳐 있었던 건 오빠도 알지? 거기서 누굴 만났다고도 이야기한 적 있어. 모르핀을 맞는 게 비슷하지 않을까 생각했었어. 아무것도 부끄럽지 않은 마음이 생겨나고 강하고 용감해져. 그래서 내가 더없이 나인 거 같아. 기억나? 지난겨울 오빠가 나보고 아주 예뻐졌다고 했던 거. 내가 너무 신이 나 있었어. 뭔가가 시작되고 있는데, 세상에서 아직 나만 그걸 알고 있는 거 같았어. 어디로 가게 되는 건지는 몰랐으니까 할 수 있는 말이 없었어. 못했어, 그래서."

"그래서 같은 소리 하고 있네. 너, 아직 아무것도 말하지 않았어. 어떤 새끼야?"

"오빠보다 훨씬 나이가 많아."

"훨씬 많아서 좋은 것 중에 나이라는 건 없거든. 아니거든."

"여자야."

"뭐?"

"오빠가 인정하고 말고 할 일은 아니야."

"이야아! 와아, 너 잘났다. 이렇게나 당당하면서 뭐가 미안하단 거야?"

"이 이야기를 여기서 이렇게 듣게 해서 미안해."

동헌은 지연이 말도 안 되는 소리를 지껄여 자기를 혼란에 빠뜨리려 한다고 생각했다. 그동안 신세 진 일들을 뺨을 때리는 식으로 갚게 되어 아주 쇼를 하고 있다고. 제 꼬리를 자르고 도망치는 도마뱀처럼 아무 말이나 지어내고서 냅다 달아나려 한다고. 그러나 그 생각은 그조차 믿을 수 없는 것이었다. 지연의 말은 사실이어야 했다. 그래야만 미심쩍었던 모든 일들이 가당하고 선명한 형태로 눈앞에 놓일 수 있었다. 연극, 지난겨울의 그 연극. 여자, 그 나이든 여자, 봄이 오는 캠퍼스에서 얼굴색 하나 붉히지 않고 알리바이를 대던 그 뻔뻔한 얼굴. 그 여자를 바라보던 지연의 눈빛, 예고 없던 외박.

화를 내면 뺨을 어루만져주며 다독이던 지연의 그 다정함은 오로지 미안함 때문이었을까.

"그거 다 착각이고 변명이야."

동헌은 지연에게 무언가 일깨워줘야 할 의무가 있는 사람처럼 근엄한 표정으로 말했다.

"그럼 값을 치르겠지."

"하! 그 여자도 여기 와 있냐?"

"아니."

"추하다."

"……"

"진짜 추하다."

"그 말, 나랑 상관없어. 오빠는 좋은 사람이야. 미안해."

마치 둘 사이에 아무 일도 일어나지 않은 것처럼 그들은 대화를 멈추고 각자 움직였다. 동헌은 텔레비전을 보았고, 지연은 늘어놓은 물건들을 정리했다. 둘 다 뜬눈으로 밤을 새웠고, 아침에는 아무렇지도 않다는 듯 나란히 식당으로 가 마주앉아 밥을 먹었다. 이후 동헌은 짐을 고스란히 다 모텔 방에 내버려두고서 혼자 대전역으로 가 서울행 티켓을 끊었다. 지연이 어떻게든 짐을 정리해서 일단은 집으로 돌아오리라고 내다봤기 때문이었다.

당연해 보였던 일들이 결코 일어나지 않으리란 걸 받아들이는 데 이틀이 소요됐다. 동헌은 내 집 주소를 알아내는 동안 전투적인 심경이었으나 막상 나를 찾아오는 동안에는 다른 불길한 생각이 싹트는 걸 어쩔 수 없었다. 자신이 모텔에 두고 온 가방 속에 꽤 많은 양의 소염 진통제와 근육 이완제가 들어 있다는 사실이 문득 떠올랐던 것이다.

동헌은 분노와 두려움이 뒤엉킨 흥분 상태로 내 집 문을 두드렸다.

그리고 곧 깨달았다. 지연이 나와 함께 있다면 그 순간 자기를 피해 숨어들 이유가 없다는 걸. 내가 지연의 행방을 모르고 있다는 걸 확인하곤 황망해졌고, 지연에 대한 죄책감으로 안절부절못했다. 지연의 여러 가지 면모 중에서 불가해해서 그가 아예 무시해버리곤 했던 특성 중 하나는 돌발성이었다. 그에게는 그게 구덩이 모양의 운명 같았는데, 거기로 화약들이 우수수 쏟아져내려 제가 미처 보지 못한 뭔가와 점화된 것만 같았다.

14

동헌이 돌아가고 난 뒤 나는 한순간에 긴장이 풀리며 푹 잠이 들었다. 몇 도막의 꿈들이 생생히 기억났던 걸 보면 실제로는 깊은 잠이 아니었던 건지도 모르겠다.

꿈속에서 내가 누워 있는 침대가 불타고 있었다. 불길이 활활 솟구치는데도 내 몸이 타들어가지 않고 멀쩡하게 빛나고 있어서 '아, 내가 이미 죽었구나' 하고 생각했다. '그렇다면 그이가 나를 마중나와야 할 텐데' 하고도 생각했다. 그때 검은 가면을 쓰고 검은 망토를 두른 누군가가 내 앞으로 다가왔다.

"당신이야?"

내가 물었다. 망토 끝자락에 불이 옮겨붙었는데도 놀라지도, 소리치지도 않는 그 사람을 보고 있자니 미덥고도 안타까웠다. 그 순간 그는 "널 데려가려고"라고 하더니 단번에 나를 망토 자락으로 휘감아 들어올렸다.

나는 그를 따라 허공을 가로질렀다. 온몸이 덜덜 떨렸다. 얼굴에 부딪쳐오는 바람이 날카롭고 차가운 얼음처럼 느껴져서 내가 아주 뜨거운 상태인가보다 생각했다.

"다 타버리고 마네."

불타는 침대에서 점점 멀어지는 걸 보면서 나는 눈물을 흘렸다. 그러는 동안 몸이 빠르게 식어갔다. 눈물 줄기들이 피부 위에서 얼어붙고, 또 얼어붙어서 얼굴에 딱딱하고 차가운 막이 생겼다. 그가 차츰 속력을 늦추더니 나를 어느 평원 위에 눕혀놓았다.

"오랫동안 당신이 아팠어."

내 말이 제대로 전달된 건지 알 수 없어 괴로웠다. 손가락으로 가슴을 가리키며 좀더 표현해보고 싶었으나 손가락이 한데 얼어붙어 그럴 수 없었다. 그는 내 발 위쪽으로 떠올라 선 채였는데, 여전히 가면을 쓰고 있었다. 가엾은 그를 위해 노래를 하겠다고 마음먹었다. 그러자 나보다 먼저 내가 누워 있는 땅이 노래하기 시작했다. 땅속 깊은 곳에서 여러 사람들이 노래를 불렀다. 소리가 허공으로 우렁우렁 울려퍼졌다.

"예전에 내가 집을 잃었을 때, 한 나그네를 따라갔지요. 우리는 커다란 나무 아래 우리의 고단한 신발을 묻어주었어요. 나는 당신의 이름을 물었고, 당신은 대답해주었지요. 아주 많은 이름들이 당신이었고, 나는 그 모든 걸 잊지 않으려 애썼어요. 바람과 물과 하늘과 빛과 꽃송이와 눈송이, 작은 풀잎과 우거진 수풀…… 우리가 헤아린 것들이 세상의 무수한 풍경이 됐고, 그 풍경의 숨결과 온기가 됐고, 그리고 길이 끝나기도 전에 우리는 헤어졌어요."

소리가 점차 희미해져가며 그도 지워졌다. 밤이 우리를 물들인 것인지 다만 그의 망토가 내 눈을 덮은 것인지 알 수가 없는 채로 어딘가로 아득히 떨어져내리는 기분을 느꼈다.

내가 떨어져내린 곳에서 한순간 다른 시간의 문이 열린 것 같았다. 나는 이제 노란 풀장 위에 튜브를 타고 떠올라 있었다. 풀장도, 풀장을 채운 물도 노란색이었고, 내 튜브도, 수영복도, 유리컵에 든 음료수도 노란색이었다. 음료수에서는 아무 맛이 나지 않았다. 컵에다 후, 하고 입바람을 부니 표면의 액체가 노란 가루가 되어 날아갔다. 풀장 밖에는 파라솔이 세 개 늘어서 있었는데, 그중 두번째 파라솔의 그늘 아래서 하얀 비치가운을 입고 서 있던 남자가 내게 물었다.

"여기가 어디죠?"

나는 "호텔 벨라"라고 대답했다. 그는 내가 그렇게 말할 줄 알았다는 듯이 고개를 끄덕해 보이고는 말을 이었다.

"아니에요, 잘못 알고 있어요. 호텔은 맞지만, 벨라는 아닙니다. 벨라는 여기와는 완전히 달라요. 반이 허물어졌거든요."

그는 벨라가 어떻게 허물어졌는지를 장황하게 이야기했는데, 말하는 속도가 너무 빨라서 제대로 알아듣기 힘들었다. 그가 어깨를 들썩이고 손을 휘젓고 발을 구르면서 숨차게 말하는 동안 풀장이 서서히 떠올라 그의 키를 넘어섰고 조금씩 비딱하게 기울기 시작했다. 내가 들고 있던 음료수가 한꺼번에 노란 가루가 되어 남자의 발밑으로 쏟아졌다.

"제 건 버리셔도 돼요."

여린 목소리가 먼저 들렸고, 그다음에 푸른 수영복 위에 흰 가운을 걸친 소녀의 모습이 나타났다. 지연과 닮은 데가 없었지만 나는 왠지 그애가 지연이라고 생각했다. 그래서 되도록 상냥하게 묻고자 했다.

"저게 네 거라고?"

"네. 그러니 제가 담아갈게요. 하지만 괜찮을 때 찾으러 오실 수 있었으면 좋겠어요."

소녀가 쭈그려앉아 흰 가운의 주머니 속으로 노란 가루를 쓸어 담았다. 그러자 가운이 금세 노란 스웨터로 변했다. 소녀도 어느새 자라나 지연의 지금 모습이 됐다. 하얀 비치가운을 입은 남자가 노란 스웨터를 입은 지연과 함께 멀어져갔다. 나는 기울어진 풀장이 제자리를 찾을 때까지 물속에서 가만히 기다렸다. 풀장이 조금씩 흔들리며 어느 순간 사방이 완전히 캄캄해졌다. 아주 멀찍이서 '호텔 벨라'라고 적힌 네온사인만 깜박이고 있었다. 나는 어디에선가 뛰어내렸다. 그러니까 풀장이 아닌 어느 검은 허공 한가운데서. 그리고 떨어져내린 자리에서 손을 뻗어 바닥의 흙을 퍼냈다. 마치 물을 퍼내듯이 양손에 담뿍 담아 세 번을 퍼내자 검은 구두가 나타났다. 나는 그걸 신었다.

구두가 나를 다음 꿈으로 데려갔다. 호텔 벨라의 네온사인 아래서 나는 매운맛이 나는 담배를 한 대 피우는 중이었다. 벨보이가 그걸 다 피워야 입장이 가능하다고 말했기 때문에 나는 콜록거리면서 마지막 한 모금까지 깊숙이 연기를 들이마셨다.

"이제 됐나요?"

벨보이는 내 얼굴 쪽으로 코를 들이밀어 킁킁 냄새를 맡고는 문을 열어주었다. 두껍고 무거운 철문이 철커덩, 하는 소리를 내며 열렸고, 다시 철커덩, 하고 울리면서 닫혔다. 눈앞의 무대에 환하게 불이 들어왔다. 호텔은 극장으로 변모했다. 아니면 극장의 이름이 '벨라'이든가, 막 눈앞에서 시작된 연극의 이름이 '호텔 벨라'인 것 같았다. 나는 객석에 앉았다. B열 35석. 노란 스웨터의 엘리사벳. 나는 그리로 다가가 리사에게 인사를 했다.

"안녕!"

"안녕하세요."

리사가 나를 알아본다는 게 기쁘고도 슬펐다. 그애의 눈동자에 비친 나는 머리가 하얗게 셌고, 깡마른 모습이었다.

"오래 걸렸네요."

리사의 말에 나는 미안해했다.

"그래도 애써서 왔어. 앉아도 되겠니?"

"그럼요."

나는 리사의 옆자리에 앉아 리사의 손을 잡았다. 리사의 손이 따뜻해서 마음이 놓였다.

무대는 무척 아름다웠다. 여장을 한 남자들이 떼로 춤을 추었고, 여자들이 슈트를 입고 박수를 치며 발을 굴렀다. 아이들이 나팔을 불면서 언덕을 넘었다. 무대 한편에서 흰 새들이 날아와 그 반대편으로 사라지면, 화려한 색감의 꽃잎들이 퍼져 나와 무대와 객석에 부유했다. 흥겨운 축제 행렬이 사라져가며 관객들의 머리와 어깨, 소맷자락, 무릎 위로 꽃잎들이 살포시 내려앉았다. 사방에 은은한 향이 퍼져갔다. 이어 무대에 안개가 자욱이 깔리면서 커다란 배 한 척이 희미하게 형체를 드러냈다. 선두에서 누군가 항로를 바꾸라고 소리쳤다. 리사가 나직이 뭐라고 웅얼거리기에 나는 가까이에서 그 목소리를 들으려 리사의 어깨에 머리를 기댔다.

"오라는 것 같아요."

리사가 내게 속삭였다.

"당신한테 오라는 거 같아요."

커다란 바구니 하나가 객석을 돌기 시작했다. 관객들이 그 바구니에 소지품을 하나씩 넣은 뒤 옆자리로 건넸다. 내 차례가 되었지만 나는 거기에 무얼 넣어야 할지 몰라 쩔쩔맸다. 내 옷에는 주머니조차 없었다.

"오라는 것 같아요."

리사가 내게 다시 귀띔을 해주었기에 나는 바구니를 품에 안고 일어났다.

"약속할게."

나는 리사에게 그렇게 말하고는 무대로 나갔다. 발밑을 더듬거리며 배에 올랐다. 공중에서 노래가 울려퍼졌다. 내가 아는, 들어본 적이 있는 노래였다. 아주 많은 이름들이 당신이었고, 나는 그 모든 걸……

객석에서 사람들이 "우우우" 하는 짐승 소리를 냈다. 아니면 기원하는 소리였던가? 배 위의 여러 손길에 부딪히고 떠밀리며 선두로 나아가자 그곳에 서 있던 누군가가 밧줄로 내 몸을 꽁꽁 묶고는 줄의 다른 한쪽 끝으로 바구니를 묶었다. 그리고 나는 바다로 떨어졌다.

안개의 장막이 걷히자 시야가 트였다. 나는 해저나 섬이 아니라 어느 복도 끝에 서 있었다. 창밖을 보니 발아래 풍경들이 아득히 멀었다. 차도와 빌딩들, 거리의 상점들이 성냥갑처럼 작게 보였다. 도시에 이런 성이 있다니. 내가 부지불식간에 그걸 성이라고 칭하자, 긴 복도가 꿈틀대며 일어나더니 순식간에 계단으로 바뀌었다. 마치 나를 휘감아 오르는 소용돌이처럼 끝없이 위쪽으로, 위쪽으로 길을 내며 뻗어나가는 모습에 나는 입을 벌리고 고개를 쳐들었다.

등뒤에서 종이 울렸다. 한 번, 두 번, 세 번. 잠깐의 사이. 나는 호흡을 가다듬었다. 네번째 종이 울리는가 싶을 때 무언가 뜨겁고 단단한 게 내 가슴을 뚫고 갔다. 나는 가슴에 난 구멍에 손가락을 넣어보았다. 피가 흘러나왔다. 피 묻은 손바닥을 상의에 문지르고서 뒤돌아보지 않은 채 계단을 뛰어올랐다. 힘이 닿는 한 뛰었고, 힘이 달리면 걸었다. 그것도 안 되면 기었다. 사력을 다해 다시 속력을 내보려 할 때 무릎이 꺾였다. 나는 무릎걸음으로 쿵쿵쿵 계단을 올랐다. 진동 때문이었는지 머리 위 어딘가에서 물과 흙이 쏟아져내렸다. 흙탕물 범벅이 된 계단을 손바닥으로 훔쳐내면서 더 나아가보려 버둥거리다 미끄러졌다. 미끄러진 자리에서 누구든 나를 도와달라고 소리쳤다.

얼마나 지났을까. 가까이에 난 창문으로 어느 저녁 풍경이 영화의 한 장면처럼 떠올랐다. 많은 사람들이 만찬을 준비하는 모습이 보였다. 의붓아버지, 엄마, 소민도 그 무리 중에 섞여 있었다. 나는 소리가 지워진 그 풍경을 향해 인사를 전했다. 내 말이 가닿을 거라는 기대가 없었기에 그 말은 기도나 유언처럼 느껴졌다.

나는 스스로를 텅 비우고자 했다. 가슴에 난 구멍이 점점 커지는 듯이 느껴졌다. 몸이 아주 가뿐해지면서 시간이 비약했다. 아니면 시간은 그대로인데 계단이 무너지며 사라진 걸까? 나는 멍들고 피 흘리며 흙탕을 뒤집어쓴 채로 성의 꼭대기에 닿았다. 누군가 그곳에 먼저 와 있었다. 나는 두 손으로 얼굴을 감싸고 탄식하듯 외마디소리를 냈다.

"당신이구나."

붉은 소파 위에 그가 걸터앉아 있었다. 내가 기억하는 그대로 젊은 모습이었다. 머리칼을 뒤로 모두 빗어 넘겨 날렵한 양 귓바퀴가 선명히 드러났다. 깔끔한 검정색 슈트는 잘 다려져 있어 광택이 났으며, 복숭아뼈에 닿는 바짓단 아래로는 아무것도 신지 않은 맨발이었다. 그가 말했다.

"널 데려가려고."

내가 이끌리듯 그에게로 한 걸음씩 천천히 다가가는 동안 노을이 졌다. 붉게 물드는 하늘을 올려다보고 다시 시선을 아래로 무겁게 끌어내렸을 때, 나는 아찔한 어지럼증을 느끼며 비로소 내가 오른 곳이 성이 아니라 높은 절벽의 꼭대기라는 걸 깨달았다.

"네가 원한다면 널 데려갈 거야."

나는 후들후들 떨면서 그에게로 갔다. 서로의 코가 닿을 만큼 우리의 거리가 가까워진 그 순간 내가 그보다 겉늙고 지친 모습이라는 게 무참하고 미안하게 느껴졌다. 그에게도 스스로에게도. 나는 한 번도 입 밖으로 꺼내본 적 없는 말을 내뱉었다.

"왜 내게 이별할 시간을 주지 않았어?"

그는 아무 말 없이 나를 지그시 바라보기만 했다.

"날 버리고 죽음을 택한 당신이 미웠어. 당신을 혼자 아프게 했던 내가 싫었어. 그날 이후로 나도 죽어 있어. 나를 벌하는 중이야. 하지만 이제 끝내려 해."

"미안하다고 말하지 않을 거야."

그가 아주 평온한 얼굴로 내게 말했다.

"그래. 이제 서로 미안해하지 않기로 해. 마지막으로 나는……"

나는 양손을 비벼 온기를 만들어서 그의 두 발을 만졌다. 쓰다듬었다. 따뜻한 공기로 씻기는 것처럼.

"네가 보내줘."

그가 말했다.

"그럴게."

나는 절벽 끝에서 그를 깊숙이 포옹했다. 영혼을 빨아들이듯 크게 숨을 들이마시면서. 그리고 포옹을 풀고는 두 손으로 그의 가슴을 힘껏 밀쳐냈다. 아득한 저 아래편에서 파도가 거세게 솟구쳤다가 가라앉았다. 그가 물길 속으로 떨어져내렸다.

15

이튿날 오후에 나는 카페 모차르트에서 전노아를 만났다. 지연과 내가 처음 만났던 이층의 창가 그 자리에서. 전노아는 일본 공연이 올 겨울에서 내년 봄으로 미뤄졌다는 소식을 전해주었다. 그러면서 덧붙이기를, 기다렸던 일이 미뤄지면 그사이에 새 시간을 사야 하는데, 마침 유학중인 아들이 귀국해 석 달간을 함께 보내게 됐으니 우리가 뭔가 재미난 걸 도모해볼 수도 있을 거라 했다.

"좋을 거 같아요."

그녀는 내가 자세한 내용을 묻지도 않고서 성의 없이 대꾸한다며 핀잔을 줬다.

"진지하게 생각해보고 가볍게 응해주면 좋겠어. 들어봐. 우리가 나날이 서로에게 궁금한 걸 묻고 답하는 모습을 영상으로 기록하는 거야. 말, 행동, 배경, 주변 사람들이 모두 담기겠지."

그녀는 아들이 즐거이 촬영을 맡아줄 것이라 했다.

"아드님과 이 일이 상관있어요?"

"전혀 없진 않은데, 아냐. 내 생각이야. 나 때문에."

나는 다시 대답했다.

"네, 좋을 거 같아요."

"자기, 오늘 이상하네. 뒤로 물러나 뺄델 줄 알았더니만."

"그러셨어요?"

"언니랑 뭐라고 말하다 온 줄 알아?"

"제가 그런 걸 어떻게 알겠어요."

"우리끼리니까 무슨 이야기든 할 수 있잖아. 감안하고 들어야 해.
언니랑 사람을 음식에 비유해서 말하던 중이었거든. 언니가 자기는
차갑게 식은 수프라고 해."

"소리 나게 씹어줘야 하는 생양배추 같은 걸 줄 알았는데요."

"덥히면 제맛일 거라는 뜻이었어."

"야하네요."

"우리 연극이 불로 시작됐잖아."

"흠…… 가벼워지지 않겠네요. 안 할래요."

"안 돼. 이미 접수했어."

나는 창밖을 내려다봤다. 지연과 동헌이 서서 키스를 나누던, 컹컹
짖는 개와 목줄을 쥔 늙은 여자가 서로를 의지하며 겨울바람에 맞서
지나던, 그러나 이제는 5월의 끝에 선 그 자리들을.

"이해하기 어려운 인물을 연기해보신 적 있으세요?"

나는 시선을 그대로 밖에 둔 채 물었다.

"벌써 시작하는 거야?"

"어떤 느낌인가요? 더불어 사는 거 비슷한가요? 그 일로 우리와 우리를 아는 사람들이 변하나요? 어느 나이에든 새로운 시작이 가능한 걸까요? 자기를 열어가며 누군가의 어두운 바닥에 맞닿는 일은 얼마만큼 어디까지 허용되는 욕망이죠?"

전노아는 가만히 침묵을 지키다가 나와 눈이 마주치자 짧게 대꾸했다.

"지금 자기가 보는 걸 나도 보면 좋겠는데."

*

동헌과 서울역에서 만나 대전행 기차에 올랐다. 붙어앉고 싶지는 않았지만, 그렇다고 굳이 멀찍이 피해 있을 이유도 없었기에 필요하다면 내가 그를, 또 그가 나를 바라볼 수 있는 좌석에 앉았다. 그도 복도 쪽, 나도 복도 쪽에, 통로를 사이에 두고서. 6월의 첫 주가 그렇게 시작되고 있었다.

"지연이랑 어떻게 이야기됐어요?"

그가 물었다.

"이제 연락해봐야죠."

"뭐요? 걔가 아직 거기 있는 줄 어떻게 알고요?"

"다른 데일 다른 이유도 없으니까요."

동헌이 입을 꾹 다물고 나를 쏘아보았다. 나는 가방에서 휴대폰을 꺼내 지연에게 전화를 걸었다. 그 순간 극적으로 그애가 내 전화를 받을 확률이 얼마나 될까. 연결음이 끊겼다. 확률 따위. 음성 메시지를 남겼다.

"동헌씨랑 지금 막 기차 탔어. 대전으로 가는 중이야. 리사가 우리를 기다릴 만한 데서 만나. 리사 생각을 많이 했거든. 확인하러 꼭 나와줘."

동헌이 기막히다는 듯이 코웃음을 쳤다.

"돌아버리겠네. 뭐합니까?"

"호소하는 거 옆에서 들었잖아요."

"뭔 호소요? 귀신 접선해요?"

"목소리는 감정이 비치는 현상이라고, 어떤 배우가 그랬어요, 잔 모로라고."

"다 모르겠고, 됐고요, 못 만나면 경찰에 신고해야죠."

나는 동헌에게서 닮고 싶은 점을 발견했는데, 난처한 상황에서도 어느 정도 잘 떠들고, 잘 먹고, 잠들 수 있다는 것이었다. 그는 지연과 저에 대해서 몇 마디 늘어놓다가 고개를 떨어뜨리고 잠이 들어버렸다. 기대해본 적 없는 삶을 향해 달리는 기차에 올라, 나와의 인연을 고약하게 생각하면서도 경계심 없이 잠들어버릴 수 있는 인물과 동행한다는 데 소박한 기쁨을 느꼈다.

아무것도 잊지 않기 위해서, 가방에서 작은 노트를 꺼내 생각나는 것들을 적었다. 지연을 만나면 내가 하고 싶은 말, 해야 하는 말, 겁내고 피했던 것, 바라고 원했던 것, 물을 수 있는 것과 답할 수 있는 것…… 그리고 전노아가 보낸 질문에 대해서도 곰곰이 생각해보았다.

"자기가 연기하는 걸 보려고 몰래 객석에 와 앉아 있는 아버지를 발견하게 된다면 어떨 거 같아?"

내 대답은 길 수도, 짧을 수도 있었다. 짧은 대답은 아마도 이렇지 않을까?

'그런 일은 일어나지 않아요. 설사 일어나더라도 뭐가 어떻다 할 게 그다지 없어요.'

하지만 내게는 결코 일어나지 않을 일을 겪게 되는 인물을 연기해야만 한다면 어떻게 될까? 그를 이해하고 표현해내기 위해 내 힘으로 내 속에서 길어올려야만 하는 인생의 밑천 같은 게 필요할 것이다. 어쩌면 어느 깊은 밤 끝끝내 혼자만이 간직하게 될 긴긴 편지를 써야 할 수도 있었다. 다행히 이제는 내게도 첫머리에 이름을 올려놓을 만한 대상이 있는 것 같았다.

문주성 선생님께

이게 선생님이 바라고 예감하셨던 일이라고는 생각지 않습니다. 하지만 알게 되셨다 해도 어쩔 수 없다고 받아들이셨을 것 같기는 합니다. 지연이를 만나러 대전으로 가는 기차 안에 있습니다. 제 나이는 많지도 적지도 않습니다만, 이런 모험을 하기에 적합한 것인지는 모르겠습니다. 선생님은 지연이와 저 사이를 잇는 전령 혹은 큐피드 역할을 하신 셈인데, 그 점에 대해서 우리가 함께 웃을 수 있는 날들이 있기를 바랍니다. 선생님도 짐작하셨겠지만, 저는 까다로운 마음으로 선생님을 좋아합니다. 선생님도 간간하게 저를 살펴보시며 잠시 곁을 내주셨죠.

처음 뵙던 날을 떠올려보았습니다. 객석에 드리운 어둠 속으로 얼굴을 들여놓으시던 선생님 앞에서 저는 마고 복장을 하고 서 있었지요. 저를 격려해주시려고 하신 것 같지는 않습니다만, 격려가 필요할 때마다 그날을 떠올리게 될 것 같기는 합니다. 달리 말해, 제게 주어질 배역들을 좀더 살아내보기로 했습니다. 저란 사람이 운용할 수 있는 일은 그저 여기까지일 겁니다. 시간이 만일 저를 다른 길에 내팽개친다면, 그때는 그 나름대로의 이유가 있을 것으로 알고, 아직 일어나지 않은 일들에 대해서는 오래 생각하지 않으려 합니다.

뒤늦게 떠올라 아직 말씀드리지 못한 게 있습니다. 선생님이 지금의 제 나이 때 출연하셨던 연극을 본 적이 있어요. 〈텔루라의 상인들〉이라는 연극에서 좀 우스꽝스런 수집광 역할을 맡으셨죠. 오래전, 제가 어렸을 적의 일이라 정확히 기억나지는 않습니다. 내용보다는 거기 나온 노래가 뇌리에 남았습니다. '열쇠 하나에 자물쇠 하나, 궁금해. 궁금해. 궁금해.'

노래에 어딘가 외설스런 암시가 있는 게 아닐까 추측했던 걸 보면 제가 좀 조숙했었나봅니다. 선생님은 진중한 연기를 훨씬 더 많이 하셨는데, 공교롭게도 제게 남은 선생님의 젊은 시절 모습은 그 노래에 맞춰 춤을 추던 방탕하고 희극적인 모습입니다. 그때의 그 사람이 지금의 선생님이기도 하다는 게 절 평안하게 합니다. 미소 짓고 있어요. 이게 제가 드릴 수 있는 가장 애정 어린 고백이란 걸 선생님은 아실 것만 같습니다. 지연이에게, 리사에게 잘해주셔서 감사합니다. 행복하든 불행하든 삶이 우리에게 허락하는 걸 함께하고자 합니다.

오채선 드림

기차가 대전역에 도착할 즈음 동헌이 깨어났다.

"내리면 어디로 갈 거예요?"

"동헌씨랑 지연이가 여기서 들러보지 않았던 데를 가야죠."

동헌은 여태 느긋하게 잠들어 있던 모습과는 달리 성미 급하게도 정차 안내가 흘러나오기도 전에 출입문 쪽으로 걸어나갔다. 나도 소지품을 챙겨서 그의 뒤를 따라섰다.

대전행을 결정하기 전에 내가 지연이고 리사라면 어디에 머물고 있을 것인지 생각해봤다. 도망치려는 게 아니니까 대전을 다급히 떠나야 할 이유는 없어 보였다. 내가 만나자고 나섰을 때 지연이라면, 리사라면, 떨리는 마음으로 어디를 바라보게 될까. 아마도 버려졌고, 또 발견됐던 최초의 장소를 떠올리게 되지 않을까?

동헌과 택시를 잡아타고 대흥동성당으로 향했다. 미리 찾아본 사진에는 성당의 외관이 기도하는 손의 모습을 형상화한 것이라는 설명이 달려 있었는데, 내가 보기에 그 두 손은 길이가 다른 사다리나 계단들을 구조적으로 세워놓은 모양새였다. 붉은 벽돌로 쌓아올린 고아한 성당들과는 달리 시멘트로 지어진, 현대적인 느낌의 건물이었다.

택시에서 내려 성당 입구를 찾아들어갔다. 웅장한 기운을 뿜어내는 대성당이 아니었는데도 안쪽으로 걸음을 옮기면서 슬픔과 안도와 먹먹해지는 두려움을 동시에 느꼈다. 세상 어디에든 성당은 있으니까, 적어도 그 점에서 지연은 고향이 한 군데인 보통 사람들보다는 은혜롭다는 묘한 생각도 찾아들었다.

신도 다섯 명이 외따로 앉아 기도하고 있는 모습이 보였다. 벽면 한 곳에는 부활하는 예수의 모습이 커다랗게 그려져 있었다. 흰옷을 입은 예수는 양팔을 벌린 채 손바닥을 펼쳐 들고 있었다. 십자가에 못박혔던 손과 발을 강조하듯이 하늘색의 작은 번개 모양 같은 것이 그 위로 떠올라 있었고, 그의 전신을 주황색이 후광처럼 감싸안은 모습이었다. 나는 그 벽화를 바라보면서 제단 앞으로 천천히 걸어나갔다. 예수가 펼쳐 든 양손 사이에는 아무것도 없었지만, 그 자리에 양 한 마리를 마음속으로 그려보았다.

제단에서 가장 가까운 자리에 앉아 기도했다. 성호 긋는 법을 정확히 알고 있지는 않아서 이마에 한 번, 입술에 한 번 양손을 올려놓았다가 두 손을 모으고서 나보다 먼저 죽은 자들을 보살펴달라고 했다. 또 내가 어떤 끝을 맞게 되든 그 모든 게 당신 뜻 안에 있다는 걸 알게 되기를 바라며, 당신 또한 당신이 우리 안에 있다는 걸 알리기 위해 무엇이든 하시리라고 믿는다고, 믿음이 없는 제가 그렇게 믿고 있겠노라고 이야기했다. 동헌도 멀찌감치 떨어져 앉아 있었는데, 그가 속으로 무슨 생각을 했는지는 묻지 않았다.

자리에서 일어서서 뒤돌아섰을 때, 입구 쪽에 서 있는 지연을 봤다. 머리칼을 하나로 올려 묶었고, 회색 원피스에 하얀 단화를 신었다. 거리가 멀어 표정을 읽을 수는 없었지만 내 마음의 표정과 크게 다르지 않으리라 짐작했다. 동헌이 먼저 그리로 달려나가는 바람에 기도하던 사람들이 뒤를 돌아보았다.

내가 가까이 다가가자 동헌이 하던 말을 멈추고 밖으로 나갔다. 지연이 성수대에서 손가락으로 성수를 찍어 성호를 긋고는 내게도 성호 긋는 법을 일러주었다. 이마에 찍은 차가운 성수가 콧등을 타고 흘러내리는 걸 느끼며, 나는 뭐라고 해야 할지 몰라 "왔다 갑니다" 하고 읊조렸다. 지연이 옆에서 "아멘" 하고 작은 소리로 말했다.

성당 밖에서 우리를 기다리며 서성이던 동헌과 함께 길이 나 있는 데로 그저 걸어나갔다. 성모상 옆을 지나칠 때, 나는 빨갛고 노랗고 파란 유리컵 속에 담긴 촛불들이 성모의 발아래서 타오르는 걸 보았다. 성모상 아래 놓인 유리 상자 안에서 사람들이 그리로 밀어넣은 기원들이 작은 불꽃들로 타오르고 있었다. 지연이 갑자기 울음을 터뜨렸기 때문에 나와 동헌은 지연의 양옆에 붙어 서서 잠시 발길을 멈추었다. 동헌이 고개를 쳐들어 한숨을 내쉬고는 지연과 내게 차례로 시선을 주었다. 그 순간 아마도 우리 모두가 서로 다른 이유로 각자 조금씩 슬펐고, 또 비슷한 이유로 다행스러워했으리라 생각된다.

성당에서 벗어나 거리로 들어섰을 때 지연이 물었다.

"아까 뭐라고 기도했어요?"

"무병장수. 넌 왜 울었니?"

"내가 선택한 사람이 날 찾아내서."

지연이 말을 놓았다.

"뭘 원하고 택해본 것도 처음이라."

"난 이만 짐 찾아 올라갈란다."

동헌이 걸음을 뚝 멈추자 지연이 그의 소매끝을 잡아끌었다.

"짐은 다 두고 좋은 걸 가져가자, 오빠. 우린 전보다 훨씬 괜찮을 거야, 정말로."

그는 어이없어했다. 얼굴을 붉히며 화를 삭이는 것 같았지만, 소리 높여 나나 지연을 몰아세우지는 않았다. 아마 자존심 때문에라도 같은 장소에서 같은 이유로 두 번 도망치는 일은 할 수 없었을 것이다.

"구경이나 하지."

그는 냉랭한 표정으로 대꾸했다. 나를, 나와 지연을 두고 보겠다는 의미였던 걸까? 속사정이야 어떻든 달리 어떻게 행동할 수 없었을 거란 생각이 들기도 했다. 가늠할 수 없는 일이 눈앞에서 일어나면 사람들은 어떻게든 제 식으로 그걸 받아들이게 될 때까지는 응시하고 있는 수밖에 도리가 없다. 그 마음이라면 나도 모르지 않았다. 우리는 그날 대전에서 좀더 머물렀다가 다 같이 기차에 올랐다.

*

서울로 돌아와 지연과 새생활을 꾸려갔다. 지연이 향수와 그림엽서를 수집하는 데 취미를 붙여서 집안에 그걸 따로 모아두는 공간을 마련했다. 향기 나는 제품들은 내가, 그림엽서는 지연이 좋아해서 사들이곤 했는데, 거기서 새로운 취향이랄 게 생겨난 셈이었다. 지연은 다양한 제품의 향이나 원료, 디자인과 질감을 특정한 그림엽서의 이미지들과 연결해 이야기하고 진열해보는 걸 좋아했다. 그 모습을 지켜보는 게 내 소소한 행복이 됐다. 우리 사생활의 거의 모든 면이 원래 그러기로 되어 있던 것처럼 자연스럽고 평안하게 어우러져서 가끔은 이대로 이렇게 이만큼 좋아도 되는 걸까 싶은 두려운 마음마저 들었다.

동헌은 근 석 달 만에 그의 말대로 인기 수영강사가 됐다. 지연과 동헌은 가끔 둘이서만 보기도 했는데, 동헌이 백 명의 여동생에 대한 환상을 깨는 방식이 때로 요란스러웠기에 가끔은 나도 거기 동참하게 끔 됐다. 그가 돌발적으로 내게 전화해 막연한 화풀이나 한탄을 하는 경우가 생기곤 했기 때문이다. 나는 그 특유의 시비조에 실리는 '하!' '무슨!' 하는 콧바람 같은 소리들에 꽤 익숙해졌다. 그가 전화를 걸어 오지 않는 시간이 길어지면 소식이 궁금해진다.

해령과 지연, 소민, 내가 의붓아버지와 엄마의 초대로 여름 휴가철에 다 함께 저녁식사를 했다. 그 인원이 다 모여 한자리에 앉게 된 건 그날이 처음이었고, 앞으로도 어쩌다 한 번 정도 더 있을까 말까 할 것이다. 내 가족의 특성과 지연의 가족의 부재 때문에 누가 누구의 허락이나 인정을 받아야 하는 절차나 폭발적인 갈등 같은 것은 생겨나지 않았다. 그날의 누구든 지연과 내가 선택하지 않은 생의 다른 가능성들을 한 번씩은 떠올렸으리라고 생각한다. 그러니 아마도 필연적으로, 일어나지 않은 무수한 일들보다 실제로 일어난 일이 더 희귀하다는 데 내적으로 동요하지 않았을까.

소민은 여전히 별거중이다. 아이들과 한바탕씩 전쟁을 치르지만, 그래도 모데라토에 고정 손님들이 늘어 이런저런 소란 속에서도 활력을 찾아가는 모습이었다. 지연은 모데라토에서 다시 일하며 소민에게 디자인을 배우기 시작했다. 내가 무대에 설 때 입을 옷을 만들고 싶다는 꿈을 갖고 있는데, 꿈의 내용이야 언제든 바뀔 수도 있겠지만 함께 할 시간이 주어졌기 때문에 우리 둘 다 마음의 컬렉션 같은 걸 열게 될 때가 있다. 구체적인 계획부터 허황한 공상까지 부끄러움 없이 힘껏 즐긴다. 그게 전망이든 무모한 헛수고이든 간에 서로 좀더 뻔뻔해지려고 노력한다.

내 지인들 중에 지연과 나에 대해 가장 먼저 알게 된 사람은 전노아였다. 6월 19일, 문선생이 죽었을 때였다. 그날 낮부터 온종일 비가 많이 내렸다. 나는 전노아의 집에서 예정된 촬영에 임하던 중이었다. 부음을 먼저 접한 지연이 빗길을 터덜터덜 걸어 전노아의 집으로 찾아왔다. 머리칼과 옷자락에서 물을 뚝뚝 흘리면서 젖은 발로 집안으로 들어선 지연을, 나는 한동안 말없이 부둥켜안았다. 그때의 내 모습이 어떻게, 어떤 모습으로 화면에 담겼는지는 나도 아직 모른다. 전노아는 지연과 나의 관계에 대해서 구체적인 질문을 하거나 뭐라고 규정한 적이 없다. 그녀가 지연과 나를 있는 그대로 받아들인 것처럼 세상 사람들도 그러하리라고 기대할 수는 없겠지만, 나를 여기까지 데려온 시간이 살아 있는 사람 모두를 어디로든 데려가리라는 걸 나는 알고 있다.

지금은 가을인데 가끔 다가올 겨울 생각을 한다. 지연과 내가 한집에서 처음 맞는 크리스마스에는 문선생에게 부치지 못한 편지를 소리내어 읽고 태울 것이다. 나는 여전히 내 앞에 무엇이 놓여 있는지 모르는 채로 아직 다가오지 않은 계절들을 그리워한다.

그리고, 내가 아는 영원의 모습을 여기 남겨둔다. 기쁠 때나 슬플 때나 행복할 때나 초라할 때, 내 마음은 조용히 그 밤을 향해 기울어, 거기서 아직 말이 되지 않은 맹세들을 만날 것이다.

대전의 대흥동성당에서 눈물로 재회한 그날, 나와 지연은 동헌과 함께 밤에 택시를 잡아타고 천문대로 향했다. 우리를 비춰줄 별 하나를 찾아 나서는 동방박사들처럼.

조수석에 앉은 동헌이 택시에 오르자마자 나와 지연을 향해 떠들기 시작했다. 그에게는 시험이나 장벽 같았을 다정한 침묵에 심통을 부리듯이.

"어깨가 쑤시는 거 같아. 통증이 도로 심하게 도지면 내 입에서 욕이 방언처럼 터져서 둘 다 아마 명대로 못 살게 될걸. 난 별 보는 거 취미 없어. 열한 살 때 사촌형이 사준 망원경으로 옆집을 들여다본 게 단데, 그래, 그건 좀 재미있었지. 내가 망원경이고 현미경이다, 오늘. 볼 꼴, 못 볼 꼴 다 보게 되고."

영문 모르는 택시기사가 룸미러로 뒤쪽을 흘끔거리더니 동헌에게 "막말할 수 있는 사이가 그래도 소중한 겁니다" 해서 웃음이 났다. 지연이 내 손을 살그머니 잡아 제 무릎 위에 올려놓았다. 나는 그애의 볼에 입을 맞췄다. 지연이 내 입술에 입을 맞췄다. 우리 앞에서 등을 보인 채로 그 순간을 잘 참아 넘긴 게 동헌의 의지였는지, 그의 천성 같은 것이었는지, 아니면 막다른 골목에서도 빠르게 방향을 틀어 '원래 머리가 좋았던 녀석'이라는 평판을 끌어내본 적 있던 사람의 특별한 기질 같은 것이었는지는 모르겠다. 지연과 내가 함께인 것만큼이나 내가 그에게, 또 그가 나에게 서로를 완전히 알 수는 없는 타인이라는 사실이 신비한 선물처럼 느껴졌다.

내 또래로 보이는 택시기사는 좀 놀랐던지 신호를 놓쳤다. 우리는 길을 조금 돌아서 목적지에 도착할 수 있었다. 끝까지 아무런 토를 달지 않고 우리를 내려준 건 그 사람의 직업 정신이었을까. 매일 무수한 익명의 사람들을 익숙하거나 낯선 장소로 실어나르는 사람이 흡수하게 되는 생활의 탄성 같은 게 있는 것일까.

우리는 비탈길을 올라 천문대 내의 휴게실에 잠시 머물렀다가, 천체투영실이라는 공간으로 안내되었다. 구십여 명이 앉을 수 있는 붉은 쿠션 의자 위로 돔형의 스크린이 펼쳐져 있었다. 날씨가 좋거나 나쁘거나 밤하늘의 별과 똑같은 가상의 별들을 바라볼 수 있게끔 만들어놓은 곳이었다. 단체 견학을 온 중학생들 이십여 명과 가족 단위의 방문객, 연인과 친구들 그룹을 포함해 사십여 명의 사람들이 자리잡았다. 나와 지연의 앞쪽 좌석에 동헌이 외따로 앉았다. 지연이 내게로 고개를 기울여 물었다.

"이래본 적 없죠?"

"없는 거 같아."

"안 해본 거 하나씩 같이 해봐요. 내가 당신한테 더 좋은 사람이고 싶어요."

"난 약속할 수 있는 게 없어. 너보다 오래 살 재주도 없고. 널 아프게 할 거야. 슬프게 할 거고. 사무치게, 후회하게 할지도 몰라. 그래도 밀쳐내기 전까지는, 가까이에 내가 있을게. 어떤 이름으로든."

프로그램을 설명해줄 강사가 나와 인사를 하는 동안 객석이 기대감으로 작게 술렁였다. 불이 꺼지고, 황도십이궁에 대한 설명과 함께 머리 위로 별자리 그림이 그려졌다. 쌍둥이, 전갈, 처녀, 물고기…… 그리고 십이궁의 그림이 사라지고 나자 캄캄한 하늘에 쏟아질 듯한 별들의 모습이 투영됐다. 강사가 별을 보면서 꿈을 꾸었던 어린 시절, 별을 관측하기 위해 산을 찾아다니던 청년 시절의 경험들을 다소 감상적으로 이야기하기 시작했다. 아련하게 행복했다. 돔형 스크린 아래 고개를 젖히고 앉은 사람들이 가상의 별들과 누군가의 진짜 삶에

고요히 마음을 열게 되는 그 기묘한 시간이.

천체투영실에서 나와 우리는 다른 방문자들의 행렬에 섞여들어 망원경으로 실제 별을 볼 수 있는 관측실로 자리를 옮겨갔다. 마지막 관측은 야외에서 있었는데, 조선 중기에 시작된 빛을 볼 수 있으리라는 안내를 받았다. 동헌과 지연이 관람을 위해 줄을 섰다. 나는 대열에서 뒤로 빠져나와 저 앞쪽으로 조금씩 걸어가는 두 사람의 뒷모습을 마음에 담았다. 먼 시간을 건너온 빛에 관한 내 이미지는 아마 그 뒷모습과 우리를 둘러싼 어둠, 밤의 향수와 사람들의 조심스런 속삭임과 작은 발소리, 아름다운 기다림과 고요가 될 것이다. 어쩌면 이게 생의 전부일지 모른다는 생각이 들었다. 가슴을 데는 한 순간과 기억나지 않는 그 나머지들이.

작가의 말

감감한 발밑에 잠긴, 아직 목소리가 되지 못한 우여곡절들이 있다는 걸 알아요. 사람들이 저마다 다른 방식으로 약간씩은 미쳐 있고, 거기 교훈이 되길 거부하는 드라마가 있다는 것도. 무언가에 간절해진다는 건 결핍을 드러내는 일이기도 해서 상처 입기 딱 좋은 상태인데, 만일 생에 단 한 순간만을 선택해 살아내야 한다면 저는 그런 찰나에 가 서 있을 겁니다. 이 욕망에 부합하는, 되도록 발음하기 까다롭고 긴 단어가 내가 모르는 세상에 존재하기를 바랍니다. 어디에서든 어떤 사람들은 분명하게 서로를 알아보게 되기를.

첫 단편집을 세밀하게 읽어준 편집자와 이번 긴 여정을 함께했습니다. 더없이 미더운 행운이었네요. 김내리 편집자님 고맙습니다. 이상술 편집자님, 문학동네, 그리고 가족들에게도 마음을 전합니다. 소설을 쓰는 동안 떠나가고 떠나왔던 자리들, 아르바다의 도서관과 여동생 루나이의 집, 이런저런 카페들을 떠올려봅니다. 매 순간이 생의 처음이고 마지막인 듯 믿을 수 없을 만큼 다정했던 개들의 이름을 불러보고 싶어요. 솔이야, 에밀아, 비키야.

2018년 가을
기준영

문학동네 장편소설
우리가 통과한 밤
ⓒ 기준영 2018

초판인쇄 2018년 9월 11일
초판발행 2018년 9월 19일

지은이 기준영
펴낸이 염현숙
책임편집 김내리 | 편집 정은진 이성근 이상술
디자인 김이정 유현아 | 마케팅 정민호 박보람 나해진 우상욱
홍보 김희숙 김상만 이천희
제작 강신은 김동욱 임현식 | 제작처 한영문화사

펴낸곳 (주)문학동네
출판등록 1993년 10월 22일 제406-2003-000045호
주소 10881 경기도 파주시 회동길 210
전자우편 editor@munhak.com | 대표전화 031) 955-8888 | 팩스 031) 955-8855
문의전화 031) 955-3576(마케팅) 031) 955-8864(편집)
문학동네카페 http://cafe.naver.com/mhdn | 트위터 @munhakdongne
북클럽문학동네 http://bookclubmunhak.com

ISBN 978-89-546-5304-6 03810

www.munhak.com